2024

铸牢中华民族共同体意识

中国少数民族文学之星丛书

倒带

郭 乔

————

著

作家出版社

编委会名单

主　任：邱华栋
副主任：彭学明　黄国辉
编　委：赵兴红　郑　函

以民族的情意，打造文学的星辰

——"中国少数民族文学之星"丛书总序

邱华栋　彭学明

"铸牢中华民族共同体意识——中国少数民族文学之星"丛书是中国作家协会少数民族文学发展工程的项目之一，于2018年开始实施，由中国作家协会创作联络部具体组织落实。出版这套丛书的初衷，是在少数民族文学创作领域贯彻落实习近平文化思想，不断夯实铸牢中华民族共同体意识的文学责任，培养少数民族文学中青年作家，打造少数民族文学精品，为那些已经在少数民族文学界和全国文学界成绩斐然、广有影响的少数民族中青年作家再助一力，再送一程，从而把少数民族文学最优秀的中青年作家集结在一起，以最整齐的队伍、最有力的步伐、最亮丽的身影，走向文学的新高地，迈向文学的高峰，让少数民族文学的星空星光灿烂，少数民族文学的长河奔流不息。以文学的初心，繁荣民族的事业；以民族的情意，打造文学的星辰。

入选"中国少数民族文学之星"丛书的作家，必须是年龄在50岁以下的、在少数民族文学界和全国文学界广有影响的少数民族作家。不管是否出版过文学书籍，只要其作品经过本人申请申报、各团体会员单位推荐报送、专家评审论证和中国作协书记处审批而入选的，中国作协将在出版前为其召开改稿会，请专家为其作品望闻问切，以修改作品存在的不足，减少作品出版后无法弥补的遗憾。待其作品修改好后，由中国作协统一安排出版，并进行广泛的宣传推广。

中国是一个多民族的大家庭。每一个民族都沐浴着党的民族政策的光辉、感受着党的民族政策的温暖，都在党的民族政策关怀下，蓬勃发展，欣欣向荣。在这个伟大的新时代，我们正创造着中华民族的新辉煌。每一个民族的发展与巨变，每一个民族的气象与品质，都给我们提供了生生不息的创作源泉。我们每一个民族作家，都应该以一种民族自豪感，去拥抱我们的民族；以一种民族责任感，为我们的民族奉献。用崇高的文学理想，去书写民族的幸福与荣光、讴歌民族的伟大与高尚；以文学的民族情怀，去观照民族的人心与人生、传递民族的精神与力量。

我们期待每一位少数民族作家，都能够到火热的生活中去，到广大的人民中去，立心，扎根，有为，为初心千回百转，为文学千锤百炼，写出拿得出、立得住、走得远、留得下的文学精品。不负时代。不负民族。不负使命。

目 录

〰

走向光，成为光

——略谈郭乔的小说创作

郭　艳

　　郭乔的小说集《倒带》汇聚了她近些年来最重要的作品，也是她从女性视角观察、记录和摹写社会生活的生动映射。小说集呈现出普通人面对命运的复杂意绪和多样选择，叙写匹夫匹妇在被裹挟生存中的悲辛与喜乐，讲述县域生活中年轻人的野蛮生长，以及面对机械复制的日常和日益被消耗的生命，他们更为自主的内省与抵抗，叙述在被规训、被塑造乃至被伤害的生活中，乡村女性依然如野草般顽强地向光生长，叙写乡村生活中女性的艰难成长。

命运对于匹夫匹妇的残酷与恩赐

　　郭乔非常关注普通人的命运，尤其是当命运扼住人的喉咙之后，生活该如何继续？《天使》讲述了一个上高二的女孩突然遭遇外物侵袭，高位截瘫，母亲抛夫弃女，父亲笨拙地照顾着孱弱又暴虐的女儿的故事。生活在残酷的命运面前被撕扯，人性被冷酷的现实所碾压。小说写出了女孩子面对命运打击的挣扎与崩溃，父爱的纠结与付出，以及理发师对人性的理解与帮助。同时通过细腻而感人的心理刻画，表达了女孩子顽强的生命力量。《长鼻子爸爸》讲述四岁的刘小淘患上了神经母细胞瘤的凄惨故事。面对孩子遭遇的厄运，像天下善良的父母一样，小淘的爸爸和妈妈选择了陪同孩子一起治疗。在治疗的过程中，面对巨额医疗费用，夫妻二人体验到了命运的无情暴打。这个小说更为独特的地方在于：通过由小淘陷入困顿乃至绝境的经历，爸爸刘京在命运的残酷中却一点点地认识到自己的少不更事与青年时期的浑噩平庸，父母的庇护，妻子的付出……体验到为人父的责任，乃至舐犊情深的父爱。在破碎而绝望的故事中，小说却建构起了属于爱的一片天空。《请客》通过高中生弟弟的口吻，讲述了小城市普通家庭生活的酸甜苦辣。小说采用白描手法，通过哥哥的两次请客，表现了哥哥面对生活的不成熟和失意，以及被生活吊打之后的改变。妈妈和嫂子中国式贤妻良母的善良与隐忍，父亲抛妻弃子的无情与不被谅解的愧疚，在文中都有白描式呈现。高三弟弟无疑是早熟的，在生活的碾压面前，依旧勤学上进，给原生家庭带来了希望和活力。《雪》写两个受过伤害的人互相取暖的故事。女主人公遭遇丈夫的家暴，丈夫去世了，尽管没有人再打她了，但是她却需要独自承担起照顾孩子的责任。男主人公尽管对老婆百般呵护，依然被她抛弃了，男主人公带着女儿度日。当两个伤心人互相心动的时候，苦难和艰难往往都在一饮一食中变得温馨而快乐。文本其实探讨了一个非常有意思的婚姻问题：结婚是两个人的行为，往往却只是一个人在向着好的婚姻去努力。

现代都市生存的速写与吟唱

这本小说集中有些文本带着青春期的悲怆与忧伤，主人公一方面被当下烦乱的生活所困扰，一方面又带着对于未来的美好憧憬而坚韧自强。作者带着某种诗意和唯美的腔调，讲述着现实生活中的颓败、龃龉与感伤。《演奏者》讲述了年轻人从一线城市逃离，在偏远的外地小城市重新找到心灵的安适，可以说是对当下时代喧嚣嘈杂的物质主义和机械生存的自省与反思。这个文本里面卖红薯的大叔显然是受到命运伤害的人，他选择了和解并坚强地活下去；流浪汉则更多是符号性的表达，他自主选择在自己的生活方式，在悠游自在的时间中游荡。小说写得清新唯美，带着年轻人淡淡的忧伤，有着某种治愈现代病的效果。《倒带》叙述了当下生活中年轻小夫妻之间的日常与日常的龃龉。年轻生命的活力，身体的、情感的小波澜与小纠结，在生活流的场景叙事中，体现了俗世烟火气的温暖。《舞动的玩偶》讲述了少女茜叛逆期的一段生活经历。她学习成绩平平，家庭教养和关爱不足，只上过职高，做着超市收银员的工作。茜最大的爱好就是打游戏和跳舞，她又颇为独立，并没有混迹于不良场所。即便是交男朋友，也行止得当，毫不拖泥带水。她其实也有着对于美好生活的向往，比如沉溺于优雅帅气的男主持人，她向往一种更为精致的理想化的生活，然而现实是冰冷的，男主持人老婆一句"神经病"，骂醒了茜的美梦。小说结尾茜回归了小市民循规蹈矩的生活，到底是正剧还是悲喜剧？总之，在世俗的层面上，茜找到自己或者说她彻底地丢弃了曾经的自己。《华服》将现实生活中的某类"剩女"写得细腻传神。现代女性从自身主体性角度来说，经济独立和人格独立是一体的，然而在追求经济独立的过程中，如果没有把握好工作与结婚生子之间的平衡，往往会陷入尴尬的境地。小说中的陆玑不愿意跟着爱的人去小县城过夫唱妇随的小日子，自己一个人在大城市的职场打拼。她苦心经营的居室、满满的衣橱和光鲜亮丽的外表，这些的确在一定程度上让她沉溺和满足，然而精神和情感的空虚依然如蚀骨之痛，如影随形。小说非常精准地抓住了标榜现代女性的大龄剩女恨嫁的瞬间,在向渣男吐露结婚意愿之后,遭受了羞辱与轻慢。小说结尾陆玑似乎已经对于自己虚荣的"华服"和不切实际的"浪漫"生活有所警惕。无论是物质、精神还是情感,现代生活中,女性的快乐、自信乃至幸福关键在于自我的成长。

乡村生活图景与女性命运的叙事

乡村生活是身处县域文化的郭乔所熟悉的,正是因为处于乡村和大都市连接的县域生活,她笔下的乡村生活图景与人物的命运有着更多双向的审视与观察,带着客观冷静与温和的叙述姿态。《春回大地》讲述的是有关帮扶脱贫的故事。小说的特点在于故事贴着农村现实人物,非常接地气。里面刻画了民办合同制老教师从不求人却因老病无依而求扶贫款的尴尬,受孩子疾病拖累的农村家庭的贫穷与无望等等。小说讲述了乡村生活中的艰辛,以及新时代对于这些生存问题的政策支持与工作援助。故事的主人公扶贫干部丁裕民非常了解新业村的农民家庭,也通过自己对于党的干部政策和社会资源的充分利用,实际解决了特困农民家庭的问题。新时代乡村经历了新的巨变,在日渐富裕的过程中,乡村生活形成了新的生活经验和风俗伦理风尚。《对门》通过农村姐妹花人生经历的叙事,讲述了乡村生活的变迁,人物命运的变化。文本通过主人公王嫂心理和意识的刻画,表达了农村女性的自尊、自强与自爱,同时也在对王嫂和杨嫂姐妹情谊的讲述中,呈现出了人的情感和心态的复杂性。嫉妒是个恶魔,它会让人变得面目全非。然而,最终王嫂迈出的脚步依然带来和解的温情。《银凤凰》是更为贴近当下现实生活的一个文本。银凤曾经是朴实、孝顺而听话的女孩子,然而她的悲剧则始于父母把她当做赚钱的工具，先是打工挣钱补贴家里，接着竟然直接将银凤换取彩礼，几乎是将女儿卖了。银凤最终逃出夫家，过上了独立自主的生活，甚至于找到了自己的爱情和婚姻。然而对于暗恋帅气同乡的所谓爱情，又一次让银凤陷入尴尬和被抛弃的境地。然而，郭乔的写作是柔软的，她让银凤能够悬崖勒马，最终还能看到鞋匠的归来。小说的独特之处在于：对于乡村女孩从小被规训，老实而木讷，单纯到愚蠢，孝顺到麻木等特征的生动刻画，以及女孩（女人）恋爱脑所能导致的荒谬人生情境的叙写。银凤是存在于广大乡土的很多朴实女孩子的缩影。

总而言之，郭乔的写作刚刚起步，已经呈现出独特的观察视角，即对于城乡多样性题材的有效把握，以及对于文本主人公心理和意识层面的深度刻画。她的小说有着欧·亨利式的带着忧伤的温馨，她的主人公行走在俗世烟火中，即便是在歧路上盘桓，也最终会向光而行。郭乔用文字搭建关乎爱、道义抑或伦理的路径，让笔下的主人公一次次抵达人性的真实与善良。

期待郭乔以后更为广阔深厚的写作。

2024 年 8 月

于鲁院芍药居校区

天　使

　　她被老陈从卧室里推出来时，眼睛稍稍有些发麻。

　　她卧室里的粉蓝雪尼尔遮光窗帘，从早到晚几乎都是拉着的。她的睡眠时间——晚上睡不着，白天昏沉沉，决定了窗帘只能长期处于闭合的状态。

　　然而，她还是看清楚了门口站着的那个人，大骨架、国字脸，看上去有些村气，与想象中托尼①的形象相去甚远。只有那一头烫染成亚麻色的摩根飞机头型，标志着眼前之人，正是被老陈请来的理发师。

　　几天前，老陈在给她洗头时，突然来了一句："该理理了，理短点好打理。"她没有表态。如果这次老陈还是拿着家里那把有点锈钝的大剪刀，对她的头发来一顿粗鲁的拦腰截断，她一定会狠狠地反抗。她的头发浓密黑亮，出事前，瀑布一样齐肩披着。许多人对她的印象就来自这头好头发。有人当面评价，你长得有点像那个洗发水广告中的女孩，谁来着……不等那人想出答案，她就给出答案，郭碧婷。那个洗发水广告一度很火，对她做如是评价的也不止这一人。

　　从手术的昏迷中醒来时，她的头部凉森森的，是头皮连着头发楂

_____

①　托尼：网络热语，近些年成为对理发人员的别称。

的感觉。她被刮了个大秃瓢。那是她最痛苦的一天。失去了头发，似乎比要了她的命还让她难受。不过，头发这东西，野草一样长得快。三年的时间，她的头发长得已经超过了之前的长度，是比之前还要壮观的瀑布，齐腰悬挂着。这可苦了老陈，每洗一次都要抱怨，留这么长有什么用？又费水又费人，还不如剪了。那一次，老陈终于没忍住，拿起剪刀来了个痛快。为此，她和老陈大闹了一场，并且几个月都恼着他。

吃一堑，长一智，这次老陈学乖了，知道从外面请个托尼回来。

只是，最近一段日子以来，她越发灰心了，理不理的，都一样；谁理都一样。在她看来，老陈又做了一次无用功。

既然请来了，那就理吧！老陈想怎样就怎样吧，只要他高兴。这样想着，她对自己的新发型，突然有了一点期待。

那个托尼满脸惊恐，直戳戳地站在门口，进也不是，退也不是，一副见到鬼的模样。她知道，托尼应该是早于自己看到了对方的模样，并且看得更清楚。她的心里针刺了一下，痛感迅速弥漫。

对于自己模样的变化，她起先并没有察觉，她以为自己的容貌还和过去一样，毕竟受伤的是她的身体而非面孔。直到最近，老陈不得不带她出一趟门时，透过邻里的眼睛，她才感觉到了点什么。回家后，她让老陈拿着镜子立在自己面前，老陈支支吾吾地不肯。这几年，家里的镜子一面比一面少，几乎全部消失。她依然没有察觉。出事后，她的感知系统仿佛也和身体四肢一样瘫痪麻木，不像过去那样灵敏。话说回来，一个直愣愣躺着的病人，还有什么心情和能力照镜子。老陈做了许多无用功。

当一阵类似沸水掀开烧水壶的声音，将要冲破她的喉咙迸出来时，老陈明显慌了手脚，他翻箱倒柜地寻摸出一块方镜，端着立在她面前。

她终于看清楚了自己的脸，在事隔三年之后。她也像邻居们一样，瞳孔变大，瞳距变宽，甚至比邻居们的还要大与宽。镜子里是怎样的一副鬼模样？！一张缩成拳头般大小的脸，被一层灰白的薄皮覆盖着，下面是经纬图一样细小的血管；眼睛和嘴巴过分凹陷，之前引以为傲的鼻子，变成了一个突兀的存在……那一刻，有无数根针扎进她的心里，那种疼痛感，过了好些天，才消散。

那托尼的表情僵在脸上，足足有几秒钟。放大的瞳孔中，映照着她外星人一样的面孔。正午的阳光，透过落地玻璃窗照射进来，客厅的一半笼在一层金茸茸的亮光里，另一半是江面上月光一样的青白。在这亮与白里，她产生了一种错觉，她和托尼之间不是隔着一个客厅，而是隔着一个阴间与阳间的距离。

"吭"的一声，距离感突然被打破，老陈对托尼说："帅哥，这是我女儿。麻烦你给她把头发理理。"她心里针刺一样地痛，也随着老陈的这一声"吭"消散了。

托尼从失神中醒转过来，慌忙从肩头取下工具包，打开来，里面是成套的理发工具：几种类型的剪刀，电推子，梳子，夹子，毛刷子……他动作麻利，却有一丝掩饰不住的慌乱。当他靠近她时，那种手足无措更加明显。在轮椅前停顿了两三秒后，托尼张开双臂，做了一个弓腰的动作。她立即明白了，他是想把她抱起来，可能又觉得不合适，动作只是在空中僵了僵，身体姿势立马恢复了原状。

"先要给她洗个头，你把她抱到沙发上躺下。"托尼对老陈说。老陈嘴上说着好好，正准备弓腰抱起时，又转而摁了右下方的按钮，待靠背缓缓下移后，再拉长它，轮椅变成了担架。"靠，高科技啊！"托尼称叹道。她的眉毛抽了抽，眼盯着天花板上的球形吊灯。那蒙了一层灰尘的球体们，此刻像手术灯一样探照着她的脸。她的脸色看上去越发惨白。

老陈把从卫生间接来的一脸盆水，款款放置在轮椅前的方凳上，位置不偏不倚，刚好够托尼把她的头发送进水里。满满一脸盆水草似的头发。她又听到一句感叹："这头发，靠，真棒啊！"她的眉毛又抽了抽，但这回轻蔑的意味少了，相反心里涌上了丝愉快，脖颈处的紧张也放松了不少。

她明显感觉到自己的头皮放松了，那托尼用指肚在她的头部给予了不同力度的按压，又缓缓揉搓她的头发，她的身体越来越放松。当然这只是想象。她的身体早就没了知觉，但那一刻，似乎产生了一种柔软有温度的感觉。她微微阖上眼，任托尼在她的头部做操一样各种按摩。

一阵滴滴答答的声音传来，类似于雨滴掉在瓦砾上。她只觉得私处有一股温热的液体涌出。托尼揉搓头发的动作放缓了，显然他在捕捉声音的来源。她却立即明白了，红晕立马上了脸，她想跳下轮椅担架逃跑，身体却由不得她的意愿。随着滴答声越来越响亮，她羞臊难安到要发狂。她的身体做出了各种反应，都无法表现出来，只有紧张的面部表情，给了托尼一种提示——这姑娘咋的了？

那沸水掀开烧水壶的声音终于从喉咙里迸射而出，带着尖厉的啸鸣音，一出口就分贝不小。吓得托尼往门口逃，大有一种连滚带爬的架势。他不知道，她自从全身瘫痪后，和她的身体机能一样退化的，还有语言功能。这其实经历了一些过程，从刚出事时的沉默不语，到一段时间后的谵语妄言，再到后来的轻易不开口，一开口就是大吼大叫、歇斯底里；现在，基本上连词语都省略了。那张嘴除了吃饭，就是遇到不开心的事时，把那类似于海豚求救的鸣叫声发出来。"啊——啊——啊——"尖厉的声音刮擦着屋顶，迅速盛满了整个空间。老陈飞步上前，推着担架撤退一样跑向里间的卧室。身后是一声重重的关门声。

托尼惊魂稍定，心里才犯起了嘀咕，到底怎么了？目光却被一摊水吸引了，一摊浅浅的边缘参差不齐的水，好似一个画得太粗的惊叹号，就在刚刚放置轮椅的地方，那清黄的颜色，在阳光下，仿佛带着某种邪魅的光亮。

她没想到自己会在这个时候失禁。怎么会这样？早不来，晚不来，偏偏这时候？！即使她早就无法顾及自己的形象，但在一个陌生人面前，尤其是一个青年男子面前，她还是感到羞臊难安。

遇到不好的事情，体内就会有一种可怕的东西通过声道冲出来，这对于瘫痪后的她来说，似乎已经成为一种本能；并且这种声音一旦冲出，想让它快速停下，几乎不可能。她也说不清楚，是她不想让它停下来，还是它自己压根就停不下来。

老陈早都谙熟了这些，他边给她拾掇边吼道："别喊了，尿就尿了，又不是没尿过。"她依然扯着嗓子喊，沮丧得要命。老陈只好摔了门，将她和她的声音一起隔在门后。

这都怪老陈，他不应该请个托尼来家的，更不应该忘了给她穿纸尿裤，他明明知道，她随时随地都有可能失禁；他存心要让她在外人面前丢丑吗？她羞死了，真想找个地方躲起来。

还有老陈刚刚给她换裤子时，那样潦草粗鲁，那个纸尿裤仿佛被他随便绑在了她身上。难道就因为她失去了知觉，他就可以这样对待她吗？更可恶的是，还没收拾利索，他就跑出去见那个托尼了。

她越想越难受，和着之前的郁结之气，在她的胸口结成一个球体，一下子就弹出了嗓子眼，一出口就是要把屋顶掀翻的架势：

"啊——啊——啊——"

这一次，她真的要给老陈点颜色看看。

"别喊了，喊什么喊？"老陈冲进屋里，高声阻止。

"啊——坏蛋——啊——大坏蛋！"

"别喊了，谁让你尿尿不挑时候？"

老陈越是高声阻止，她喊的声音越大。真想不通，她那病弱的身体里怎么蕴藏着那么大的能量。

老陈再一次重重地摔了门。

一阵静默后，突然有呜呜声传了进来，声音先小后大。是老陈哭了，没错，是老陈的哭声，像憋了很久似的。老陈又哭了。这三年来，老陈不是没有哭过，但是在陌生人面前，这还是第一次。她讨厌老陈哭泣。只有一次是例外。

那是三年前的一天下午，她尚处在麻药的昏迷中，意识深处混混沌沌，不知过了多久，似乎有一缕丝状的东西生了出来，逐渐汇聚成一团，迁移到耳朵边，等到变得越来越有分量时，又重重地回弹到她的意识深处。她猛地睁开眼。一片明晃晃。耳畔传来哭喊声。等她更清醒一些时，就看到了全家人围在她身边哭喊的模样，尤数老陈哭得惨。那还是她第一次看到老陈哭，她心里难过极了，想要说句什么，喉头却像是被封闭了，好不容易挣着说了一句："爸爸，别哭了。"声音小得连她自己都听不见。老陈却听到了，他顿了顿，抱着她又是一阵大哭。

她竖着耳朵听外面的动静，暂停了海豚音。老陈的抽泣声中夹杂着一些话语，一起传到她的耳朵里。"兄弟，让你见笑了……"哭声渐弱后，说话的声音变得高昂，带着一股掩饰不住的愤怒，"妈的，老天爷怎么这么不公平？为什么偏拣软柿子捏？有本事冲着老子来，欺负一个小姑娘，算什么本事？"出事后，老陈那么凶那么迷信的一个人，变得敢骂天骂地。然而，老陈不应该把这些话，说给一个外人听的，她心想。

一声叹息，是那个托尼的声音，传到她耳朵里时，使她越发难过。沉默了一会儿，老陈又开口了，声音变得低沉，也像叹息，却依旧没逃过她变得越来越灵敏的耳朵。"兄弟，不瞒你说，老哥心里苦啊……命运为什么要这样捉弄人？没出事前，妞儿多漂亮，你看现在……成个什么样……我这个家也散了……"老陈说得断断续续。

是啊，他们这个家散了。她心里的刺痛变成了她早已熟悉的钝痛。

随后的日子，她才逐渐明白，女人对一个家来说，意味着什么；妈对一个家来说，意味着什么。原来一个妻子一个母亲的聒噪，也会把一个家填得满满当当。妈走了后，这个家冷清得像是被大潮冲刷过的海滩，空空荡荡，一望无垠。但是瘫痪在床的她，需要的不是清静，她需要的是热闹，哪怕这种热闹只是灌满耳朵的喧嚣。她第一次觉得，母亲这种身份也是一体两面的，她带给你不好的同时，也会带给你好。比如，她会把这个家收拾得干干净净，会把她收拾得清清爽爽，从不让她身上多长一个褥疮。

在每一个被孤独啃噬灵魂的日子里，她都很清楚，她想妈妈。她的妈妈真走了，离开了她。她也逐渐弄明白了一件事：瘫痪带给她的破灭感，一部分是不能接受自己被毁掉的事实，另一部分是，离散。很多人都离她而去了，不光是妈妈，过去的生活、同学……还有，那个他。那个说过喜欢她，要陪她考同一所大学，和她结婚生孩子的他。一出事，他就离开了，头也不回地离开了。

谁都不能理解她的心情，只觉得她是一个任性的孩子，出了事更加任性，只有她自己清楚，她被破灭感彻底裹挟了。活着对她来说，只有呼气和吸气这两件事了，她还有什么好顾忌的。有时候，她也挺同情老陈，比如此刻，听着他在客厅对一个陌生人倾吐衷肠，她的心里也会滑过一丝内疚，毕竟他是唯一一个没有抛弃她的人。但她依然恨他，谁让他把她带到这世上。

停顿了几秒钟，托尼的声音传来了，带着淡淡的伤感："老哥，多保重！"

随即是一声关门声。她怔了怔。

屋子里一片寂然。老陈也跟着托尼下楼去了？

她心里猫抓了一样难受。她也想跳起来，跑出去，离开这间屋子，跑到外面无人的地方或者有人的地方。但她什么都做不了，只能直挺挺地躺着，一直躺着，不知道要躺到什么时候。她的气还没有出掉，依然沮丧无比。她又开始了喊叫，凄厉的声音回荡在空荡荡的屋里，自己听得都瘆人。喊了一会儿，感觉脑袋昏昏沉沉，便闭上了眼睛。泪水很快打湿了枕头，不久，她的脖颈处冰凉一片。她的心里也冰冰木木的，好久好久，直到意识也跟眼睛一样模糊不清。

她分不清楚自己是在梦境中，还是出现了幻觉。许多日子以来，都是这样。

她真的跑出了这间屋子，外面阳光灿烂，她跑啊跑，穿过长长的街道，来到了黄河边，黄河水平静地流淌着，不远处巍峨的黄河母亲雕像，看上去依然温柔可亲；她跑啊跑，来到一个美丽的大花园，那里鲜花竞开，珍禽漫步。一座有着各种浮雕的白色建筑就在不远处，长着透明翅膀的天使们进进出出。一条玉带一样的溪流环绕着花园，水流淙淙的声音像花香一样迷人。一阵微风吹过，有音乐声响起。风声与音乐声一起抚摸着她的耳朵，她一阵心痒，情不自禁地舞蹈起来。随着音乐的旋律，她舞得越来越开心，双腿好像装上了自动发条，那样矫健活泼有力。在她的带动下，所有的动物和仙子都翩翩起舞。不知何时，她身上的棉麻睡衣换成了一件白色纱裙。那纱裙的裙摆好大好宽，她穿上它，在花园的喷泉旁转起了圈圈……

　　等难过的感觉再次漫上心头时，已是日影西斜，靠窗的墙上笼着一层淡淡的日光。老陈早晨推她出门时，先一把拉开了窗帘。她看着天光，明白自己清醒了。

　　老陈还没有回来，屋子空荡荡的寂静里，又加了一层萧然。

　　她回想今天的事情。她没想到老陈会请个理发师来，既然来了，就应该理完再走吧；她也没想着会在家里见到一个陌生人，既然见了，总不能让他只看到自己的狼狈样就走吧。

　　这个陌生人的突然闯入，给她带来了什么呢？除了屈辱和羞耻感，现在想想，似乎还有别样的内容。具体是什么？她也说不清楚，但是在他给她洗头的那一刻，她心里确乎涌出了不一样的东西，有点像她小时候吃的拉丝糖，细细的一缕，越拉越长。

　　然而那个陌生人走得那样匆忙，仿佛拉丝糖还没吃到嘴里，就断了，甚至掉在了地上，吃不成了。这种感觉类同于失去，甚至比失去还要刺激人。她越回味，越觉得不是滋味。

　　家里已经好久没有来过外人了。她也没料到，自己内心的真实感受竟不是想象中的抗拒。这个陌生人似乎给她一成不变的生活带来了些不一样的东西，就像从她灰烬一样的心情中迸溅出了一个火星子。然而现在，一切都变了味，变成了一种比失去还要复杂的心情，是离散的另外一种形式——一个陌生人突然地闯入，又突然地离开，她再一次被抛弃了。就是这种感觉。

　　对于理发这件事，她早已兴味索然，理不理的，对她来说，又有什么区别呢？但是，她心里依然难受。

　　天黑了，屋子笼罩在一种虚空的暗中，寂静也显得阔大无比。客厅里传来了钥匙捅锁眼的声音。老陈回来了。这两年，老陈学会了喝酒。

　　老陈把提回来的熟食端给她吃，脸上挂着歉疚。正是这歉疚提醒了她，那个比之前还要大的球体，一下子又从她的喉咙里蹦了出来，毫无阻隔。她"啊啊啊"地叫着，声音大得能刺穿窗玻璃。老陈下意识地看看四周，他已经被邻居们的扰民警告整得够呛。

　　老陈以为自己躲出去一下午，这事就算过去了。这死妮子气性真大，这样作闹，就是想理个漂亮的发型。也不着急就在今天啊——老陈揣度她的心思——还是哄哄这死妮子吧，先把她稳住再说。

　　"别喊了，下次再给你把那理发师请来，下次理，好不好？"老陈放软了口气。

　　"啊——啊——啊——"她更大声地喊着，根本不给老陈转圜的余地。

　　"你到底想怎样？"老陈大声吼道。

　　"理发！理发！我要理发！"她愤怒老陈误解了她的心情，便沿着他的思路来对付他。

　　"明天好不好？今天太晚了。"老陈哀恳道。

　　"啊啊啊——"她使出全身的力气喊叫着。

　　许是喝了几杯酒，老陈心里憋着的那团东西，似乎也想跳脱出来，类似马戏团里狗狗钻圈的那种火焰，圈住了他的脑袋。他冲进厨房，拿了那把锈钝的大剪刀，又冲了进来。她怔了怔，声音还是没停下来，或者今天她就是要跟老陈干到底。

　　"一二三，我喊停。"老陈喊了停，她依然没有停下来，反而更大声。

　　又一个"停"字落地后，老陈再也忍不住了，他凑近她，薅起她的头发，就上了剪刀。这一次毫无章法，随心所欲，想怎么剪就怎么剪，老陈铁了心要治治这死妮子。就像海风刮过森林一样，大树东倒西歪，小树连根拔起。老陈的剪刀所到之处，更是一片狼藉，剪得短的地方几乎可见头皮，长的地方挂面一样飘荡着。她"啊啊"地喊叫着，用尽了全身的力气，她要和老陈拼命，身体动弹不得，只有那扯破嗓的海豚音和左右摇摆的脑袋，表明她要和老陈拼了。

老陈依然不停手。

"陈云开，你赶快给老子停下来！"这话一出口，两个人都吃惊不小。她已经很久没有说过一句完整的话了，她所有的诉求都是通过"啊啊"的喊叫和简短的词语来表达，这种语言的退化类似于失语症，至少医生是这样说的。

"陈云开，你要不把老子弄死，要不给老子停手……"更多的话语从她嘴里冒出来，不光惊呆了老陈，她也感到诧异。莫非她的失语症在情急之中得以治愈？

"陈云开，你就是个窝囊废，你这辈子就这样了。"这句话一出口，他俩都怔住了。老陈的心脏像是被炮弹射中了，这是他最怕听到的一句话，过去每听一次，他的心脏就会被洞穿一次。

她从老陈灰败的脸色中，感受到了这句话的杀伤力。以前妈还在的时候，每次拿这句话骂老陈，他都是这副痛苦的表情。那时候，她总是阻止她——"不许你这么说我爸！"

短暂的惊诧过后，老陈终于醒转过来：

"你说什么？你再说一遍？"

"陈云开，你就是个窝囊废，老子和你拼了！"

话音刚落地，老陈的大手便卡住了她的脖子。她瞪大了眼睛，嘴里呜呜着，不敢相信他会对她来真的。老陈却越卡越紧，那钻火圈的火焰烧遍了他全身，尤其那双大眼睛，像两个大火球。"你再给老子说一遍？"她只是呜呜叫着，使劲摇摆脑袋来反抗，恐惧攫住了她的心。她越是反抗，老陈手上越是用劲儿。她的脸变成了酱紫色，胸口憋闷得要爆炸。时间长得仿佛停止了流动。然而，就在某一瞬间，她心里的恐惧突然涣散了，一种意念生了出来，是早就有之的渴望——老陈快点结果了自己。

她面色平静，不再挣扎，嘴角似乎还挤出了一丝微笑。时间的封印，经过长长的一段停滞，终于结束了，并极速向前推进，把老陈从某一个远离现实的场域中带回。像是一个溺水的人突然钻出了水面，老陈深吸一口气，醒转了过来。他深感恐惧，立即躲开，远离她的床榻数米。仿佛不相信眼前的事实似的，老陈举着那只大手死死盯着，突然，又从地上爬起来，逃也似的离开了。

她没有盼来想要的结果，尽管这结果她曾无数遍地幻想过——要是有个人能帮帮她就好了，给她吃一瓶安眠药，或是给她脸上罩个塑料袋，实在不行，把她抱起来扔到楼下也行……她想了十几种，从未想过卡脖子。那滋味真不好受。但再不好受，也只是短暂的几十秒。只差一口气啊，这该死的老陈！若他真的掐死了她，她在天国里都会感谢他；可是现在，他休想让她原谅他。

一个痛苦沉闷的夜晚。她一夜无眠。老陈的鼾声也没有准时响起。她没想到老陈会对她下狠手，泪水淹没了她的枕头。但是，她又有些理解老陈，他早应该向她下狠手了。只差一口气了啊，若是老陈再坚持几秒钟……

第二天一早，老陈就端着精心烹制的早餐进来了。她只是闭着眼，自然看不见老陈满脸的羞愧与不安。这一次，老陈真的懊悔得要命，他不该那么冲动。老陈不忍将目光停在她的头脸上，那鬼剃头似的发型，以及脖颈上的那圈青紫色的印迹。

"妞儿，爸爸错了，你就再给爸爸一次机会，好不好？"老陈趴在她跟前，一遍一遍地向她道歉。她内心平静，仿佛把一切都抛诸脑后了——一夜的苦思，使她终于下定了决心，她要离开这里，去往幻想中的那个美丽世界。在那里，没有伤痛，她不但可以跑，还可以飞。

以前，她的世界再小，还有一座小城，一座被誉为"黄河金岸"的小城。那里有随着季节变换姿态的钻天白杨树，有又大又圆的橙红落日，有棋盘一样的街巷，有活泼生动的面孔……如今，她的世界只剩下了一只小床，终日看到的只有刷了白色乳胶漆的屋顶。当然，老陈也会给她翻个身，她的世界因此变得开阔了些，可以通过窗口看到对面的窗口。然而，所有的景物都模糊不清，就像上个世纪的老电影。唯有楼顶的那棵树，无论何时都清晰地映在眼帘，让她用猜测楼房屋顶上怎么会长出一棵树这样的问题，来打发百无聊赖的时光。

也就是在瘫痪后，她学会了思考，比如"平行空间"的有无。她想的问题越来越多，从一个仄狭地到另一个仄狭地，从未开阔过。本来厄运就不会助人通达，何况又是在她这样小的年纪。最让她想不通的是，她为什么会成为这个样子？如果命运的大手如此拨弄她，她为什么还要悉听尊便？或许，她也可以不用成为这个样子！

直到第三天，老陈才发现了事情的严重性。这死妮子，这次好像不是跟他闹着玩。要不然，她也扛不住这么长时间的饿啊！老陈尽量把饭做得可口，可是他喂多少，她吐多少，水也一口都不喝。老陈后悔死了。好话说尽了，她就是不吃不喝，一副打定主意的样子。老陈气得砸了几个碗，心想就随她去吧。之前不是没有过，在老陈最焦躁无助的时候，他不止一次这样想过。然而事到临头，看着她那副平静接受的样子，他的心脏又像是被挖空了一样难受。不能够啊！他老陈的孩子，才二十出头，不能够啊！

绝食的第一天，她的身体里仿佛多了一只手，挖啊挖，把她的身体挖空了。饥饿感像是一只张着大嘴的怪兽，把她彻底吞没了。她真想吃点什么，随便什么都好。她竭力控制自己的意念，不把老陈喂到嘴里的吃喝咽下去——"吐出去！吐出去！"她命令自己；第二天，饥饿感没有那么强烈了，胃里火烧火燎的感觉也缓解了些，她不再痛苦，意识也变得轻灵，被天使、星空、花园等各种元素填满。她自己也搞不清楚，是梦境还是幻想；到了第三天，她的身体已经毫无知觉，甚至包括胃部，她已经感觉不到饿了。意识的色彩变成了模糊状，混沌一片。

恍惚中，她感觉老陈又进来了，带着室外阳光和粉尘的味道。一进门，就抱起她，把她轻轻放进轮椅里，小心翼翼的样子，像抱着一个易碎品。她想反抗，却没有一丝力气。

她感觉自己又被老陈推到了客厅里。她努力睁开眼睛，客厅里依然浮着她熟悉的日光。这晶亮的光线让她的元神暂时附体。她终于明白，她还没有离开，依然活在这个让她厌烦透顶的世界。一丝清泪滑过脸颊，挂在她的唇角上。

"兄弟，你就再辛苦一次，给妞儿把头发剪剪。"老陈哀恳道。她再次睁开眼睛，才发现背阴处的饭厅里，站着一个高个子男人，就是上次那个托尼。那托尼脸上的表情比上次看起来还要惊悚，不用猜，她就知道，自己看起来更像个鬼了。

她不想理发，她什么都不需要，谁都不要靠近她。她想大声喊出来，但是嗓子眼里只有轻微的"呃呃"声。

那托尼瞠目结舌地站在饭厅，看起来和老陈一样无助。她恨不得拔腿就跑，可是她不能够，只好叹口气，无奈地闭上眼睛。

时间停止流动了。她仿佛又失去了意识。

突然，那个托尼就凑到了轮椅前，惊得她睁开眼。托尼的大脸盘就像电影中的蒙太奇镜头一样耸立着：

　　"不要紧，很快就理好了，保证让你漂漂亮亮。"托尼说，声音有些颤抖，却带着一股坚定。托尼还抓住了她的手，将她枯瘦的小手紧握在他的大手里。一股温热的力量像微弱的电流一样，通过她那只尚未完全失去知觉的手臂，传递到她的全身。她的身体应该也颤抖了一下。她又闭上了眼睛。

　　那是怎样短暂而又漫长的一个小时。她的耳畔有剪刀落在头发上的"沙沙"声、托尼节奏匀称的呼吸声，以及阳光攀爬窗棂的"簌簌"声。对于理发这件事，她终于是无可无不可了。

　　一缕缕气味飘进她的鼻腔，刺激着她的嗅觉与思绪。那是托尼的体味，混杂了汗腥味、染发剂的味道，以及不能言明的只有青年男子身上才会有的味道。她的意识深处的某些东西，似乎又被唤醒了。比如那天黄昏，有一个男生也这么近地靠紧她。她和那个男生走在长长的街道上。日光倾斜，将他俩的影子也拉得老长老长。某一次，当她再次低下头时，看到他的影子上方无端多了一个长方形的东西。她似乎预感到了什么，立刻抬头，一个长方形的物件从天而降，她猛地推开那男生。那个物件竟落在了她身上。

　　那是一个书包，足足有十几斤重，不偏不倚地砸在了她的后背上。七处脊柱几乎全部骨折，骨髓严重受损，不可逆转的高位截瘫。瘫痪后，她一直都在琢磨两件事。一是，那个扔书包的，到底是个什么样的人？什么样的人才会将书包从临街的窗口扔下去？后来她听说，和她一样，是个高二的女生。上了高中后，她也多次萌生过想把书包扔掉的想法，但那仅仅只是个想法，谁又会真正去做呢？还有，出了事后，他一次都没有露面。她实在想不明白，他为什么不来看看她？他说过要和她在一起，一辈子……

　　她的思绪被老陈一阵呜吧嘴的声音拉回了现实。她一向搞不清楚，老陈的啧啧称叹与咂嘴间的区别。但是这次，看着老陈边绕着轮椅上下打量边啧啧有声的样子，她立即明白了，老陈是在称赞她的新发型。过了一会儿，托尼长舒一口气，说声"OK"，给人一种大功告成的感觉。

"我给你做了二十多个层次，这样可以把太短的地方与长的地方衔接起来。"托尼对她说。"有镜子没，你去找块镜子给她照照。"又对老陈说。

"有有有！"老陈激动地搓着手说，"这头发剪得太好了，妞儿，你一定得看看，剪得太好了……"边说边拉开立柜的抽屉，从里面取出一块方镜。老陈端着镜子立在她面前，那大张着的嘴巴始终没有合上，一副激动加讨好的神色。"妞儿，你看看，理得多好，多漂亮。"老陈絮叨着，笑意像发酵的面团，越膨越大。托尼也站在老陈身边，神色紧张，一只手紧握着剪刀。

她看着镜子，有点不敢相信自己的眼睛。她太虚弱了，感觉还在幻觉中。镜子里的那个女孩是自己吗？在她的记忆中，她从来都是长发披肩。这款介于波波头与短发之间的发型，像一顶黑色闪光头盔一样罩住了她的头部，使她看起来又酷又飒。原来，她更适合短发。

她也长舒一口气，像是经过一段长途跋涉后，终于到达了目的地。当她再次睁开眼睛时，目光停留在电视墙左侧的一幅照片上。那是她上初中时拍的。那时候的她，青春甜美得像红苹果，站在爸爸妈妈中间，穿着一袭白纱裙，又像是天使降临在了人间。

看着看着，她又出现了幻觉，她仿佛从轮椅上站起来了，飘飘飞飞地到了画里，她和画里的自己手牵手飞舞了起来，她们越飞越高，越飞越远，最后来到了一座有着白色建筑物的大花园里。那里流水潺潺，珍禽漫步，许多长着翅膀的仙子围着她们翩翩起舞。

华 服

陆玑醒来的时候，发现自己身上还穿着昨晚那套绛红金丝平绒晚礼服。她微微移动了一下身体。腰间有一股木木的疼，是那些作为束腰带的珠子硌的。颗颗饱满滚圆的紫色珍珠，立起来时，水一样晃动流淌，颇有流光溢彩的视觉效果；经过一夜，被陆玑压在身下后，变成了硌肉的小石子，而她肌肤的娇嫩程度不逊于童话中的豌豆公主。痛感迅速蔓延，一路到达头部。

陆玑的头果真疼起来，她知道这是宿醉的结果。极少喝酒的人，即使很小的量，也会醉，何况到最后，她简直是一杯一杯地灌，她需要用酒来填满昨晚无言的沉默。李之华却是小口小口抿，他低着头，把玩着手里的红酒杯，眼光倾注在杯中的红酒上，显得迷离又温柔。陆玑懂得，他此时的表情意味着什么。许多日子以来，或许就是因为受了这份温柔沉默的牵引，她才一步步靠近，以致落得此刻这尴尬的处境。杯中的酒在李之华的注视下反而变得有情有义，浓稠的酱紫色逐渐变得浅淡，在大堂巨大的水晶灯照耀下，又掺入了一丝神秘的琥珀色光泽。低着头，陆玑也知道，李之华绝无把目光转向她的可能。

一切都在沉默中断绝了，又因为杯中酒有了丝丝缕缕的联系。酒比人解人意。陆玑看到自己倒映在酒中的脸：苍白的面孔，呆滞的目光，两颊却是两团酡红。这是因为她内心纠缠着复杂的情绪，冲动的热潮退却后，剩下的是满腹的羞涩和懊恼。好在有酒可以掩饰，掩饰着她逐渐生起的凄凉，掩饰着她由窘迫逐渐走向淡定。到最后，她的眼神也变得迷离了，是真正的迷离。

在意识还保留着最后的清醒时，陆玑断然命令自己一定要停止喝酒，以保证能够从这金碧辉煌而又幽暗丛生的大堂深处走出去。李之华追了出来，他的脚步从容，一把搀住跟跟跄跄快要跌倒的陆玑。

只是隔着一道门，陆玑的眼中便是另外一重世界：街道上熙来攘往的车流人群，扑面而来的清凉晚风，远处街角传来的阵阵歌声……陆玑精神为之一振，她想了想，并没有甩开架在她胳膊下的那只手，由他去吧！这也是她对事情结局的唯一态度。等出租车的时候，陆玑看到贴在地上的两个影子，依然如昔日般紧挨在一起，在路灯的映照下，仿佛过了电一般，丝丝拉拉地颤抖着。车来了，陆玑能感受到李之华的犹疑，但他终究没有跟着她进到车里。一切都结束了？后视镜里，李之华似乎有些黯然的表情逐渐变得模糊，被夜灯拉得瘦长的身影越来越遥远。

陆玑和李之华是同事，同在一家酒店上班。作为资深的 HR，陆玑在这家酒店的人力资源部门做中层已有好些年，而李之华也算是这家酒店的元老，在行政与策划部门的管理岗位上干得也颇有业绩。平时，因为工作对接，两人接触得自然频密些，但这并不代表他们的关系就比与其他同事的更近些。之后，陆玑瞻顾以往时，也曾推敲过他们初识时的状态，或许也曾有过男女间那种说不清道不明的感觉，却都因为职场的环境和规则而悄然改变。就是他们在一起后，陆玑审视起来，也觉得他们的关系就像恶俗小说中的桥段，缺乏浪漫与温情的部分，从开始的第一步起，似乎就不可避免地走向了一个又一个俗套。

　　那是几年前，酒店在旺季又一波盈利后，决定搞一次规模较大的室外庆祝团建。那天，几十人在郊区山水沟附近的一家山庄里尽兴地嗨皮，烧烤加美酒是那次团建的主题。因为开心与放松，不知不觉间聚会就进行到了子夜时分，几乎每个人喝得都有点多，陆玑亦是醺醺然。结束几乎是在顷刻间发生的，似乎就在陆玑闭着眼睛小憩的几分钟内，大家便作鸟兽散了。等陆玑再次睁开眼睛时，入目的只有杯盘狼藉的场地、天上的那轮孤月，与不多的几个和她一样需要醒酒的同事，其中就有李之华。他们几个也和大家一样，拼车的拼车，找代驾的找代驾，根据住所的远近组合。最后，陆玑和李之华同坐一辆车。出租车在暗夜中行驶着，车窗外的树影在陆玑迷离的眼睛中，幻化成一幅幅淡墨画一样的风景，可惜这风景并不长久，等她猛地惊醒，才发现自己已经反方向地倾倒在李之华的肩头了。本也闭目养神的李之华，被陆玑的一个激灵惊醒。两人四目相对，红晕飞上了陆玑的脸，却因为夜色与酒意掩盖了；李之华的表情也发生了微妙的变化，带动着车内的氛围，恰似一杯正在挥发的美酒，味道越来越浓酽。

　　那天的结果是，李之华跟着陆玑去了她的寓所，仿佛是水到渠成一样，陆玑没有丝毫的抗拒。半夜，李之华走了后，陆玑的酒也彻底醒了，她盯着卧室顶上那一圈一圈水波纹一样的光晕，内心的涟漪仿佛使她还处在刚刚两个人纠缠在一起时，自己宛如一辆突然抛锚的汽车样，不得已停靠在了路边的感觉，再次回味时，仍是仓促而无味。她决定，让事情止于此，就当是酒后无德或是一个无伤大雅的插曲。然而，她也没有料到，他们还会有第二次、第三次，以及后面的无数次。

　　在陆玑和李之华的恋情断断续续维持的时间里，她心里也会生出诧异之情，她和李之华何以一起走过了这几年？很明显，他们谈不上有多相爱。他们在一起，几乎只是为了需要。那之后，无论是在酒店的大床上，还是在陆玑自己颇富情调的闺房里，李之华的表现比起第一次的仓促来，都从容有力得多。除了身体上的，陆玑也不能完全排除她的精神也得到了些许慰藉，因此每每完事后，她将下巴搁在他肩头上来回摩挲，而他则更紧地将她揽进怀里，温柔地抚摸她的后背时，仿佛也很自然。但在同事们面前，他们更自然地就会恢复到了正常同事的关系，做什么都是大大方方的，如常地谈笑风生，如常地开着一些雅俗共赏的玩笑，无须任何掩饰或者表演，真真切切的一对好同事。可以说，不光同事们不会怀疑他们的关系，连陆玑有时候都会怀疑他们的关系。

　　或许就是因为头开得太潦草，他们才自始至终都不显得火热，一直都是不温不火的。中间有过几次，陆玑以为这种非正常同事关系要断了，不知怎的，又毫无理由地续接上了。正如李之华所盛赞的，陆玑是个高质量女人，是个没有要求的女人。陆玑当然明白李之华的意思，他这是在给她递话呢，他们这似有若无的关系能够维持这么长时间而没有结束的原因，就在于她的没有要求；没有要求自然就没有威胁，他大可以安安心心做他妻子的好丈夫、女儿的好爸爸。那就让他暂时沉浸在这虚妄的臆想中吧，他需要这种安全感来维持现有生活的体面，她又何尝不是呢？所以每当听到李之华说出这样的话，陆玑都会从心底发出一阵冷笑，她不是没有要求，只是对他没有要求罢了，他还够不上她的标准。

　　然而，陆玑也没有料到，某一天自己的心态会发生变化。某一天，她这个不婚主义者又想要结婚了。某一天的清晨，穿衣服的时候，陆玑看到镜子里自己半裸的形象，不像过去那样光润饱满了，就像是一幅被做旧了的油画，朱红洒金的辉煌淡去了，只剩下一抹还没有被时光抹去的淡色。这个发现让陆玑一阵惶恐，她深知再过几年，就连那层薄薄的颜色也会逐渐消散，留下干瘪憔悴的一片。陆玑突然意识到自己老了。衰老，来得那么猝不及防，仿佛"咯噔"一声响，她心里的某一块随着年华老去崩塌了。曾经，陆玑认为最岿然不可变动的，是一个人的信念；现在她发现，最容易动摇的其实仍是人的信念。比如她二十八岁时的决定，在三十八岁生辰即将到来时，竟然会被自己质疑。这种质疑不是因为网络鸡汤喝多了，而是她真的感觉十年过去了，日复一日，每天几乎过着同样的日子；这种她一心排斥的同质化生活，恰恰是她当初做不婚决定时最坚实的注脚和理由：差劲的男人、没完没了的家事、复杂难缠的婆媳关系。十年过去了，回头来看，她并没有活出当初心向往之的新意与精彩，精神反而陷入了越来越空虚的泥淖之中；抛开精神层面，她本可以成为追求事业的女强人，却一发不可收拾地陷进了温柔乡。是时候做个抉择了，在事业与男人之间，总得有一样依托。陆玑决定选择后者，在她三十八岁生日到来之际。

　　结婚生子，看来是一个女人的最优选择，前人总结的这些人生经验虽谈不上完全正确，但自有其道理，老公孩子热炕头的生活，才是活色生香的。曾经，陆玑那在三四线小城做公务员的父母，把这些话当作至理名言一样一遍遍灌输给她，作为独生女，她有的是任性与骄矜来反对。可是现在，当陆玑幡然醒悟时，没想到父母的言论却成为自己目下选择的有利论据。幸运的是，自己还没有衰老到无法弥补的地步，至少还有一定选择的余地。然而，谁又能成为那个被她选中的人呢，这才是问题的关键。

　　陆玑把这些年在她身边出现的男人细细捋了一遍，越捋越灰心。好马不吃回头草，她不是不想回，是回不了。当初的缠绵，现在除了变成偶尔在记忆中泛起的不堪场景外，那些男人并没有给她留下深刻的印象，连深刻一点的感觉都没有。如今，怎么捋都只剩下徐嘉端和李之华。可徐嘉端那个浪子，几个月才会 call 她一次，除了说说漂亮话，在床上比较卖力外，再也没有任何实质性的付出。现在只剩下李之华。如果有可能，也只能是李之华，按理说也应该是李之华。谁让他是她的男女关系中时间最长的那位，并且他现在还在她身边。陆玑曾经认为李之华不值得，现在看来，值得不值得的，已经没那么重要了，至少她不讨厌他。这种变化来得太突然，不是他变了，是她变了；她一度还认为李之华不靠谱。他有妻孩，却将婚外情处理得这样自然，这样的渣男真不配有婚姻……可现在，陆玑思考问题的角度发生了变化，想法也就发生了变化：说不定他对她存有真心，只不过表露得不明显，否则也不会与她保持这么长的时间；至少在她面前，他从未说过自己妻子半个"不"字。并且据她观察，他始终不打折扣地尽着丈夫与父亲的责任，这一点，要比许多有婚外情的男人强多了。想法发生了变化，心情也就变了，曾经的不靠谱变成了靠谱。最重要的，他对她还算不错。陆玑心想，她要做的，只是把他们的地下关系变成地上。她要把他撬过来。

所以昨天晚上，当陆玑提出你娶了我吧的要求时，不只是因为当时的气氛恰到好处——卡座里晦暖不明的烛光，大厅一角传来的扣人心弦的钢琴曲，喝了几杯酒后的意乱情迷；也不只是她三十八岁的生日宴会，她就有理由放纵一次。她的要求看似提得唐突，简直是一步到位，没有任何铺垫和过渡，其实早已有了心理动因；就连这些年来，她一直认为的，她对他没有任何的企图心，其实也是一种心理动因，是更深刻的心理动因——越是从反面刻意强调的，往往从正面发挥的效用就越大。

至于李之华的反应，陆玑却没有料到，这段时间以来，她总是站在自己的角度考虑问题，况且昨晚当她脱口而出那个要求后，连她自己都被吓了一跳，她终于说出口了吗？她原以为最近那些杂七杂八的想法只是自己心中一些模糊的意念，当真正说出口时，才知道自己多笃定。而李之华惊得像是舌头被谁突然咬了一口，这就使陆玑大受刺激。足足有半分钟，李之华都是瞠目结舌的样子，那表情分明写着：你不是在开玩笑吧？你是不是有毛病？气氛一度尴尬极了。

　　良久，陆玑的神色才恢复过来，笑意才逐渐又从她的嘴角升起。是的，陆玑突然感觉很可笑，李之华像一只受惊的兔子，他惶恐不安的样子让陆玑心里生出一种恶意的快感，她倒要逗弄逗弄他，让他从安全感满满的臆想中清醒过来。

　　然而转瞬，陆玑便泄气了，她感觉没意思极了。表面看是李之华处于一个可笑的位置，实际上真正可笑的人是她自己，不但可笑而且可悲。陆玑不愿意深想，如果从世俗的角度衡量，她这应该算是吃了大亏。她一向不愿从这个角度考虑问题，愿意将她和他放在平等的位置；尤其在心理上，她常常提醒自己，主动权在自己手里，要不要继续下去，完全由她说了算。这种居高临下的妄想，使她错判了李之华对他们关系的定位。她不能将自己的沮丧展示给他，至少在此刻，不能让他觉得她非他莫属。她要一如既往地占据一个优势地位，让他知道，她陆玑是拿得起放得下的。

　　很快陆玑便调整好了自己，演戏似的对着他"扑哧"一笑，显然有些用力过猛，然而她顾不了那么多，配合上台词："跟你开玩笑呢，瞧你那紧张样儿。我是不婚主义者，这你知道！"李之华这才松了一口气，笑意立马上了脸，说："就知道你开玩笑呢，可你这玩笑开得也太大了。"陆玑的心一沉，脸上却始终挂着笑，眼光却是冷的。

　　接下来的时间里，他们便各自沉浸在面前的酒杯里。只是李之华温柔的表情、迷离的眼神，跟以往的意味已经完全不同。

又躺了一会儿，陆玑实在躺不下去了。以往的周末，和大部分的通勤族一样，她的早晨都是从中午开始的，这需要穿着材质柔软的睡衣才行，一上午躺在床上或睡或醒，都是舒服惬意的。今天却不行，穿着昨晚的行头，怎么躺都不舒服，尤其是在意识彻底醒转、感觉越来越灵敏的时刻。

下了床，陆玑的第一件事就是照镜子。那架雕着白色欧式花纹边框的落地穿衣镜，就放在客厅的门口，以方便她时时自照。这穿衣镜有美颜和显瘦的功能，这么多年来，陆玑之所以能够保持一份经久不息的自信心，很难说这镜子没有一份功劳。最近一段时间，陆玑却对这镜子里的形象越来越不满意，这种不满意日渐侵蚀着她的自信心，使她做了错误的决定。陆玑真想找来一把锤子，将这镜子敲个粉碎。但是，当她看到镜子里面色苍白的女人那狰狞的表情时，着实被吓了一跳。那是她自己吗？那包裹在上身是紧身金丝平绒、下身是状如莲蓬的欧根纱材质的巨大裙摆中的身体，是自己吗？为了纪念她的三十八岁华诞，也为了那个不可期的未来，她花掉了半个月的薪水，购买了这套轻奢风的晚礼服。现在看来，这身行头显得过于华丽了，就像一个过气的演员穿着一身隆重的演出服，站在一个简陋的舞台上表演，多么格格不入；不，不光是格格不入，简直是滑稽可笑。那些镶嵌在领口袖口的亮钻和珍珠，在这间光线暗淡的卧室里，依然闪耀着并不逊于昨晚的光芒，却像无数双洞察秋毫的眼睛一样，嘲讽着陆玑昨晚的荒唐可笑。强烈的羞耻感伴随着无力感，使陆玑差一点跌倒在地，她将自己滚烫的脸颊贴在冰凉的镜面上，脑子里闪现出不知从哪本书中读到的话："烫的烫，凉的凉！"

没有哪一个时刻像此刻一样，陆玑如此厌恶这套华丽的服饰，在粗鲁地一把拉开拉链，将晚礼服从自己身上恶狠狠地剥除时，陆玑脑子里有了新的想法，对于她和李之华的关系，她否定了昨晚坐在出租车上时的想法——她决定不原宥他。不再像昨晚想的那样，逐渐从彼此的生活中退出，她要快刀斩乱麻，对自己的生活来一场毫不留情的断舍离；都这个年龄了，还有什么患得患失的？对待李之华，她要像对待这套面子上还过得去，实际体验感极差的晚礼服一样，把他毫不迟疑地从自己的手机通讯录里删除。做这件事时，陆玑动作麻利潇洒，手机键盘被她敲得啪啪响，心里生出了一种报复了谁似的快感。之后，她便在自己这所小平米的屋子里踱来踱去，环视一周后，她突然觉得自己的生活看似简单实则复杂，从里到外，冗余的部分太多。她突然有了一个想法，她要将这屋子里所有多余冗杂的东西清除出去，真正过一种简约清净的生活。让陆玑没有想到的是，绕来绕去仿佛又回到了起点。十年前，她不就是因为怕麻烦，才做了那个不婚的决定吗？最近她的想法是有些旁逸斜出了，理应大刀阔斧将其斫断。

陆玑决定先从衣帽间开始。这间衣帽间是由与主卧同一朝向的次卧改造的。当初，拿到这个两室一厅的钥匙时，陆玑狂喜的心情，仿佛让她对自己未来的人生不管做出何种规划都有了底气。装修前，陆玑大胆请求设计师在主卧的墙上开了一扇门，让次卧变成一个与主卧相连的衣帽间。陆玑太喜欢买衣服了，对穿衣打扮的热爱与执着，几乎代表了她的整个人生态度，女人就应该时刻保持精致。为此，这些年陆玑将自己收入的大部分都投到了服饰上。那四面墙上齐屋顶高的衣橱和衣架，摆满了各种款式的服饰。这些衣服几乎都是一些大众的知名品牌，价格虽然谈不上昂贵，但质地却放在那里，属于工薪阶层的优选。

打理衣帽间，在陆玑以往的生活中占了很大的比重，她将成百上千件的服饰进行了分门别类的摆放。服装或挂或叠，放在正对着门那面墙壁的大衣橱里，每一档每一格又进行了细化，通勤上班的、出席宴会的、休闲运动的……裙装、裤装、连体装……丝绸的、针织的、牛仔的、皮质的……每一个类型几乎都有好几十件。有一个阶段，也就是在陆玑身材最好的那个阶段，她特别喜欢穿长裙。长裙加身的时候总有一种"浴乎沂，风乎舞雩"的感觉，整个人真的像是从《诗经》里走出的窈窕淑女；那曼妙的身姿、玲珑的曲线，使陆玑的女性气质尽显。还有各种各样的帽子，几十种不同的款式和质地，一年四季、春夏秋冬，占据了左手边墙上衣橱里的整整一大格；鞋靴数目的庞大也是令人咋舌，几乎占据了整个右手边墙壁上的橱柜；各种头上手上腰间脚上的配饰，不同的材质搭配不同的衣服和鞋子。或者说，每一套衣服都有和它最相配的鞋子、配饰相搭。

　　陆玑在个人服装上的付出可谓苦心孤诣，站在消费主义的浪头，她眼见着自己堪比一家服装店的衣帽间一点点建立，成为一个风光旖旎的所在，就像看到自己亲手建立的一个王国，那种充实和喜悦感，很长一个时间段内，填补了她情感深处的很多空虚。可是今天，站在这华丽而又苍凉的小小空间，她的内心却是一片芜杂和沉重；看着这些款式重复的服饰，她第一次生出了厌烦之情。同质化的物品不就代表同质化的日子吗？就像她与李之华的相处模式，除了上床就是上床，到头来，她变成了一个物化的空壳，或者是一个工具人。现在她要像拉黑李之华一样，把这些大同小异的服饰清除出去，只留下必需的一小部分。"让那些多余的东西跟自己说拜拜吧，从此以后，我要过一种耳清目明的生活。"陆玑暗下着决心。

　　说干就干，陆玑的行动力一向很强，她先是跑到楼下的超市买了几十个超大的黑色塑料袋，回家后，就正式展开了清理。她已经想好了这些衣服的去处，除了把被刘小河盛赞的那几件送给她外，其余的，她都会打包邮寄到公益组织去。对于闺蜜刘小河的美商，陆玑一向都认为需要恶补，但是小河对她的赞美却比谁都真诚。每当陆玑打扮得美美的，出现在公司时，总会收到一大拨的赞美，可陆玑心里清楚，那些都是面子话，是最虚伪的客套，等她一转身，这些人总会嚼一句舌根："老剩女，整天就知道打扮自己！"只有小河会看出她身上细微的变化，她拉着陆玑的手，让她在自己面前转几个圈，摸摸这儿，瞧瞧那儿，眼睛里闪耀着的欣赏和羡慕的光芒，能让陆玑喜悦一早上。使陆玑感到为难的是，她所有的衣服，小河几乎都穿不上。自从生完二胎后，小河的体形变得越发肥硕，只能穿一些宽松肥大的休闲装，而这样的款式在陆玑的衣柜里是最稀缺的。

曾经有过一段时间，也就是在小河产后无法调和工作与带娃之间的矛盾、快要抑郁的时候，她总是会情不自禁地流露出对陆玑生活方式的羡慕；陆玑不知道自己有没有羡慕过小河儿女绕膝的生活，或许也曾有过。"鱼与熊掌不可兼得"，陆玑懂得这个道理。她决定把那些她认为最适合小河风格的都送给她，当然一定是质地最好的，能对得起小河对她这些华服欣赏的。

收拾到裙装类橱子第三层的大抽屉时，陆玑从里面取出了一个旧时雕花的樟木匣子，那匣子沉甸甸地坠着陆玑的细胳膊，仿佛里面盛着什么重量不菲的物件。然而里面却只有一件薄薄的衣衫，只不过经过了大半个世纪的时光沉淀，拿在手里时，使陆玑从心理上产生了一种分量加重的感觉。拆掉里面的两层防氧化塑料膜，一件银红撒花的软缎小礼服赫然在目。因为保护得好，这件几十年前的衣服，色彩虽然有些黯淡，但是抖搂起来，依然泛着属于绸缎的幽幽华彩，衣服边缘的杭纺石青包头未曾有半分磨损，那些精巧的手工梅花扣也依然盘得紧致。隔着悠长的时光隧道，一位旧时的美人踩着金莲碎步摇曳生姿地向陆玑走来，那是她的姥姥。这件三朝回门时穿的掐腰礼服，是姥姥传给妈妈的唯一一件衣服，妈妈又把它传给了她。现在是不流行穿这样的软缎衣服了，但陆玑确信，这件衣服一旦上身，那种端丽的古典气质，会秒杀她衣柜里的所有衣服。然而陆玑却从未尝试穿过它，固然是因为她大骨架的身材跟这件衣服不相宜，更重要的是，她似乎已经没有三朝回门的机会了。陆玑将它紧紧抱进怀里，把滚烫的面颊贴在那软滑的衣襟上，反复摩挲，直到那沁凉的感觉逐渐变得温热，她才仿佛又感受到了姥姥和妈妈残留在这件衣服上的体温。良久，陆玑才重新把这衣服包装起来，小心翼翼地放进那个古朴拙雅的匣子里，珍藏在原先的大抽屉里。

在收拾奇装异服那一档时，陆玑几乎要把这一档里所有怪异的款式都收进手里黑色的塑料袋中。那些或窄小或宽大的 PU 材质的机车服、露出整个膝盖甚至半条腿面的乞丐裤、嘻哈风的成衣或短裤……现在在陆玑眼里，统统变成了她质疑曾经眼光的有力证据。只有一件，陆玑拿起来又放下，有一种"鸡肋"的味道。那是一件带有浓郁的波西米亚风的麻纱长裙。数年前的那次瓦讷之行，留在她脑海里的记忆：地中海小城的灿烂阳光、哥特式的圣伊夫大教堂、灵秀的半木结构房屋等等，都已变得模糊，实实在在的，就剩下手里的这件长及脚踝的裙子。

那次在巴黎办完了公事后，当地的企业又安排他们到周边的小镇游览一番。她和几个同事兴冲冲地赶到了瓦讷，漫步在错落有致的鹅卵石街道上，她的心里情不自禁地涌起了一种浪漫的感觉，这种感觉让她产生了一种久违的想要恋爱的心情。轰轰烈烈地爱一场，哪怕是昙花一现，也要体验一把在这异域城邦艳遇的刺激。所以当她在街头小店第一次看见这件色彩绚烂、装饰繁复的长裙时，不由眼前一亮，她深信穿着这样一件长裙，她的灵魂会变得不羁，她会大胆追求她想要追求的一切。果然在那天组织方举办的篝火晚会上，她穿着这件集中了七十二种颜色和各种几何美学图案的丽衣，在夜晚的海滩上，恣肆地笑着舞着时，她变成了火堆边最绚丽的花朵。最后，成功地和一个金发蓝眼的小伙子携手跳舞。虽然只是短暂的几个小时，她却能够感受到那一时刻彼此的爱意。晚会结束后，小伙子消失在了海滩的尽头；她也头也不回地离开了，因为她深知这就是故事的结局。现在陆玑怀抱着这件衣服，那种被一双深邃的眸子长久注视的感觉似乎又回来了，她更紧地将这件衣服抱进怀里，心里已经有了决定，她要留下它，尽管它是一件材质低劣的便宜货。

在衬衣类格子的最高层，陆玑拿下了一个包装盒，里面盛着一件男士天蓝牛仔衬衣。那是十几年前的一件旧衣。那天突然下起了雨，因为没有雨具，那人脱下自己的外套给陆玑披在身上，他们边笑边跑着去往自习室。十几年过去了，那个她唯一爱过的男人，留在她心里的真诚热烈的感觉快要磨灭殆尽了，留下的只有这一件衣服。陆玑将它紧抱在怀里，将脸贴在上面反复摩挲，毕业前的一幕仿佛又浮现在了眼前，他握着她的手，问她能不能和他一起回他的家乡发展；面对着他殷切的眼神，她几乎要泫然泪下，却依然保留着最后的清醒和理智。还在青年时，她就有着超乎同龄人的世故与精明，在人生重大的问题上，她又岂能允许自己感情用事。他无法在大城市扎根，她也不愿意跟随他去往偏僻的小县城。她深知，闭塞、落后以及钱财方面的锱铢必较会毁了他们以往所有的美好。她只能以沉默来回答，只是想告诉他，他们败给了现实。

坐够了，陆玑终于缓缓起身，她将这件男士外套穿上身，看着镜子里被裹在宽大衣衫里的躯体，伸出双臂，缓缓将自己抱住。微闭着眼的那一刻，那个几乎被淡忘了的形象如在眼前，浓密的头发，高挺的鼻梁……他们拥抱着，久久。

时间一分一秒地往前走，从正午到黄昏，陆玑沉浸在她的服装清理工作中已经有好几个小时，腰背酸痛的感觉也持续了好一阵，她打算休息一会儿再继续。本来只想在沙发上躺一会儿，不知不觉中却睡着了。这一觉睡得依旧不踏实，总感觉床变成了一艘小船，飘摇在茫茫的江面上，周围水光浮动，映照得梦境里的一切更加虚幻。在这虚幻中，有一个声音却越来越真实，"笃笃"……"笃笃笃"……由远及近地剥啄着陆玑的耳朵。陆玑被惊醒了。那声音的确是存在的，再次传到她的耳朵里简直类似于咚咚。

是李之华。陆玑原以为他们已经结束了，看来李之华只是不想和她结婚，却并不想和她结束肉体关系。让她诧异的是，他为什么如此心急，她仅仅是拉黑了他，使他联系不上自己而已，明天是工作日，他完全可以和她在公司谈。转瞬，陆玑便明白了。公司不适宜谈私事，情绪把握不好时，等于变相地昭告天下；而再过五个工作日，等到下个周末，他怕她真的铁了心，再也无法挽回。至于昨晚，他没有跟着她一起回来，是怕意乱情迷中跟着她迷失了方向，没想到，陆玑却是快刀斩乱麻。多么精明的人啊！陆玑不禁又一次感叹，心里却不能不为之触动，无论如何，他这么快能找上门来，说明他真的还想和她在一起，换个角度说，她的女性魅力并没有像自己想象的完全失去。

这样一想，陆玑就任由李之华掀开自己搭在门把手上的手，一脚踏了进来。李之华一屁股坐进沙发里，低着头，沉默了几秒，张口问道："陆玑，你真想结婚吗？你为什么又想要结婚？""这是个问题吗？人人都想结婚，为什么我就不行？"李之华的问题问得突兀可笑，激起了陆玑心中强烈的愤慨。"你来就是想问这个？"陆玑问道。"我来是想请你……"停顿了一下，他还是说了，"不要把咱们的事情传出去。张总已经暗示过我，这次的晋升名单里有我。"

陆玑只觉得有一把重锤从她的头顶砸下，她的五官被砸得几乎脱了位，远胜于常人生气时歪了鼻子的感觉，并且砸下的火星子从天灵盖一路而下，直达她的胸膛，燃成了一把熊熊烈火。他竟然这样侮辱伤害她。一把扯住李之华的衣领，陆玑就把他从沙发上拽了起来，"滚！"指着门口，怒吼道。大概是没想到陆玑的反应会这么强烈吧，李之华愣了一下，继而也是双目喷火，他拿开陆玑的手，边往门口走边说："玩不起就不要玩嘛，当什么真？"陆玑早知道李之华只是玩玩，自己又何尝不是呢？只是在这过程中，她又不是完全没有真心相待的时候。现在，听他当个大实话一样说出来，还是感觉到一股锥心地痛。

"混蛋！你以为你是谁？从此以后我要是再提你的名字一下，我就不姓陆！滚吧！"说完，陆玑便抄起茶几上的烟灰缸向对方的后背砸去，那个盘盏一样的物件，重量过斤，沉甸甸地飞出去，没有击中李之华，却不偏不倚地正中门口的穿衣镜。"哗啦"一声响，镜面碎裂成许多块，落在地上，映照出很多张面孔，无论数量多寡，也只有两种内容，一张愤怒中包含屈辱，一张惊恐中故作镇定。这碎裂的镜片，使陆玑想到了他们碎裂的生活，过去无论真情还是假意，今朝都只剩破碎凌乱的结局，没有大梦一场中略带苦涩甜蜜的苍凉，只有摔破的镜子般棱角分明的锋利伤人。陆玑的心里自然生出了异常锐利的痛感，伴着耳朵里的那声巨大的摔门声，这痛感越发鲜明。

自己缘何把日子过成了这样？陆玑暗自思忖，脑子里回想起了一些片段，恰似这地上的碎片，分裂出无数个过去的自己。从那个新鲜蓬勃的女孩到今天这苍白孱弱的大龄剩女，其中的转折难道只有这大城市的光怪陆离？或许，自己的不坚定才是最重要的原因。那些片段中，有一个场景在陆玑的脑子里久久停驻，那是她十五岁参加中考体育考试的时刻。跳鞍马比起其他项目来说，一直都是她的死穴，她不敢跳上那鞍子，更何谈跨越，总怕自己一不小心会从鞍马上摔下来头破血流。然而那天，或许是考试的压力在身，虽然鞍马对面并没有像平时训练时体育老师那样的托举，她还是咬着牙下狠心闭着眼跳。那一刻，耳畔的喧嚣停止了，再也听不到任何声音，微风吹起了她两鬓的碎发，像天上的流云轻抚着她的面颊，她以为自己真的跳到天上去了，心里无比紧张。时间仿佛停止了。等她的手牢牢架在鞍马上时，六月的骄阳似乎才又在她的皮肤上形成了一种灼热的感觉。那次，她不但跨了过去，而且稳稳地站在了对面。那以后，她的人生中每遇一些自以为难以逾越的坎，她都会紧咬牙关，像那次跳鞍马一样发狠。现在，她只需再坚定一次，带着这样的思考，陆玑的身上仿佛又充满了力量。自己简直是发了昏了，竟然想着通过结婚来解决问题，竟然想着嫁给李之华那样的男人。昏了头了，昏了头了，陆玑自责着，内心的痛楚转瞬变成了羞愧与懊恼，难道没有男人她就不能活吗？她倒要和自己较一回劲，看看没有男人，她会过得怎样。这样想着，陆玑似乎获得了一种新的力量，催促着她和过去的生活说拜拜，她要把什么李之华啊徐嘉端啊这些男人，像清理衣帽间里那些无用的衣服一样清理出去。

这样想着，陆玑已经又开始动手了，她把那波西米亚风的麻纱长裙和那男士天蓝色衬衣全部扔进了手边的大塑料袋里。她不知道此刻自己的想法，到了明天，会不会发生变化。她不等明天的到来。

请 客

放学铃响的时候，我还有一道大题没做完，但我还是第一个交了卷。随之便是大面积的交卷。同学们速度很快，大家都不愿恋战，或许也是不愿听课代表那分贝很高的催交声。没过多久，教学楼便人去楼空了。

夕阳把小城的街道切割成两半，一半还残留着光的余韵，一半却在阴影里。我背着书包慢腾腾地走，边走边想着，是先到哪儿玩玩呢还是先回家。一阵低沉的"嗡嗡"声响起，就像是被捂住口鼻的人发出的"嗯嗯"声。我想起来了，我把手机调了静音模式。

"老弟呀，你怎么还不来？快到渝鸿火锅！"电话里传来我哥高亢的声音，伴随着嘈杂的背景音，我哥的声音又传来了，这次却压得低，显得有几分神秘，"哎，你怎么又把手机带到学校了？"我没有回答他的问题，心想这不是明知故问嘛，我不带到学校你怎么给我打得通。

上次见面的时候，我哥便嚷嚷着要请我吃火锅。"马上高考了，请老弟吃顿饭加加油。"这是他的原话，当时我没在意，只随口说了句"等周末调休时再说"。我知道我哥说话没准信，十成的希望最好只抱五成。有关手机的问题，我也不想给他解释，从上高中开始，我就自己管理自己了，我的事儿我自己负责。至于带不带手机，这要看那段时间学校查得严不严。

渝鸿火锅在南门，等我坐上公交到达时，已是半小时后。上到二楼的一个包间，一股扑鼻而来的浓香味瞬间将我击中，我顿生一种饥饿感。我哥冲我招手："老弟，锅子开了半天了，就等你这个大忙人了。你这一个月才轮休一天，请你吃顿饭还真不容易。"我哥语气浮夸，充满了热情，可我清楚这只是他说话的方式，跟态度没有多少关系。自从干上销售顾问后，我哥好像变了一个人，待人接物永远都是热情洋溢。

我妈递给我一杯水，说："先喝杯水，这周累坏了吧？"我摇摇头说："还行！"虽然没有和我妈对视，可我依然能够感觉到她目光里的疼爱。嫂子坐在斜对面，与我哥隔着一把椅子，除了在我刚进门时抬起头来冲我笑了一下外，她一直都低头逗弄着怀里的孩子。小侄子安静地坐在嫂子怀里，乖乖吃着手，对他妈妈的爱抚，一副爱理不理的样子。或许他也感觉出来了，此刻他只是个工具人，只要乖乖配合妈妈，使她避免与其他人交流的尴尬，就会有糖吃。

我们几个都安静地吃着，只有火锅和我哥显得热气腾腾。我哥边吃边对我们讲他工作中的事儿，尤其是他的业绩。嫂子自始至终都沉着一张脸，而我妈则是一脸茫然。我哥口里的那些词语，什么诉求啊、借势啊、非对称啊等等，听得我都一头雾水，更何况是没有多少文化的我妈。我哥说："老弟啊，你哥的业绩那真不是我吹，整个市区第一，连续三个季度的销售冠军。"我哥挺着肚子昂着头，那骄傲的模样，让人觉得可笑。嫂子的脸色却越来越难看，偶尔从眼缝里飘出几缕光，满是鄙夷。

我不想揭我哥的短。我们已经长大了。许多事心里明白就行。我哥卖过车子，卖过房子，一直以来，无论卖什么都业绩惨淡，我觉得这和我哥的销售风格有关，总是把自己卖的东西夸得完美无缺，这世上哪有什么完美的东西；加上我哥夸张的面部表情和肢体动作，很容易让顾客产生不信任感。当然这和我哥的性格有关，学什么都学个皮毛，一点都不深入，能有好的成绩那才见了鬼了。高中毕业，我哥没考上二本，便到一个三本学校学了个销售专业。我哥上这个野鸡大学，花费不低，但那时候我爸还在，还舍得为我们花钱。毕业后，我哥原本也有留在大城市闯荡的梦想，然而没用多久，他那可怜的文凭便让他认清了现实。我哥回来了，用他的话说，还是家门口的饭好混。

"老弟，哥现在已经转战保健品行业了，还是老年人的钱好赚。"我有些吃惊，抬头看了我哥一眼，我哥的那张毛孔粗大的青黄脸，此刻显得油光可鉴，那光亮似乎把每一个坑洼都填满了，给人造成一种平整充盈的假象，使我差点以为我哥的志得意满是真的。

我哥要是不说，我还真不知道他又转了行业。我哥干什么都没有常性，有时候我都替他着急。我哥或许是误解了我的眼神，把惊诧当作了欣赏，显得更兴奋了。"老弟，要不你也来一点？"我哥指的是来点酒。

我有一种冲动，的确是想喝点。长这么大，还是第一次有人在公开场合邀请我喝酒。我体内有一股火热的东西被点燃了。说实话，我早就想喝酒了，尤其是每天下晚自习后，蹬着我的旧山地自行车，像哪吒踩着风火轮一样往家赶，身体的燥热加上内心的烦闷，使我唇焦口干，这种时候，我真想来一瓶冰镇啤酒压压火。但是，我忍住了。我保持着最后的理智，我怕我一旦喝了酒，喝多了，会做出什么出格的事。我不能让我妈再为我操心了。这几年，我妈老得太快了。而我，虽然也被痛苦与烦恼裹挟着，但我毕竟是个男子汉。

"不了！"我说，极力掩饰着自己想喝酒的欲望，装出一副淡然的样子。

"唉！"我哥叹了一口气，"你十八岁生日已经过了仨月了，已经是男人了，喝点酒怎么了？"我哥边往自己的酒杯里倒酒，边从自己的座位上站起来，他端着满满一杯酒向我这边走来了。"男人就要有豪气，一杯酒都不敢喝，算是什么男人？"我眼看着我哥把那杯酒送到了他嘴边，以为他要给我表演男人的豪气，没想到的是，他靠近我时，那端酒杯的手却调转了方向，并且以极快的速度用另外一只胳膊搂住了我的脖子，把那杯酒灌进了我正大张着吃涮羊肉的嘴里。

真是猝不及防，等我反应过来，想要伸出双臂推开他时，那杯酒已经顺着我的食道滑落进了胃里。我的胃火烧火燎的，我的脸上也火烧火燎的。我妈和我嫂子的喊叫声几乎同时响起：

"静波，你这是做什么？"我妈的声音有些颤抖。

"马静波，你是不是疯了？"嫂子的声音充满怒气。

"他还是个学生！"她俩齐声喊道。

我没想到白酒那么难喝，一股尖锐的苦涩席卷了我的口腔，我的舌头也像是遭到了鞭笞。

有我妈和我嫂子声讨我哥，我就不好意思再表达不满了。我太了解我哥了，经常不按规矩出牌，老做一些蠢事。"张仙子李霸王"，是我们这里形容一个人做事无厘头、没有分寸感的词语，我觉得用在我哥身上是最合适不过了。

我边吐着火辣辣的舌头，边擦着猛然激出来的眼泪。我妈边给我端凉白开，边继续唠叨着我哥："你说你，一个当哥的，不给弟弟教点好的！"我哥讪讪地笑着，替自己做着辩解："他迟早得过这一关，这真只有我这个当哥的能教他！"看得出来，我哥的情绪没有之前激昂了，估计他也感觉到自己的行为过分了。

饭桌上的气氛逐渐冷清。看着我哥悻悻的样子，我心里有些不落忍，便说："我没事，哥，你喝你的！"我的这句话像是一朵神奇的小火苗，把一盆眼看就要死灭的炉火又给引燃了，我哥的情绪重新变得高昂。当然，我哥最大的长处，就是善于给自己找台阶下。"喝！喝！"我哥边说，边往自己嘴里猛灌白酒。

许是喝了酒，我哥的谈兴更浓了。我哥给我们讲他前面做成的几单生意，他讲得很细，骄傲之情溢于言表。虽然在不知不觉中，我的嘴唇已经有了一种麻酥酥的感觉，身体已经有了一种飘飘忽忽的感觉，但神志还算是清楚的。我哥引以为傲的事，在我看来并不光彩，甚至是不道德的。

我真想骂他两句，但我忍了。嫂子那横眉立目的样子，让我担心她真会跳起来揍我哥一顿。这不是没有可能。嫂子的性格，我还是了解的。我眼见着嫂子手扶桌子想要站起来，也只是把右腿搭在左腿上，换了个方向坐了。她和我一样，也忍了。毕竟有我妈和我在场，也是嫂子不想破坏一家人一起吃饭的气氛吧。好在我哥还算识相，他适时地转移了话题。"老弟，不说我了。说说你最近的学习情况，怎么听说你退步了？"

我哥真是哪壶不开提哪壶。他换的这个话题，虽说解救了他，却让我陷入了尴尬的处境。不过好在我哥立马又转换了话题，原因是我妈给我哥挤了挤眼睛，并用手势示意我哥不要再说了。这我都用余光观察到了。

"不说这个了，哥相信你，我弟一定会考到理想的大学！"我哥说。我的心情一下子不好了。目前，我最不想谈的话题就是我的学习成绩。

饭桌上的气氛再度冷却下来，除了火锅依然在"咕噜咕噜"翻腾着。我哥的目光涣散，一口接一口地抿着酒。我肚里的白酒也上了头。我们都不说话，每个人都显得心事重重。我妈担忧的目光一会儿落在我哥脸上，一会儿落在我的脸上。嫂子已经离开好一会儿了，就在我哥吹得正嗨的时候，她借故小侄子哭闹，把他带到一楼的儿童乐园了。

我哥长叹一口气，又把话匣子打开了："老弟，你真要好好努力，不要像哥一样。哥是个失败的人。"听到这句，我心里发起慌来，就怕我哥再说出什么来。上个月，我哥回家里来，说完自己是个失败的人后，就从我妈手里"借"走了两千元。果然，我的预感很准。我哥的话锋一转："前面……都是……我在吹牛。实际上……我已经几个月都没有业绩了。他妈的，现在那些老家伙变得贼精贼精……"

一段长久的静默后，我听见我妈对我哥说："今天就到这里吧，回家吧。"我努力坐直身子，抬起头来，意识到自己已经有了七分醉意。醉眼蒙眬中，我看到我妈把自己的手机给了我哥，并压低声音说："密码是你哥俩生日的后三位数。"我哥似乎犹豫了一下，但还是伸手接上了，就那样大刺刺地接上了，接得那样自然，再没有半分迟疑。刹那间，我的酒似乎醒了，浑身本来就火烧火燎的，看到这一幕，更是烧得厉害。我热血冲头，头发似乎真的竖了起来。古人说的"怒发冲冠"，诚不我欺啊。我猛地站起身，瞪大眼睛看着我哥。或许太突然，把我哥和我妈吓了一跳。尤其是我哥，脸上的惊诧使我感觉到，那一刻我看起来是多么凶恶。

"马静波，你要不要脸？"我彻底爆发了，指着我哥的鼻子大骂道，"你这是来请我们吃火锅吗？"我把"请"字咬得很重，目的就是让我哥知道他的行为有多过分。

我清楚地看到我哥的脸由红变白又变红。愣怔了两秒，我哥也爆发了，他"啪"的一巴掌打落了我指着他鼻子的手，粗着嗓门吼道："你这是跟谁说话呢？马静涛，你有没有大小？"

我是怎么和我哥扭打在一起的，事后我一点点还原当时的情景。似

乎是在我哥抡起拳头的时候，或是在我们互相指着对方的鼻子叫骂了一
阵后。总之，我们扭打做一团。我的个头高，我哥的个头矮，本来我完
全可以占据一个居高临下的优势，但是我的力量不及我哥，加上我确实
是醉了，没抡出几拳，便像卷心菜一样被我哥卷在了怀里。我哥死死抱
紧我，嘴里嚷着："老实点！你小子给我老实点！"我边奋力挣扎边骂
道："你就那么爱钱？为了钱，你啥事都能做出来？"听到这句，我感到
我哥钳制我胳膊的手松动了一下，趁着这松动，我挣脱了他的"怀抱"，
并握紧拳头狠狠朝我哥脸上抡去。随着"砰"的一声响，一缕殷红的血
从我哥的嘴角渗出，我心中的愤怒似乎也像那血迹一样一点一点渗了出
去。我哥愣了一下，随即也向我挥来一拳，紧接着便是一声接一声的
"砰砰"声，这些声音听上去清晰美妙，刺激着我越来越亢奋的神经。
我更狠地抡起拳头，朝我哥的脸上身上无情地挥去。那种拳头和皮肉结
合的声音每次响起，我心中的郁闷似乎就会减少一些。我哥也是，拳拳
硬实，无一记虚发。奇怪的是，我哥的拳头落在我身上越狠，我心里莫
名的快感越浓。估计我哥也是，我能感觉到他抡起拳头时的兴奋。我们
越战越酣，似乎等这一架已经好久了。

　　突然，一声尖厉的喊叫声响起："别打了！"是我妈。我妈跑进来
了。我妈喊道："别打了！喇杏（嫂子的名字）已经把账结了！"

　　听到这话，我哥抡起的拳头缓缓放了下来，像被抽去筋骨的龙王三
太子一样颓然倒在了身后的椅子上。我的气儿也泄了，两腿再也支撑不
住，瘫软在了身边的椅子上。

　　我哥的哭泣声抽丝剥茧一样传进我的耳朵里，先是一缕，再是一
股，继而挟泥带江滚滚而来，冲撞得我的耳膜"嗡嗡"作响，这股力道
须臾便转移到了我的鼻腔。我哥边号哭边对着我喊："马静涛，你的心
好硬啊！"

我知道我哥的意思，绝不只是因为我跟他动手，他指的是在我爸的葬礼上，我一滴眼泪都没有流的事。那天，葬礼结束后，我哥对着灰蒙蒙的天空看了一眼，转头便对我说了这句："你的心真硬！"当时，我哥表情肃穆，脸上笼着一层少有的黑雾。

的确，那天在我爸的葬礼上，我哥哭得要用人搀扶着才能站稳，而我站在那里，一滴泪都没有。我的眼泪早就流干了。三年前那些无助的深夜，在那些无人的角落，我的眼泪流了一遍又一遍。或许是之前哭得太多了，所以之后，无论怎样，我都哭不出来。

我哥边哭边说："马静涛，那可是你爸啊！你爸死了，你一滴眼泪都没有！"我哥依然过不去。他不能想象一个人得有多硬的心肠，才能做到在父亲的葬礼上一滴眼泪都不流。

随着第一串眼泪落下，我心底的悲伤和着酒精渐至胸臆与鼻腔，立即成势，大颗大颗的眼泪夺眶而出，我也号啕成声。我哭喊着："哪有父亲抛弃自己亲生孩子的？既然抛弃了，就不配做父亲。"我哥一愣，继而大哭说："那不是抛弃，那是爸选择了另外一种生活。成人的生活有多难，你知道吗？"

难也不能成为抛弃妻子孩子的理由，我在心里回答着我哥。随着年龄的增长，我和我哥之间的鸿沟越来越宽，有些根本无法跨越，而曾经我们是多么亲密的伙伴。我没有告诉我哥，三年前我是怎么哭着匍匐在我们父亲的脚下，求他不要离开我们。可当时，我们的父亲稳坐在那小女人家里的沙发上，对着他跪在脚下的小儿子，翻来覆去只有一句，"你先回去"，屁股却丝毫没有移动的迹象。直到传来他和那小女人结婚的消息。那时，我的心就被遽然插上一刀，伤口很深，结疤后，那里变得无比坚硬。

可今天，不知为什么，看着我哥糊满泪水的面孔，我的眼也软了，前所未有地软。我张大眼皮强忍着，却怎么都忍不住，眼泪终于掉了下来，一颗两颗，一串两串，终至汹涌。我的眼泪越来越多，把心里那个最硬的地方也泡软了。当我的号啕之声盖过我哥时，他才停了下来，瞠目结舌地看着我。我继续哭，毫不掩饰，随着泪水的肆意流淌，这些日子以来被堵住的情绪也流淌了出来。我的心越来越空，感觉把所有的东西都掏出来了。等到再也哭不出一声时，便停了下来。

我哥在先于我停止哭泣后，就离开了，留给我一个忧心忡忡的背影。我跟着双眼红肿的我妈，打了个车，回了只有我们俩的家。

后半夜，我才渐渐入睡。父亲去世后，我没有哪一夜不是失眠的。睡意正浓时，那个重复了多次的梦境又出现了：清清朗朗的天空，一群白鸽吹着哨子从空中划过，我和哥哥在巷子里追逐打闹，一大一小两个影子映在地上，像天上飞翔的两只鹞鹰。父亲骑着自行车从巷口进来了，车把上挂着几个食品袋，我和哥哥抢上去，把父亲和车包围了。父亲咧开大嘴欢笑着，排钉一样的槽牙在阳光下闪着耀眼的光芒。画面一转换，又来到了一处池塘，水面荡漾着风吹树影的褶皱，在浓绿的池水中央，波皱渐渐扩大，一圈一圈散开，水底下有一个庞然大物缓缓向我们游来。这只梦中的河马，游向我们时，我的心跳加快了，即使在梦中，我都能听到风吹树叶的沙沙声。它停了下来，与我们隔着一道铁栅栏，先是硕大的脑袋从水中探了出来，继而是整个身体。它看着我们，就像我们看着它一样专注。我看到，紧挨在一起的三个高矮不一的身影，那样清晰地倒映在那双黑漆如夜空的眼睛中。

已经是中午了，室外阳光灿烂。卧室门口又响起了脚步声。这脚步声在我还睡着的时候，就无数遍地在梦里回荡。

我妈进来了，走到窗口拉开了窗帘。炫目的阳光像洪水一样奔涌而来，刺得我连忙用手遮住眼睛。我边从被窝里往起爬，嘴里边喊着别拉。我妈停止了手中的动作。那紫色的窗帘像是被撕开了一大半皮的火龙果——主体部分已经显露出来，剩下的部分完全可以忽略不计。室内明晃晃一片。我妈在床边坐下，满脸忧戚，眼睛红肿，欲言又止。我感到惭愧，我妈很少用这样的眼神看我。

沉默了一会儿，我妈终于开口说："静涛，你哥也不容易，也很辛苦，身上的担子重，又没有依靠的人，你要多理解他。还有……你嫂子已经……提出离婚了。"后面这句，我妈说得吞吞吐吐。我心头一震。"不管怎样，你们兄弟俩要好好的！"我妈说这句话的时候，眼泪扑簌簌地往下流。

那个周末，我返校很早。一到班里，便开始在题海里遨游。难得的是，我的心终于静了下来，那些数字、符号、公式重新在我面前变得亲密无间。我这个曾经的年级第一，在父亲突发脑溢血身亡后，一度滑落到了年级三十，我的班主任和主管本年级的领导们为此消瘦了好几斤。然而，无论他们怎么给我做工作，我都使不上劲。今天却不同，我似乎又找到了作为"理科王"的感觉，一个晚自习下来，攻克了好几个知识难点。

下了晚自习后，我像往常一样蹬着我的破山地车往家的方向骑，夜晚的凉风徐徐吹来，我感到好久没有这样轻松惬意了。

夜深了，我闭上眼睛打算好好睡一觉，却有些胆寒，害怕我爸的面孔作为梦境之一，又会准时出现。我紧张地等待着，但是今晚他却没来，可我依然无法安睡。往事纷至沓来。我想起那天放学时的情形，当我随着潮水一样的人群走出学校时，远远看到了我爸。他正专注地盯着校门口，看到我，便开心地挥手。我注意到他的另一只手里拿着一个颜色绚丽的鞋盒。我愣了一下，反身又折了回去，走到一号教学楼的拐角处时，我实在没有忍住，回头又看了一眼。我看到他张皇地站在原地，身边是来来往往的人流，身后是如血的残阳。我爸的身影在我眼里，第一次显得那样孤单落寞。

两个星期后，我爸便出事了。

高考成绩出来了。我考得还不错，六百三十五分。虽然还是没有考进年级前十，但后面的这两个月，我也算是尽力了。我心里也有一丝窃喜，毕竟这个分数够得着心仪的交大。我妈高兴坏了。好几年了，我都没有看到我妈的表情这么放松舒展过。我妈高兴就好。我心里的快乐也越聚越多。

我和我妈正说笑着，我哥的电话打来了。我妈接了电话，显得更开心了。挂了电话，我妈定定地看着我说："你哥说，这两天让你去省城一次，他请你……吃饭。"

"去就去！"我说。

去就去，我心里想着。

从吴忠到银川，打黑车需要半小时，坐高铁只需要十几分钟。我选择了高铁。自从高铁在我们这小城开通后，我还一次都没有体验过。我坐在窗口，看着窗外的风景。远山、绿树、高架桥、大风车……一幕幕从我眼前掠过。天蓝得醉人，大朵柔软浓白的云趴伏其间。我的心情也像这天色。

高铁站门口人来人往，我穿过人流向我哥走去。我哥屁股下架着个小电摩，眼睛上架着副大墨镜，看上去瘦了不少。我有点不好意思。看得出来，我哥也有点。但我哥还是立马搡了我一拳，笑着说快上车。

我哥不知从哪儿借来的这女式电摩，我这一米八几的大汉往上一坐，车就像没了似的。我哥就用这车载着我，穿梭在银川城的大街小巷，一路引来了不少人注目。我终于忍不住"扑哧"笑了，我哥也笑了。我俩"嘿嘿"地笑着，越想越可笑，过去的今天的，越想笑得越厉害。

我哥带我来到一家名叫"美味轩"的饭店，说这家味道不错。我哥点了手抓羊肉、凉拌牛肉、糖醋鱼……我喊着够了，两个人吃不了那么多。我哥这才合上菜单。

坐在我哥的对面，我看得更清楚了，我哥真的瘦了，整个人看上去沧桑了不少，比之前却显得精神。

"哥，你也不说把你那头发洗洗，你看上面都粘着啥？还有指甲缝，黑污污的。"我故意打趣道。我早都听我妈说，我哥不干销售了，来银川跟他的朋友搞装修，我哥现在的身份是木工助理。

"是吗？"我哥显得有点紧张，"我早晨洗头了，这才干了一个小时？"我哥边说边拿起手机，以屏幕当镜照，边照边用手理着发型。

我又忍不住笑了。之前，我哥是个多么注重形象的人啊！

"好着呢！"我说，"和你开玩笑呢。这样看起来更有男人味。"

我哥白了我一眼，也笑了。

我们边吃边聊。

我哥说："这下好了。老弟你好好念！学费的事情，你不要操心。"

我说："嗯，知道呢，上了大学，我会勤工俭学。听说还有不少助学金。"

……

想了想，我还是说了："嫂子，挺不错的。哥，你要好好把握！"

我哥说："嗯……知道呢。我弟长大了。"边说边伸长胳膊抚了抚我的头。

吃完饭，我哥说要带我四处转转。虽然吴忠离银川不远，但是这些年，我因忙于学业很少来过。我哥是这么说的，事实情况的确如此。我和我哥弃了小电摩，打算甩开步子走走转转。

路过凤凰碑时，我停下脚步，四处张望。这条街的景致勾起了某种熟悉的记忆。要是没有记错，绕过这条街就是中山公园。我哥说："没错，你想去？"我点点头。我哥立马意会了。我们兄弟俩便往中山公园的方向走去。

中山公园没有小时候的那种感觉了。那时候，感觉这园林好大好美，树木蓊蓊郁郁，曲径多得让人一不小心就会走错路。

我哥带着我径直来到动物园的售票处。他明白我的意思。动物园依旧是往昔的规模，不光没有扩建，视觉上给人的感觉反倒比以前小了，不光小，还显得凋敝。这种感觉比较唯心，主要是我长高长大了。我哥一路也嘟囔着："这动物园是越来越破败了，动物越来越少了，毛色也不如以前鲜亮了……也是，现在的人都不兴看这个了。"

走到猴园，我和我哥同时驻足。那年来动物园，我俩最爱看的就是猴子。炎炎烈日下，猴子们依然在园中的树上攀上爬下。猴子这种动物就是精神，不像其他动物，这会儿多数都躲到窝里纳凉去了。几只白眉猴对着我和我哥龇牙咧嘴。我俩默默看着，谁都不说话。沉默了一会儿，还是我哥先开了口，他说："老弟，我的屁股蛋到现在都还疼。"我知道我哥是在跟我开玩笑，想打破这沉默的气氛。我却笑不出来。那年，五岁的我骑在我哥的脖子上，隔着铁栅栏，对着猴子们做出各种鬼脸，逗得猴子们发疯似的跳脚。突然，一只长臂猿飞奔过来，眼看那只长手臂就要伸出来了，我哥紧张地往后一退，我身体一倾，便从我哥的脖子上摔了下来。我下落的这一幕，正好被刚从卫生间出来的我爸瞧见了，我爸冲过来就给了我哥重重的一脚，"多大的人了，连弟弟都照顾不好？"那天的太阳也像今天一样毒辣，刺目的阳光下，我哥的眼泪亮晶晶地在眼眶里打转，投映在地上的瘦长身影也显得那样伤心委屈。这件事，以后多次被我哥提及，作为我爸偏心的证据。我哥每次说的时候，我爸都讪讪地笑着。

整个动物园转了一圈，却再也没有小时候那种新奇好玩的感觉了。那些看起来恹恹欲睡的动物，那年的和今日的，无法遏制地在我的视网膜上形成了一幅幅错落交致的影像波。最后，我和我哥停在了那棵巨大的槭树下，那棵树倒显得越发古朴苍翠，树冠亭亭如盖；树下依然是那方池塘，池塘里依然有一只河马。这只河马已经很老了，静静地趴伏在水池中央，裸露出来的身体布满暗沉的斑点，正午的太阳透过树荫将大片的光斑洒在它身上，却没有当年那只水光溜滑的小河马那种熠熠生辉的感觉。这一只是太老了。

我哥一口咬定，这一只就是那一只，那肯定的语气让我几乎要相信他的说法了。但我还是绕到河马的屁股后面看了一眼。只一眼，我便否定了我哥的判断。"不是那一只。"我轻轻地说。

仿佛有风吹过，我的头顶响起了风吹树叶的"飒飒"声。那只老河马从水中站了起来，立了一会儿，它向着我和我哥的方向游过来了。它的目光苍老而温和，浑浊的眼球像一面没擦干净的镜子，倒映出的我和我哥并肩站着的身影，却异常清晰。

春回大地

太阳黄澄澄的，像一个刚破壳而出的鸡蛋。蛋黄澄澈，蛋清分明，悬挂在正前方，仿佛一个不偏不倚的坐标，和丁裕民始终保持一段不远不近的距离。隆冬大寒，太阳发出的光与热本就有限，更何况又是这样的天气。有一段时间，丁裕民仿佛忘了目的地，只是跟着眼前又变成了鸡蛋摊饼样的太阳，无意识地向前滑行。说是无意识，但他对这条道是烂熟于心的，闭着眼睛也不会走错。穿过市区，驶入县道，车水马龙渐次退后。丁裕民的视野渐渐变得开阔，从后视镜看，公路变成了一条长长的黑绸带，就像是被车拖曳着的迎风招展的旗幡。前面就是黄河桥，丁裕民猛踩油门，车发出一声低沉的呜咽，加大马力开始爬坡，到了最高点，几乎爬不动了，丁裕民把挡挂到最低，再踩油门，车终于"大吼"一声，爬上了坡。

向前开了几米，把车停靠在路边，下了车，丁裕民凭栏远眺。冬季的原野辽阔又苍茫，大地被冻得瘦硬，表面的浮土泛起一层白色的碱；植被们也失去了夏日的苍翠，远远望去，一片干枯的青灰色；黄河的怒涛似乎也收敛了滔天的气势，河水在这冬日的河床里蛰伏着；毗邻黄河的是一片好大的村落，那些白墙红瓦的房子一排排一列列，远眺鳞次栉比，近观也是整整齐齐。这排排列列的房屋仿佛不是砌出来的，而是画上去的。看到这幅景象，丁裕民的手有些痒了，下意识地做了个挥毫泼墨的动作，心想下次有机会一定要好好画画这幅"冬日黄河"。当然，大自然才是真正的丹青手啊。

伫立许久，把这片熟悉而又陌生的风景仔仔细细看了个遍，丁裕民才上了车。这个叫做大河乡的乡镇，是个新兴乡镇，从建成到吊庄移民大概也就五年时间。大河乡下辖三个行政村，这三个村分别是新业、新瑞、新旺村，人口都是从本市的一个山区县迁移过来的。

那是一次大迁移，几乎把那个居住在大山深处、世世代代靠天吃饭的穷乡镇的人口全都搬迁过来了。从山区搬到川区，又紧靠黄河讨生活，绝大部分老乡都很乐意，但也有一些顽固不化的"老家伙"死活都不愿意搬迁，感觉离开了大山就跟断了命根一样。

五年前，丁裕民作为新建乡镇"大河乡"的第一批扶贫干部，进驻村镇后，主要工作就是做说客，他和其他几个村镇干部，整天这家出那家进，劝说那些不想搬迁的老乡转变思想，劝他们积极响应党的扶贫政策，赶快从那些个旮旯拐角的穷山沟沟里搬出来，早日脱贫过上新生活。在山上的那三个月，丁裕民鞋底子都磨烂了，嘴皮子都磨破了，可以说想尽了办法，最后终于把那最顽固的几家的工作做通了，那些人家之后才都陆陆续续从山上迁了下来，住到政府给他们在川区盖好的院落里。只剩下一家，丁裕民和乡镇干部可以说该说的道理都说了，该想的办法都想了，可人家就是不搬。理由很简单，户主哈建平觉得他们一家都是病秧子，没有劳动能力，即使搬到山下，也不能像其他人那样打工挣钱，脱不了贫不说，还拖村里的后腿。再说川区生活成本高，吃水都要钱，还不如守着这大山，好歹饿不死就行……话都说到这份上了，干部们总不能把哈建平一家抬下来吧。最后，那个叫做田老洼的山村就只留下一家没有搬下来。他家被积年的炊烟熏得黧黑的矮屋，孤零零地别在半山腰上，像一只黑老鸹在山间盘旋。丁裕民有时也想过了解一下哈建平一家过得怎么样，无奈山乡僻远，通信不便，只好作罢。

这两年，农村发生了很大的变化，这次下乡，丁裕民首先感受到的就是乡村道路的变化。过去的那些黄泥小路统统不见了，取而代之的是四通八达的柏油路。丁裕民这辆去年才买的吉利，虽然性能一般，但是行驶在这种宽阔无人的大马路上，也有一种自由驰骋的感觉。丁裕民脚踩油门加大马力，车沿着黄河桥一路下去，直走了两公里，就到了本次扶贫进驻的村落——新业村。

丁裕民直接把车开到村委会的门口，熄火之前故意鸣了两下喇叭。他这是在跟里面的人打招呼，果然，村支书哈明礼掀开厚门帘走了出来。哈明礼是个红脸膛的中年汉子，身壮肩阔，秃顶大耳，尖峭硕大的鹰钩鼻虽常给人一种精明冷硬的感觉，可那双长着浓密而又卷翘的睫毛的大眼睛，又流露出一种近乎天真友善的神情。丁裕民和哈明礼算是老熟人了，一起工作的那些日子，他俩可以说是同吃同住、形影不离。对于哈明礼的为人，丁裕民很清楚：做事果断，有一股子狠劲儿，但也不乏温厚的一面；对党的政策理解得比较透彻，基本上能做到公平公正，但偶尔也有一些小私心杂念……总之，作为乡村一把手，丁裕民认为哈明礼工作做得还是很不错的，他甚至认为只有像哈明礼这样脑子活、有手腕的人，才能胜任这个工作。否则换一个人，比如像他这样拉不下面子的人，工作不一定能够顺利开展。

一见丁裕民，哈明礼乐了，用他那双厚实的大手握着丁裕民绵软的小手，使劲儿摇晃着，边摇边兴奋地说："老哥，原来是你啊，我从昨天接到乡上的电话开始就一直在猜想，这新来的扶贫干部到底是谁呢，可不敢像前几次那样给我派几个半吊子过来。今年是脱贫攻坚的收官之年，我们村还有五户老大难，我正发愁呢，你来了就好了，没有人比你对农民兄弟的事更上心的了，你一来，我的心就放到肚子里了……"丁裕民被哈明礼洋溢的热情感染了，虽然他比哈明礼还小几岁，但哈明礼一直客气地称丁裕民为"老哥"。丁裕民也动情地说："能再来咱新业村工作，是我的荣幸；而且是跟你老哥一块儿，那是最好不过了。"说完，这两个四十多岁的互称"哥"的老男人便相拥着一起走向村委会。他俩一高一矮、一瘦一壮、一白一黑，又紧贴在一起，看上去有些滑稽。

哈明礼让干事小李拿来了一沓资料。"这就是我们村那五户困难户的情况，你看看。丁科长不瞒你说，那次搬迁，我们村是迁好了。真是'树挪死，人挪活'，当初我们的那些顾虑，在新村里一样都没发生。这五年，通过村民们的努力奋斗，加上党的各种惠农政策，大部分村民都过上了好日子。但十个指头伸出来还有个长短，就有那么几家，无论咱怎么帮扶他，日子就是过不好，就像个无底洞，洒多少进去都听不见回声……"丁裕民低着头边翻看资料边听哈明礼介绍情况。

"哈学义，哈自立，哈自强，哈国花，哈建平……这个哈建平是那个哈建平吗？"看到哈建平这个名字，丁裕明脑子里立刻浮现出五年前田老洼山村里那个满脸愁容的中年男人的形象。

"不是那个，还是哪个呢？"哈明礼回答道，语气中带有一股不平，更是一种无奈。

"什么情况？当初不是死活都不下山吗，怎么现在又成了新村的一户？"丁裕民有些诧异。

"当初死活不下山，现在又寻死觅活地要下山，为啥呢？说出来你恐怕都不信。"哈明礼语带愤慨地说，"哈建平的女人无常了！"

"怎么回事？"丁裕民惊得差点咬破了自己的舌头。

哈明礼摇了摇头，边讲边叹惋着，讲到最后，眼底只剩下一片凄然。原来哈建平当初不搬迁并不是他说的那些理由，他心里早就打好了小九九，这小九九对哈建平来说，是个不能示人的秘密，也像一场蓄谋已久的阴谋，只等全村人搬下山去方可实施。只是哈建平千算万算却有一样没有算到，他的女人年纪已经不小了，再给他生个娃娃，那无异于是赴汤蹈火，是有性命之忧的。但哈建平顾不了那么多了，因为盘算得太久，他几乎都有些魔怔了。他像是被人下了蛊，想尽各种办法，只为让女人生下一个健康的女娃。最后，女娃是生下来了，但女人也因此而殒命。

听完了哈明礼的话，丁裕民再也无法平静了，他的心情由震惊到愤怒，再到此刻被一种无法言说的沉重所笼罩，他也和哈明礼一样，起先是恨哈建平，但渐渐地，又被一种无力感所裹挟，这大概就是人们常说的"哀其不幸，怒其不争"吧。

两人一时间陷入了沉默，各自吞吐着嘴里的烟雾。在这浓白的烟雾缭绕的空隙里，丁裕民的眼前仿佛浮现出过去的一些情景：哈建平开着他那辆破四轮蹦蹦车发了疯似的往山下的县城医院驶去，汗珠顺着额头脸颊大颗大颗流下来，糊住了眼睛，那张蜡黄的倭瓜脸因了汗水的冲刷，上面的焦灼更加分明——不能耽搁了，再迟几分钟，娃或许会没命的。车厢的一角瑟缩着哈建平的两个儿子，两张苍白的小脸上小鼻子小眼，舒展不开……

而这样疯狂地奔走，哈建平一年不知道要经历几次。谁让他生下一对血友病娃娃呢！老天不长眼，两个儿子全都是这种病，这病真是奇怪，不能使劲儿，更不能磕着碰着，否则身上就会鼓大包，鼓包的位置，就是出血的位置。平时不犯还好，要是犯了，是要出人命的。

丁裕民脑海里又浮现出一座新坟，坟包上的野草尚未扎根，浮浮地笼了一圈鹅黄的嫩芽。哈建平枯坐在坟头，不知过了多少时辰，天色逐渐阴沉，映衬着他同样阴沉的脸，仿佛都要洇出水来。只不过，哈建平再也流不出一滴泪了，几个月以来，他的眼泪都流干了。天色越发昏暗，月亮隐没在云层里，终于，哈建平颤颤巍巍地从坟头爬起，对着坟头深深鞠了一躬，颤声说："娃他妈，明天我们就搬下山了，我对不住你啊！"说完，便捂着脸又是一阵号啕……

烟雾消散，丁裕民眼前电影蒙太奇似的镜头也一个个消失了。他扔了烟蒂，叹道："哈建平怎么会产生这么一个想法，再生一个健康的女娃？那生下来的女娃到底健康不健康？"

"还不是听医院的大夫说的，也不知道是真是假，说这病传男不传女。生下男娃就是患者，生下女娃是携带者。"哈明礼愤然，"丁科长，你知道吗，这哈建平为了让老婆生女娃，又打掉了两胎男娃。他老婆都四十多岁了，能经得起这样的折腾嘛！女娃是生下来了，老婆却没了。那女娃虽然没有血友病，但也瘦瘦小小，一副先天不足的样子……"

哈明礼继续哑着嗓子说道："更糟糕的是，哈建平在他女人无常后，因为打击太大，整天吃不下睡不着，身体状况越来越差，去医院一查，竟是类风湿性关节炎。听说这种病很麻缠，治不好也死不了，说是什么'不死的癌症'。唉！真是愁死人了！"哈明礼连声哀叹，眉间的疙瘩结得更紧实了。

"真是没有想到，怎么会这样呢！"丁裕民也叹道。他的心情变得越来越沉重，心想命运这事，还真是不可捉摸，谁都不知道明天会遭遇什么。

"其他几户呢，情况怎样？"思忖片刻，还是丁裕民率先打破了沉默。

"那几户都还是老样子，跟你在的时候情况差不多。这样吧，丁科长，时候不早了，我带你去村里转转，边走边给你说说。你好久没来了，村里现在变化可大了。"说到变化，哈明礼紧皱的眉头松动了些，脸上的表情也明朗了。

一走进村巷，丁裕民的步子迈大了。新业村算是他的第二故乡。这第二故乡的建设，丁裕民是亲身参与了的，并且倾注了那么多的热情和心血，所以感觉很是亲切。街巷里很安静，正午阳光一扫早晨的阴霾，彻底晴朗起来。丝丝阳光都像是才用清水洗过一样，清冽透亮，金灿灿的光芒如水流淌，那些排排列列白墙红瓦的房子看上去就有了一种写意的美感，静谧中透着温暖。丁裕民的手又有些痒了。村子变化很大，过去刚搬过来时，各家各户门前院里都堆积着一些从山上搬下来的破家什，如今都不见了，取而代之的是院子里的小菜圃，大门前的迎春花、沙枣树等。有些人家买了小轿车，这一点，在丁裕民看来很不寻常，这意味着农民们手里真的有了闲钱……街巷似乎也比过去宽阔了许多，硬化好的混凝土路面干干净净，连一块牛粪也看不见……

"真没想到啊！变化这么大，没想到乡亲们的日子会过得这么好！"丁裕民连连赞叹。"是啊，过去真是不敢想啊！"哈明礼也跟着丁裕民感叹道。丁裕民笑着说："老哥，依我看，现在农民的生活比市民强。城市里有的，你们也有了；他们没有的，你们照样有。你看看这大房子大院的，还带着小花园，一推门就能呼吸到新鲜空气，吃的蔬菜水果都是绿色无污染的。真的，我看着都眼热啊，我要是在农村有这样一个小院，说啥都不回城里了。"听了这话，哈明礼"哈哈哈"地笑了起来。他的笑声爽朗浑厚，震得旁边沙枣树细瘦的枝条仿佛都微微颤抖着。那张粗糙黧黑的大方脸在太阳底下闪闪发光，满脸自豪。丁裕民的话算是说到哈明礼的心坎里了。此刻的天空是一种透亮的蓝，空气中涌动着一层甜丝丝亮晶晶的东西，像长着翅膀的小精灵，飞到街巷的每一个角落。

　　两人正说笑着，哈学金老汉开着一辆电动三轮车从左边的岔道上拐过来了。寒暄了几句，两人便搭上车，向牛棚驶去。

　　牛棚就建在村外的马路边上，白墙灰顶，一模一样的规格，大概有二十多家。哈明礼告诉丁裕民，这些牛棚都是村里为散养户们集体盖的。村里有一些老年人，像哈学金这样的，一辈子习惯了和土地牲口打交道，土地流转后，他们不能像年轻人那样进厂打工，只能自己养上三五头牛。这些老汉老婆子养殖都是小打小闹，一是为了搞几个灵便钱，二是为了老胳膊老腿儿不至于太荒废。

　　一早哈学金就来过了，他给牛儿喂了料添了水，趁空闲回去吃了顿早饭，这才遇上了哈明礼和丁裕民。哈学金的牛看起来和它们的主人一样老实乖顺，都拥在石槽边默默地反刍，数目是一眼就能辨出来的，大的小的花的黄的，加起来一共六头。阳光也悄悄跟着他们移了进来，这不大的牛棚被主人收拾得干净整洁，弥漫着一种温暖静谧的气氛。和煦的冬日暖阳、草料的清香、牛儿们咀嚼的声音，这一切，都令人陶醉。丁裕民伸出手在每头牛的头上抚摸了几下，轮到一头正在舔盐砖的大花牛时，他先拍拍牛头，再捋捋牛耳朵，如此五六遍，心底里泛出的温情由一点涟漪逐渐扩大，真是一头好牛啊！许多时候，丁裕民都搞不清自己，何以对牛这种动物有这么强烈的好感。牛就像是他的亲人、他的兄弟姐妹，甚或是他的母亲。牛的那种温厚的性格、不疾不徐的行动风格，常常会让丁裕民暗自赞叹。而观察牛的眼睛，是丁裕民的一个不为人知的爱好。这世上没有一样物质像牛的眼睛那样纯粹，那不含一点杂质的、清泉一样的眼睛，让丁裕民感到安稳可靠。此刻，他正盯着面前的这头大花牛的眼睛，牛的目光是那样平和、那样温暖，而又那样充满悲悯。

哈明礼看到丁裕民对牛儿们的亲热劲儿，心想这真是个好人，他不光对人好，对动物都这样好。"丁科长，我看你是真爱这头牛，这牛叫翠花，是头好母牛，不过却是老哈的最爱，老哈把它看得比他老伴儿都金贵。"这笑话惹得丁裕民和哈学金都哈哈大笑起来。哈明礼又说，要想看牛，得去养殖场，那里的牛全是科学养殖，个个儿长得又大又俊，产奶量又高，比老哈的翠花好看多了。他接着说："丁科长，说实话，你这次还真得去我们村的奶牛养殖基地转转，不转你都不知道这几年的变化，我们不光开办了奶牛场，还有冶金厂、酒庄。这些成为我们村的三大支柱产业，解决了村里大部分人的就业问题。"丁裕民听了连连点头，他有些激动："怪不得刚刚在村巷里转的时候，一个人影儿都没有，原来大家伙儿都有事干了。这真是太好了。哈书记，我要给你点个大大的赞。"哈学金在一边抢着说："就是的，就是的，现在的日子真是比过去在山上强上百倍，都是哈书记的功劳。"他的门牙几乎全掉光了，说话的时候不光漏风还漏唾沫，这几句话说得又急，微微颤抖的白胡须在阳光下一闪一闪。哈明礼的脸红了，他挠了挠头皮，显得有些不好意思。

丁裕民和哈明礼便出了牛棚，上了来时的乡道，他们站在这条不算宽阔的柏油马路上远眺，大地笼上了一层很有质感的橙红。时值冬季，绿意尽失，荒疏中带着一丝萧瑟。丁裕民指着眼前一根被埋了一半的枯藤问哈明礼："这是葡萄藤吧？"哈明礼说是，并且告诉丁裕民这一片种的都是葡萄，是专供他们村的酒庄用的。他们自种自酿，到了春季，把这些被埋的葡萄藤全部放开，一年的耕耘就正式开始了。这根拇指粗的葡萄藤上还结着一颗葡萄，它呈现出烟熏般的暗紫色，皱成一团，在冬日的微风中轻轻颤抖着，似乎在用最后一丝力气抓牢藤蔓。

哈明礼邀请丁裕民到自己家里吃饭。他说："你嫂子特意宰了她自己养的芦花鸡，你一定得尝尝。"丁裕民没有拒绝，他知道哈明礼是要给自己接风。吃罢饭又聊了一会儿，天很快黑透了，丁裕民便起身告辞，他要到村委会去，那里有一间空房，算是临时宿舍，上次在新业村扶贫时，丁裕民就住在那里。哈明礼说啥都不让丁裕民去村委会住，说冬天硬板床太冷，让他就住在家里。丁裕民不想打扰他们，两人拉扯了半天，哈明礼算是做了让步，让丁裕民住在隔了一条胡同的儿子家。儿子小两口在外打工，房子正好空着。丁裕民不好意思再拒绝。

哈明礼走后，丁裕民洗漱完毕，在桌前坐下来，他打算作一幅画。丁裕民是这两年才开始画的，若说一点基础都没有，那倒也不是，毕竟小的时候自己琢磨着画了几年，算是有点童子功吧。后来因为升学就业，各种俗事缠磨，逐渐就把这项爱好放弃了。

丁裕民生性恬淡随意，他不喜欢拐弯抹角，只喜欢做实事。好做表面文章、要手腕钻营的做派，他看不惯也学不来。他也清楚自己在机关里属于那种不得志的人，过去心里也有一些想法，时常还有一种志不得舒的苦闷，这两年他倒是看淡了，看淡了也就无所谓了。这种无所谓的态度，在领导眼里就是破罐子破摔。晋升是无望了，倒是下乡扶贫这样的事，领导会第一时间想到他。让领导和同事们没有想到的是，丁裕民对下乡扶贫这种苦差事不但不排斥，反而很积极主动，这倒是出乎意料啊。其实他们不懂，下了乡，丁裕民才知道自己喜欢农村广阔的天地，喜欢和农民们聊天打交道，他觉得农村的一草一木都富有生机……

重新拿起画笔，还是在几年前他在邻镇的大坝村扶贫的时候。那天，丁裕民和大坝村的乡亲们在村口的工地上搞了一天的基建，黄昏时分，猛一抬头，看见不远处的苇子湖中浮着一轮金红的太阳，微风过处，连绵起伏的芦苇荡就像是金色的海浪一样轻轻翻滚着，那轮红日仿佛也随着芦苇丛的摆动而上下漂浮。那一刻，丁裕民看呆了，那既壮烈又萧瑟的感觉使丁裕民突然就有了一种想把这场景画下来的冲动。丁裕民还真的这样做了，从此便一发不可收。这几年，丁裕民几乎把业余时间都用在画画上了，不过他画画完全听凭感觉和兴致，只要有感觉，什么都可以入他的画。他的画用笔简淡，线条疏朗，往往几笔就能勾勒出景物的韵致来，可他却很少把画拿出去示人。老婆偶尔瞥上一眼撇撇嘴，一副看不上的样子，完了再来一句神点评：画啥都是苦哈哈的。他知道老婆是嫌他没事业心没本事，别人这个年龄在机关早就是处级厅级了，他呢，一个小小的主任科员干了一年又一年，底下的年轻人一批一批都上去了，他却始终原地踏步。自从他迷上画画后，老婆对他的失望又加重了一层，说他不务正业，整天掂个破笔涂涂抹抹，其实就是鸵鸟式的逃避。

有一次，一位收藏家朋友无意间看见了他的一幅山水画，那朋友盯着画足足有半小时，之后说一句："你的画我要收藏几幅，开个价吧！"丁裕民很意外，问及缘由。朋友说他的画有一种萧疏寒瘦的气质，这种感觉是时下各种艳俗浓烈博人眼球的所谓艺术品不能比的。"郊寒岛瘦"，他的画风与唐代诗人孟郊、贾岛的诗风有异曲同工之妙。朋友还说，出名对他来说是早晚的事。丁裕民听得一头雾水。他没有出名的想法，他就是喜欢画。

房间里静悄悄的，丁裕民已经画了大半个小时，只要一拿起画笔，他的心就安静了，苦累的念头都没有了。他画的是一根干枯的葡萄藤，就是下午在葡萄园看见的那根。他敛声屏气，眼里心里只有眼前的画面。

岑寂是被断断续续的敲门声打破的。丁裕民醒过神来，支棱起耳朵仔细听，声音不大，似有若无，仿佛敲门的人在犹豫或试探。丁裕民出了屋门来到院子里，他走到大铁门跟前，等待着敲门声再次响起，等了几秒钟，院子里外都静悄悄的，他怀疑自己出现了幻听，正打算进屋，那敲门声又轻轻地响起来了。丁裕民打开门，门口立着一个被月光拉长了的高大身影，因为光线暗淡，那身影便显得有几分不真实，丁裕民一时没有认出是谁，直到来人低低地叫了一声丁科长，丁裕民才听出来，原来是哈学义。

丁裕民不知道这么晚了哈学义来找他做什么，但看哈学义那神神秘秘的样子，一定是有什么事情。他突然意识到一个问题：哈学义是怎么知道自己来了？又是怎么知道自己住在这里的呢？看起来，安静的街巷并不安静。

哈学义跟着丁裕民探头探脑地进了屋，脸上是丁裕民熟悉的谦和笑容。哈学义的衣服虽都是半新不旧的，但全身上下不沾半点泥灰，看上去不像是个庄稼人。当然，这个昔日地主的儿子的确是没受过几天田地里的苦。作为村里少有的高小毕业生，哈学义大半辈子都在以前的大队部做文职，后来又随儿子到县上的一所中学做宿管，一干就是近二十年。前两年因为儿子升职到市里的一所中学当校长去了，年近古稀的哈学义才正式回老家来。

一进屋，哈学义像是变魔术似的从身后拎出一提兜橘子，殷勤地放在面前的茶几上。丁裕民慌忙推让："哈大叔，你来就行了，怎么还提上东西了？有啥事你直接跟我说。"哈学义搓着两只瘦长的大手有些害羞地说："没啥事儿，没啥事儿，就是过来看看你。"丁裕民请哈学义坐下，哈学义便有几分扭捏地坐下来，丁裕民感觉他怪怪的，一副欲言又止的样子。沉默了几秒钟，两人便聊起天来，主要是丁裕民问哈学义答，话题多围绕村子的建设和村民的生活。聊着聊着便扯到了哈学义现在的生活。丁裕民注意到哈学义眉眼间的笑意慢慢消失了，身体也挺直了些，后背绷紧像杵着一根硬棍。哈学义顿了几顿，终于下定了决心似的说:"丁科长,其实我……我……还真的有件事要求你。唉!怎么说呢,我和你婶子并不太好,前些年工作时的积攒快要花完了,我俩又没有退休金,又不能像年轻人那样出门打工,眼看就要坐吃山空了,你说我愁不愁?"

面对这个脸面白净,只有几根皱纹的乡村老秀才,丁裕民一时有点反应不过来。哈学义没受过大苦,快七十岁了看上去仍像五十多岁。丁裕民怎么能想到他的日子快要过不下去了。哈学义脸涨得通红,语速有点快:"丁科长,我是不该来丢这个人的,但开口容易闭口难,求你了,给哈书记说说,这次的低保怎么也得给我和你婶子一个名额。"丁裕民终于弄明白了,可是他还是有些蒙,哈学义不愿求人是出了名的,他认为那是跌份儿,会丢他当校长的儿子的脸。这还是以前那个哈学义吗?哈学义也要低声下气地求人了?哈学义那热切到近乎讨好的眼神,让丁裕民心里很不是滋味。

突然丁裕民像是想起了什么,便问道:"叔,你在县里的中学干了多少年?"

"十九年零三个月。"

"叔,你知不知道去年国家推出了这样一项政策,凡是在一个单位干够十年的,不管是正式编制还是合同工,退休后当地社保都要给这个人发一份退休工资。"

"丁科长,这是真的吗?我不知道有这么个政策啊,我只知道我是合同工,和学校的合同一到期,不续签,就不能再领工资了。"哈学义的眼睛瞪得老大,一副不敢相信的样子。

"是这样,因为这个政策去年才出台,所以很多人都不知道。"丁裕民语气肯定地说。

"是这样?这样就不用求人了!"哈学义喃喃自语。

两人正说着话，屋门被推开了，一股冷风裹着一个人进到了屋里。丁裕民仔细打量，感觉有点面熟，但是一时却想不起来这个面色黑红的矮胖妇女是谁。一看有人来了，哈学义有些慌乱地站了起来。许是看到哈学义，那女人的脸更红了些，慌忙低下头绞起了衣襟，比哈学义还要慌乱窘迫。"你也来了，哈国花家的。"声音小得丁裕民几乎都听不见了，哈国花家的却"嗯"了一声，说："学义哥，你也来了？"两人都是一副很难为情的样子。哈学义立即起身告辞，走得有些急，差点踢翻了茶几下的矮凳。

丁裕民终于想起来了。五年前，还是他帮着哈国花把家里的扁担箱笼搬到去往新村的大卡车上的。哈国花名字里带个"花"字，性格也像女人般阴柔，常常一副低眉顺眼的样子，用俗话也是他老婆的话说就是，窝囊得三棍子都打不出一个闷屁，所以家里有个大小事情，一般都是哈国花家的跑在前面。

丁裕民请哈国花家的坐下，哈国花家的不坐，说站一会儿就走。比起五年前，哈国花家的衰老了许多，皮肤松弛，眼袋像两盏小灯笼一样凸起在眼前，两颊的红二团消退了些，却使整个人更显憔悴，腰腹间垂挂着两层游泳圈，以至于整个人看上去松松垮垮。丁裕民心里大概已经清楚哈国花家的来找他的目的。果然，沉吟了一会儿，哈国花家的开口了，起先，她的语速还比较慢，声音还比较小，但说着说着，哈国花家的语速加快了，声音逐渐紧绷尖锐起来，像荆棘条一样抽着丁裕民的耳朵，说到紧要处，她几度哽咽了，眼泪在眼眶里使劲儿打转。哈国花家的也是为低保来的，她连哭带诉，那企盼的眼神让丁裕民不忍直视。

哈国花家的情况，丁裕民不是不清楚，五年前，哈国花两口子就领着儿子到处治病，儿子结婚三年了，儿媳妇一直怀不上孩子，检查说是儿子的问题，没想到五年过去了，问题依然没有解决。除了好言劝慰哈国花家的一番外，丁裕民也不敢向她许诺什么，只是告诉她，明天他看见哈书记再问问具体情况。

送走哈国花家的后，丁裕民的心情越发沉重了，他没想到新业村面临着这么严峻的脱贫问题，而贫困户之首哈建平一家目前是什么状况，到底能不能帮扶起来，想想都觉得头大啊。

丁裕民料定今晚哈建平、哈自立、哈自强也会来找他。但等到月上中天，他居所的门户一直都是静悄悄的。思忖了良久，丁裕民终于想明白了：哈建平自恃自己家情况最严重，对于低保已是势在必得，再加上是哈书记的亲戚（哈国花家的说的），所以就没有必要来上门求他了；哈自立身体强健，但因为好吃懒做，三十岁了还打着光棍，估计他自己也清楚，低保跟他是沾不上边的；但是，哈自强呢？今天听哈明礼说哈自强残疾了，为什么哈自强没有来呢？带着这些问题，丁裕民渐渐陷入了睡梦中。

这一觉睡得好沉，醒来时，外面已是拂晓。丁裕民洗漱完毕，直奔村委会，半路上碰到了来找他的哈明礼。丁裕民跟哈明礼提起昨天晚上的事情，他本想探探哈明礼的口风，没想到哈明礼直接表了态：这次的低保名额已经给哈建平一家四口了，谁也不要再动歪心思了！

丁裕民的脑子里浮现出了哈国花家的话，犹豫片刻，还是决定告诉哈明礼。还没说完，哈明礼已经气得眼珠子都要蹦出来了，他猛一拍桌子："谁在这里乱嚼舌头？哈建平和我是亲戚？我倒想问问，一笔写不出两个'哈'字，这村里谁和谁不是亲戚？若说亲，那哈自强、哈自立兄弟俩和我可是表兄弟，哈建平还只是一个出了五服的本家，我怎么没把低保给哈自强、哈自立？其他人有困难，至少吃喝不用发愁，哈建平一家四口没有一点经济来源，不给他们低保，他们就得饿死；现在就算把低保给了哈建平，我还担心他们家因为没钱治病出人命。在我们村，就算不能保证每家每户都发财致富，但至少不能让任何人因为贫病而饿死！……"哈明礼的怒气逐渐消了，语气和缓些。丁裕民有点后悔了，原来直率和冒失只差一步，不过哈明礼的话让他心里有了底。哈明礼叹了一口气，继续说道："丁科长，你是不知道哈建平家的情况，我们现在就去他家转转，你亲眼看看就明白了。那个家，人没有一个健康的，屋里的家具物件也都是缺胳膊短腿的，要不是政府给盖了三间房，哈建平一家连个住处都没有……"丁裕民的眉头拧成了一个疙瘩，空气仿佛都凝固了。

沉默了一会儿，丁裕民说："看起来咱们村的脱贫任务很艰巨，现在的首要任务是想办法增加这五户的收入。哈书记，我的意思是，今天我们召集这五户开个会，听听他们的想法。"哈明礼立即点头称是："丁科长，咱俩想到一块儿了，想办法解决问题才是正道。"

日上三竿，人都没有到齐，哈自立的电话总打不通，哈明礼气得胡子乱颤，派村干事小黄直接把哈自立从被窝里拖来开会。哈自立顶着个鸡窝脑袋、趿拉着鞋来了，边走边揉着糊满眼屎的眼窝，好不容易坐下了，又是一阵哈欠连天，嘴里还不停地抱怨着："才啥时候么，开什么破会，搞得人睡个懒觉都不成……"哈明礼主持会议，他先是提到了今年全国的脱贫形势，又谈了本村的脱贫任务，最后让大家谈谈对于个人如何脱贫有什么想法。

听到让个人发言，五个人都低下头默不作声，丁裕民注意到，哈建平的头低得最彻底，几乎都要伸到桌子底下去了，只露出一个脏兮兮、油腻腻的花白脑袋；他的身体仿佛也缩小了一圈，目光躲闪，一副做了亏心事的样子。显然，经过生活的锤打，那个强健的中年汉子一去不复返了，眼前的人怎么看都是一个小老头儿。再看哈自强，涨红了脸，将那只好手一会儿拿上来一会儿又缩回到桌子下面去，另一只手却被他结结实实藏在口袋里，一次也没伸出来让人看到过。哈明礼看大家都不主动开口，便笑着对哈学义说："学义哥，你说说你有什么想法。"哈学义的黄白脸变得更白了，他颤颤巍巍站起来，连作几个揖，几乎是拖着哭腔说道："哈书记，你这不是开玩笑吧，我能有什么想法。我都这把年纪了，肩不能挑，手不能拿，出去打工没有一处地方要我这糟老头子，除了吃国家救济，你说我还能有什么想法。"一直打哈欠的哈自立散开一直跷着的二郎腿坐正了身子，朝哈学义翻了个白眼，阴阳怪气地说："哟哟哟！这林子大了真是什么鸟都有，这世上还有比我哈自立不要脸的人。我都不敢要救济，有些人家底子又厚，儿子又拿着高工资，也想吃救济，今天真是开了眼了。要说吃救济，这儿哪个比我哥更有资格？一个残疾人，供养着两个学生，也是六十多岁的人了，我哥都没哭穷要救济，有些人却哭起穷来了。"哈自立边说边跳到哈自强面前，连拉带拽地要把哈自强那只残疾的手拉出来给大家看，哈自强死活不让，紧紧护着。哈自立可没那么识眼色，哈自强越是不让，他越是来劲儿，逼得哈自强终于爆发了，大骂道："你给老子滚远点！老子的事不用你操心！你把自己管好，不给我添乱，我就谢天谢地了。我不要低保，我还能动弹。我自己能养牛，奶牛场也聘请我去给他们当技术顾问，一个月给我三千块，我还要低保做啥？再说我的娃娃在大学可以勤工俭学，也花不了多少钱，应该把低保给真正需要的人，我暂时不需要。"说到真正需要的人时，哈自强向哈建平的方向深深地看了一眼。哈建平也感激地看了看他。可哈自立还没完，他不依不饶道："哥，你还要养牛？你的手指头就是因为给牛铡草让铡刀铡掉的，你还敢养牛？你的脑子是不是让门挤了？"哈自强的手指头的确是半年前铡掉的，当时电动铡刀速度太快，五根手指头齐齐被铡断了。

哈明礼又严厉地呵斥了一声,哈自立才停止了胡闹。哈明礼说:"哥,我的好自强哥,你和我想到一块儿去了,低保就应该给最需要的人。既然提到了这个问题,那我就把村委会的决定提前告诉大家,虽然说你们五户每户都有困难,但谁家的困难都没有哈建平家的大,所以经村委会开会讨论,一致决定将这次的低保名额给哈建平一家。"本以为会引起轩然大波的决定却使会场一下子安静了,只见哈国花家的抽泣着冲出了会议室。

人都散后,哈明礼长叹了一口气对丁裕民说:"丁科长,你也看见了,就这个情况,感觉已经成为一个无解的难题,我们村今年可能完成不了脱贫任务了。"思忖了一会儿,丁裕民抬起头来,目光坚定地对哈明礼说:"哈书记,你先不要这样想,我们不能盲目乐观,但也不能过分悲观。一会儿我就到哈国花家,把他儿子的病情仔仔细细问清楚。我知道河北有一家医院,听说那儿这种病治愈率在百分之九十以上。我打算推荐他们去看看,要是真看好了,哈国花家的问题基本上就解决了。至于哈学义,我决定明天亲自带他去趟原单位把退休工资办下来。"哈明礼连连点头,说好好好,表情稍稍放松了些。

三天后,丁裕民和哈明礼亲自把哈国花家的和她的儿子媳妇送到车站;哈学义的事情就好办多了,各种手续齐全,不到一天就基本办好了,就等着补发工资。

和哈学义返回后,丁裕民第一时间就去找哈明礼,他大步流星,显得很是兴奋。一见面,丁裕民便把他的想法说了。原来这几天他一直都在盘算怎样才能提高这五户贫困户的收入,功夫不负有心人,还真让他想出了一个办法。曾经有个朋友问他愿不愿意做纸加工的生意,就是从朋友那里把造好的纸拿去进行精加工后再出售,从中赚取包装费。

哈明礼一听,激动地站起来拍着手说:"好!这个想法好!纸加工,这个活好做，又不需要出力，我看哈建平和他的两个儿子都可以胜任。最重要的是，纸是必需品，不愁销路，光我们新业村一个村的用纸就够让他们致富了。"两个人越说越兴奋，仿佛这个小加工厂在他们的谈笑之间已经办起来了。

当他们把开办纸加工厂的利弊一一掰开揉碎讲给大家，立即得到积极的响应。于是丁裕民和哈明礼又开始跑前跑后地忙活：贷款，选厂址，买设备，进首批材料……大半个月后，当"兴业生活用纸销售中心"在村头闲置的仓库开业时，听着噼里啪啦的鞭炮声，看着前来祝贺的乡亲们以及那五户贫困户村民的笑脸时，丁裕民的内心涌起了一种巨大的充实感和满足感。正在兴高采烈之时，丁裕民的电话响了，是老婆打来的。

城里的花朵仿佛长眠了一个冬季，突然被春风吹醒了，一夜之间，那些桃红鹅黄粉白的花儿就活泼泼地摇曳在枝头。街道两边的树木也活了，那嫩绿的枝叶丝丝缕缕，远远望去，迷迷蒙蒙，如烟似雾……等丁裕民意识到时，已是春深时节。

三个多月以来，丁裕民一直守在医院里，陪着老婆做手术，放疗化疗。那天当丁裕民从新业村赶回家时，态度一向冷硬的老婆竟然趴在他的怀里哭起来，那一刻，丁裕民才意识到，老婆终归是个需要男人呵护和疼爱的女人。做完手术，老婆身上的霸道锐气仿佛连同子宫一起被摘除了，她变得温驯，甚至是谦卑。比起老婆身体的变化，更让丁裕民心疼难过的是她性格的变化，当她用怯生生的、凡事都由他做主的目光看着他，他心里的愧疚和自责就会加重一分。他不知道老婆患病跟他们的婚姻状况有没有关系，他只知道分居一年多，老婆的脸上几乎没有过笑容。他们谁都没提出"离婚"这两个字，但两人都知道那是早晚的事。

他也搞不清楚他们是怎么走到这一步的，日子过着过着就变味了，那些曾经有过的生动活泼似乎被生活的一地鸡毛覆盖得一丝不露……老婆对他越来越疏远冷漠，而他则是加倍奉还。

陪老婆治病的日子，他开始反省他们的婚姻，仔细梳理婚后各个时段的矛盾冲突点，发现自己也并不是无可挑剔，婚姻是两个人之间的一场考试，其中任何一方不及格，都会影响总成绩。

想通了这些，丁裕民对老婆的态度也就大为改观，倒也不全是因为老婆是个病人，最重要的是发现了问题后的自我纠正。而老婆的改变似乎比丁裕民还要彻底，一方面是大病之后的彻悟，另一方面则是由丁裕民的改变引起的。这种作用力与反作用力，让他们的关系峰回路转，融洽了许多。死水中泛起了涟漪，一波一波地在扩大。日子似乎有了新的意味。丁裕民不辞辛苦地照顾着老婆，没有一点儿抱怨，内心的舒展反而让他浑身充满了力量。老婆也开玩笑说要感谢这次生病。

随着老婆身体一天天地康复，丁裕民也逐渐开始正常的工作生活。这几个月，他想起来就会给哈明礼打电话，问问贫困户们的情况。哈明礼总是不厌其烦地告诉他厂子的进展，听得他心里痒痒的，总想到现场观摩一番。而四月份的一场人事变动，让丁裕民再到新业村的想法一下子变成了现实。

车一下高速路就变得畅通无阻，丁裕民将油门一踩到底，再放松时已经停在了村头。丁裕民信步走进"兴业生活用纸销售中心"，尽管看到的景象和哈明礼在电话里描述的毫无二致，他还是吃惊不小，这已经是一个初具规模的小厂了，各条流水线有条不紊地运行着。

大家看见丁裕民来了，纷纷起身迎接，作为代理厂长的哈学义更是热情地迎上来，眯着细缝眼笑着说："丁科长，你可来了。你看看，我们的厂子发展得好不好。厂里现在已经有三十多个员工了，虽说都是村里的老弱病残，但大家都想把厂办好，一起发财致富……"丁裕民笑着点点头。看见哈建平用他那关节肿大的双手把一沓纸往纸盒里装时，他有些感动。哈建平白胖了些，神情间也带着一种满足。他告诉丁裕民，他大儿子今年从职高毕业后也来这里上班了，因为在学校里学的是设计，加上一直喜欢画画，厂里就让他专门负责设计包装。大家都说他设计得好，有风格，现在好多单位都到这里订制由他儿子设计包装的纸品了……看见哈国花家的，丁裕民便走上前去询问她儿子的情况，哈国花家的哀叹一声后告诉丁裕民，还是没治好。不过他们想开了，不打算再治了，准备领一个当亲生的养……丁裕民"啊"了一声，随即连连说好。丁裕民在人群中走了一圈，愣是没有发现哈自立的身影。他问周围的人，大家都是一副气愤加鄙夷的表情。还是哈自强脸红一阵白一阵地告诉丁裕民，那个贼骨头拿上厂里卖纸的第一笔钱跑了。

正和众人说着话，哈明礼来了。两人聊到厂子的管理时，丁裕民有些忧虑。哈明礼说管理的确是个大问题，现在暂时由有文化的哈学义和威信高的哈自强代为管理，倘若解决不了的问题，还有村委会；等到以后厂子规模大了，就得找专业人士管理了。说完这些，哈明礼突然压低声音，神秘兮兮地问道："丁科长，听说我们县新上任了一位姓丁的副县长，请问是你吗？"丁裕民也压低声音，故作神秘地说："是我。"话音刚落，哈明礼便爆发出一阵爽朗的笑声，那开心劲儿，好像要上任的是他自己。接着，哈明礼又拉着丁裕民的手说："丁科长，不，丁县长，我还听说您主管农业，以后有什么好政策或者资金扶持，您首先得考虑新业村啊。"丁裕民微笑着听哈明礼说，心想这个哈明礼还真是个人精，但精明得不惹人厌。

离开新业村后，丁裕民沿原路返回，开车上了黄河桥。宽阔的桥身像是一艘驶往远方的巨轮，载着丁裕民的小轿车在汹涌的河面上劈波斩浪。丁裕民下了车，站在巨大的"甲板"上眺望。黄河完全解冻了，水势汹涌浩荡，像一条黄色的巨蟒一样奔腾跃动；两岸的植被在盛大的春日面前也换上了娇嫩明艳的衣裳，大地一片苍翠，处处都孕育着勃勃生机……丁裕民的手有些痒了，他从后备厢里拿出画夹颜料，铺开纸张便信笔画起来。丁裕民画得很顺畅，没有丝毫涩滞的地方，一条滔滔流淌的大河、两岸的人家、成排的榆树杨树、绿油油的庄稼……从村巷深处走来一个人，那人牵着一头牛，牛的名字叫翠花。

演奏者

最后一个音符随着琴弓的收回从弦子上飞出时，他一甩头，就像是在真正的舞台上，跨出的右脚也收了回来，一场演奏就这样结束了。下巴和锁骨的中间部位，被琴身磨得发红；左手止不住地颤抖，似乎还没有从固定琴身的任务中解脱出来。把琴立在墙边，他擦擦脑门上的汗，掏出香烟，点燃一支，深吸一口后，身体才放松了些。

整整两个小时，他演奏了一曲又一曲。音乐响起来时，他忘记了自己是谁，仿佛到了另外一个世界。

此刻，他又回到了现实。斜倚着身子靠向身后的瓷砖墙面，用最舒服的姿势站立着，他要歇歇。如果有可能，他也想像斜对面的那个流浪汉一样跷着二郎腿躺下来，但是不行，他缺一个床垫。

眼前的烟雾缭绕成一层轻纱，来来往往的人影更显虚幻。这段地下通道就长度来说是不短的，就宽度来说也算开阔，宛如一段河床，人流像翻卷的浪花一样从入口吞进，又从出口吐出，永远不会有断流的时候。

有人说话了，是旁边卖烤红薯的中年男人。

"那个烟蒂……别扔……给我！"

这座北方小城的方言近似普通话，不难理解；让他难以理解的是，中年男人要一个烟蒂做什么。但他还是立即把那还剩小半截的烟掐灭，没等男人拄着拐，晃荡着一截空空的裤管走过来，便主动递了过去。

因为一个烟蒂，他们相识了。

他的屁股底下多了一个马扎。他和卖红薯的大叔围着烤炉，沉默地抽完一支烟。大叔使劲儿嘬完最后一口，感叹道："这烟有劲儿！你的曲子拉得也好！"他笑了笑，算是回答。

一年前，当他站在出租屋的阳台上，看到低垂的天幕由灰青变为赭红时，一种空旷而寂寥的感觉，让他的脑海中突然浮现出一段音乐。那是他过去常拉的曲子，马斯涅的《沉思》。也是突然地，他右手抬起来，做了一个手握琴弓的动作。

已经许久没有拉琴了，当他从蒙尘的琴包里掏出那把红枫制成的小提琴时，就像面对一个熟悉的陌生人。他把它抱进怀里，轻轻抚摸着那些漆皮剥落的地方、背后用小刀雕刻着他名字的地方，一遍又一遍。直到他确信，这些年的疏远和冷漠，并没有彻彻底底使他与它之间成为两条平行线，这才颤抖着右手，把琴弓搭在了琴弦上。音乐就那样重新从他的小提琴上飞了出去。

他似乎又魔怔了，就像多年前一样，一旦手触小提琴，便如痴如醉。他忘我地拉着，听众常常是一只猫。多数时候，猫都是趴伏在地中央闭着眼睛一动不动；偶尔，也会"喵呜"一声，抬起头来对他看上一眼，有时候甚至是凝视，那深色眸子里发出的光芒越显幽蓝与深邃。他心头一动，认为这是猫对他的肯定，于是更加热情地演奏起来，为这唯一的"知音"。

一个星期前，当他从这段地下通道路过时，突然地，萌生了要在这里演奏的想法。

这是他第一次当众演奏。

"听你拉这个琴,我的心情没那么急躁了。你的曲子拉得真好,听得我一会儿想哭,一会儿心里又暖暖的。"卖红薯的大叔继续着刚才的话题。

他大受鼓舞和感动。第一天来这地下通道演奏时,他的手抖得拉不成曲调。他的演奏技艺,可以说,是在刚刚好起来时就结束了,算是半途而废。那时候,他是那样喜欢小提琴,吃完饭拉,睡醒了拉,时时刻刻都把小提琴抱在怀里,他幻想着有一天能够登台演奏。

他站起来,身体挺得笔直,琴弓在他手里划出一道优美的弧线,就像钓鱼的人将鱼线抛进水里,水波荡漾开来,音乐也从弦子上飞跃出去。他拉的是一首《鸿雁》,琴声悠扬而清越,那萧瑟伤感的曲调,使人眼前浮现出苍茫的大草原。大叔半闭着眼,一副陶醉的样子,铁青的脸上那些倒刺一样的胡楂也变得柔和了许多。

他就这样一直拉啊拉,直到深夜来临,人去路空。

没用多少时间,他和卖红薯的大叔之间就形成了一种默契。每当沿着高高的台阶走进地下通道时,他总会遥望甬道的两边,锁定大叔的位置后,便信步向前。大叔总会给他留下一个空位。他先是演奏,忘情地拉着,直到胳膊酸疼需要歇息时,才在大叔给他备好的马扎上坐下来。然后,两人一支接一支地吸烟,边吸边聊着天。他们的聊天并不顺畅,磕磕巴巴的,常常是刚说几句,便沉默了。隔着缭绕的烟雾,他们沉浸在各自的情绪里。炉火暖暖的,气氛逐渐好起来。

有时候,大叔也会和他聊天说笑,多是这地下通道小商贩们的逸闻趣事,或是对自己的调侃。他听着,脸上挂着淡淡的笑,面对着那少了一截的空荡裤管，心里毕竟有一种难以言说的滋味。他的目光是无法做到完全避及的，那一段虚空，是一个巨大的问号。大叔倒很坦然，以拉家常的语气告诉他事情的原委。那是一次车祸。醒来时，大叔发现自己被截掉了一条腿。

大叔讲得最多的还是那一天。语调虽然仍是平静的，但听在他的耳朵里，却有一种难掩的悲哀。

"直到有一天，我那可怜的老婆从外面回来。她红肿着眼睛，坐在窗口，一言不发。我才知道还有人比我更痛苦。她丢了钱，那是她刚领的工钱，整整一个月给镇小学扫厕所的所得。她可是从来都没有打过工的人啊！"

大叔讲述着，声音颤抖，仿佛又回到了那一天，他的女人苍白着脸从外面回来，一言不发地坐在窗口。她是个活泼热闹的人，整天说说笑笑，有时候，他还会嫌她话多絮叨。但是那一天，当她沉默地坐在那里时，忽然间，他恍然大悟，明白直到此刻，她才意识到她头上的那片天坍塌了。他为她的后知后觉感到懊恼。他截肢的那一天，她就早应该料到了，但是她的悲痛显得那样潦草，准确地说，应该是惊慌。他有一种恶毒的快感，像报复了谁似的。凭什么所有的痛苦都让他独自一人承受？但是他的快意并没有持续多久，便为她趴伏在那里，低低哭泣的背影而心疼不已。她是柔弱的，这是他长期庇护的结果，这说明过去的他，在她心里是强大的。他需要再强大一次。他推开床头的空酒瓶，挣扎着站起，迎着室外明晃晃的阳光……

这些都是大叔讲述时他理解到的意思，有些还脑补成电影镜头似的画面。不知从什么时候开始，他的话变得越来越少。那些话语游走在脑海里，更多的时候转化为了心理活动。他说得越来越少，想得越来越多。

他在心里默念着大叔所说的"那一天"。就在半年前,他也经历过一个难忘的"那一天"。

那一天,当杰森从自己的工位上出去时,他正认真地盯着电脑屏幕。这个由他俩负责的程序,已经完成了一大半,虽然最难做的部分已经完成了,但后面的几个子程序仍然存在着不小的挑战。他仿佛听到一声沉闷的重物落地声,像是有什么东西从高空坠下。他跟随着从格子间里蜂拥而出的同事们,来到公司巨大的玻璃窗前。从十五层的高空往下看,一个蝙蝠状的黑色物体平贴在大厦前的空地上,周围涂抹着一些红红白白的物质,就像是一个孩子的信手涂鸦。是杰森。他没有想到,杰森选择了以这样的方式"离开"。

几天前的深夜,当他俩加班加到四肢无力、神思恍惚的时候,杰森提议到天台小酌一杯。凌晨时分幽暗深邃的天空,高空吹来的凉爽微风,高脚杯中像夜色一样晃动的红酒,杰森的目光变得清亮,他比平时还要健谈。

"五个了!"杰森伸出一把手在他眼前晃了晃。

"什么五个了?"他反问。

"你是真不知道,还是装不知道?"

杰森叹口气,转过身,倚着栏杆,遥望着远处黑幽幽的天幕。"不过,说真的,詹尼,有时候我还真羡慕你。"杰森微笑着,"你知道大家在背后怎么说你吗?说你是机器人,说你是外星物种。的确,在这壁垒森严的大厂,是不需要正常人的感情的。你做到了,詹尼。但是我做不到!"杰森的情绪变得激动:"让我只做一个工作的机器,从早到晚地上班加班,我会发疯的。"杰森边说边指着自己的脑袋。

他很是意外,没有想到自己在同事们眼中是这个样子。

或许是他诧异的表情让杰森感到了自己的失态，杰森抱歉地笑笑，和他碰了一下酒杯。"我没有针对你的意思，詹尼。我只是羡慕你。你是好孩子，我们都是好孩子！"他将杯中的酒一饮而尽，一股热血涌向面部，他红着脸对杰森说，"不是你想象的那样，我不是工作狂。我的血管里也流动着温热的血，我的心脏也会怦怦跳动；我也会累，也有沮丧无力的时候……"

杰森扑哧笑了。"我信，我信！就凭你现在面红耳赤的样子，谁又能说你是机器人。扎克伯格才是机器人。"停顿了一下，杰森的表情变得肃穆了，少有地肃穆，"不过，降低对周围环境的敏感度，甚至是对自身情绪的敏感度，才能很好地在这个地方待下去。现在看来，理想、激情、才华等这些曾被我们视为上升阶梯的要素，并不是时时刻刻都葆有荣光，很多时候，不及多出这一厘米的情绪平稳。"

他不能认同杰森的观点，认同了，似乎就坐实了他是机器人的谬传。他只是讪讪地笑笑，一脸的诚恳，第一次为自己这得来全不费工夫的禀赋感到抱歉。杰森也笑了，是一贯的温厚和俏皮。两只酒杯同时碰到了一起。

夜空逐渐变得清亮，星星是在他们聊天的时候出没的，一颗一颗，攒聚在一起。很快，天幕中便镶嵌着密密匝匝的一群。杰森指着那些星星说："我们都是这些东西，看起来闪闪发光，实际上却是一块块黑不溜秋的石头。我们的荣光是借由这大都市大公司给予的，就像这些石头借着月亮来发光一样。但是迟早有一天，我会离开的！"最后一句话，杰森说得斩钉截铁。

他没想到，杰森以这样的方式离开了。杰森做了第六个。所不同的是，前面五个只是办了离职手续。

杰森的名字叫季修远。在这家赫赫有名的互联网大公司，每一个程序员都有一个英文名，这是他们的代号。而他的代号是詹尼，大名杨子赞。在公司很少有人知道他的大名，杰森是其中一个。

杨子赞的注意力越来越差，再也难以集中到手头的工作上，脑子里常常飘浮着一团雾状的东西，边缘模糊，逐渐增大。时常，这团雾状的东西又幻化为杰森的笑脸。那笑脸是那样生动俏皮而富有魅力。转眼又是那天的情景，杰森面对着群星璀璨的天空，眼神空洞而忧伤。

"杨兄弟，听你口音像是南方人，你怎么跑到我们这大西北来了？"大叔的问题把他从并不遥远的思绪中拉回了现实。

杨子赞告诉大叔，他失业了，所以离开了那座年轻人都向往的大都市，来到这座北方小城。大叔豁达地笑着，说："失业不算什么，只要人好着就行！"对，只要人好着就行，他附和道。应该再说点什么的，但是他卡壳了。

他站起来继续拉琴，内心有两股声音互相撕扯，这使他的琴音像水波一样颤抖。顷刻间，水波变成了滔天的巨浪，白练一样的巨浪怒吼着，伸出魔鬼般的双手，想要把世界撕个粉碎。配合着音乐，他的身体也大幅度地摇摆起伏着，汗水打湿了他的头发，热泪从眼眶里滚滚流出。"杰森，你听到了吗？我不是机器人。我和你一样，都是流淌着热血的正常人……"他在心里呐喊着。

不知过了多久，音乐变得舒缓悠扬，直至一个低沉的尾音。地下通道一时间变得安静，人们把目光投向这里，有人带头鼓起了掌，接着是一阵如雷的掌声。他放下手中的小提琴，靠着墙面缓缓坐下来。

杨子赞的症状越来越明显，再也无法投入到正常的工作之中，那些密密麻麻的代码变成了一团团疯狂的黑蚂蚁，咬啮着他的皮肉骨髓。

他离职了，做了第七个。

他不知道归向何处。终于明白了杰森所说的故乡不是想回就能回去的意思。他在公寓里的那间斗室中躺了整整一个月。

有一天，他划拉手机屏幕的时候，无意中看到了一些画面，那是一座小城的宣传图片。从浏览器上看，小城的天空是那样湛蓝，是那种看起来炫目的不真实的蓝。他像是被电击了一样，心跳不由加速。他几乎没有多做考虑，便把能用的家当打包成两个行李箱，从那间阴暗潮湿的小屋里逃了出来。

这座位于高原上的小城，一年四季几乎都是响晴的天气，晴朗得几乎要炸裂。很快，他身体里的那些多余的湿气和阴郁都被风干了，他变得干爽而轻盈。小城没有太高的楼，他以便宜到令自己都怀疑的价格租了两居室，是多层房屋的底层，带着一个小小的院落，被房东老太太收拾成花园的样子。白天，他坐在小院里喝茶，观天景，顺手撸着老太太养的猫；夜晚，则穿梭在大街小巷，仰望着那些熟悉而又陌生的星群，思考着一些从未思考过的问题。

他仿佛又回到了过去的某一段时光，那还是在他刚刚成长为一个少年的时候。那一天的夜晚，月色像往常一样疏淡。他的家乡一年四季，几乎都是朦胧的月光。他照例兴冲冲地去找阿和。一个暑期，不是他去阿和家里，就是阿和到他家门头，两人相约了到城外的云水溪中去玩水。那天，他的自行车刚到阿和家的楼下，便听到一阵悠扬的琴声。他从来没有听过这样的音乐声，甚至不知道是什么乐器发出的；一直以来，他和伙伴们听的都是各种流行时髦的音乐，多数都是通俗歌曲。所以，当他第一次听到这么悠扬婉转的声音时，竟然一下子呆住了。燥夏的酷热、骑自行车带来的疲累，因为这段音乐，似乎变成了扑面而来的习习凉风。他感觉浑身无比地舒爽和清凉。朦胧的月色下，枇杷树的影子和他的影子交错叠印，他就那样呆呆地站在树下，直到乐曲终了，他出窍的灵魂才回来。

他迷上了小提琴，不分白天黑夜地往阿和家里去。阿和的叔叔，这位在英国留学的高才生，终于回来探亲了，不再是阿和嘴里梦里都神往的人物。没过几天，他和叔叔便把阿和撂在了一边。两个痴爱音乐的人，似乎有更多的话题可谈。也就是在那段时间，叔叔教会了他拉小提琴。因为独特的禀赋，他掌握得很快，真是一日千里，常常让叔叔惊目咋舌。他太喜欢拉琴了，只要琴弓搭在琴弦上，他就变成了另外一个杨子赞，一个飞扬的、开放的、激情满满的杨子赞，而不是别人眼中的"阿呆""学神"。

暑期结束后，叔叔走了，给他留下了那把小提琴。

他几乎把所有的业余时间都花在了小提琴上，似乎是把整个的自己都交付给了小提琴。有一天，他怯怯地告诉母亲，他想学小提琴，以后考音乐学院。母亲只是眼神复杂地看了他一眼，便又到厨房忙碌了。他明白了。他本就不应该提出这个非分要求，对于寡居的母亲来说，学习小提琴的费用是笔天文数字。而且，只有理工科才是她眼里的正道。他默默走进自己的房间，把叔叔给的小提琴抱进怀里，躺在床上，流了一夜的眼泪。第二天，他在小提琴上郑重地刻上自己的名字，便将它锁进琴包，弃置在床底下了。他是把它埋在心底里了，一点一点地。一天一天地，随着时间的流逝，他似乎果真忘了他还有一把小提琴。

隆冬时节的北方小城，夜空是那样邈远，星星也显得稀疏，一颗离一颗很远。寒气砭骨。街上几乎没有什么行人。杨子赞紧了紧身上的棉服，继续赶路。出租屋距离地下通道不过三站路。因为人来人往，并且还有一些常驻人员，这段地下通道，并不显得寒冷；当卖红薯的大叔和卖各种小吃的摊贩们把他们的炉子架起来时，甚至有一种暖洋洋的感觉。临近年关了，地下通道的客流量尤其大，人来人往，熙熙攘攘。不知过了多久，人流渐渐稀少，做小买卖的也陆续打烊回家。喧闹声逐渐消失，地下通道变得沉寂，只有琴声还回荡在这段空空的"河床"里。当杨子赞拉完又一曲，想要舒展一下筋骨时，才发现这里除了他，就剩下那个斜对面的流浪汉了。

那流浪汉斜倚着"床榻"舒服地躺着，就像电视剧里的济公一样裘褐为裳，却有一种说不出的舒坦惬意。间或，他从手中的书本上抬起头来，对杨子赞这边看看，那眼光显得意味深长。

杨子赞微闭着眼继续拉琴。有时候，他似乎已经忘了这地下通道还有一个人，甚至忘记了还有他自己，仿若置身于一种空洞的虚无当中，眼睑之内一片素净洁白，耳畔只有清扬的曲声，就像是一叶孤舟飘摇在茫茫的江面上；更多的时候，杨子赞的心头会荡起一点涟漪，微微一热，手中的琴弓也随之摇曳多变，曲风有了激荡、更显韵致。这种时候，自然是意识到了这里还有另外一人，那个自始至终保持斜倚姿势的人。他手中的书一页都没有翻动，两只眼睛一眨不眨地盯着通道的壁檐，仿佛那里有与他灵魂牵连的地方。偶尔，那人也会将目光投向这里，那一定是在一曲终了后。

那夜之后，杨子赞出门的时间往后推迟了些。当夜的大幕把整个小城完全包裹的时候，正是他动身的时候——他选择了夜的下半场。原因不很清晰明确，只是一种模糊的感觉：那段空荡荡的地下通道里有一个人，有一个真正懂他曲调的人。在这熙熙攘攘的人海里，哪怕只有一个人，他也满足了。这个人不觉得他矫情，不觉得他这样疯狂地拉琴是一种病症，甚至在他的音乐里找到了某种共鸣。

这样过了几天，杨子赞和斜对面的流浪汉有了更近距离的接触。他居然和流浪汉膝对膝地坐在了后者的"床榻"上。凭感觉，他认为流浪汉和他是差不多的人，腼腆、羞涩，都有着程度不同的社交恐惧。所以那天夜晚，在一曲终了的间歇，当这个终日一言不发的流浪汉突然向他招手，并且口里招呼着"兄弟，过来坐坐"时，他一时有些惶惑。往过走的时候，这惶惑变成了淡淡的喜悦与期待。

他们的交流也并不顺畅，甚至比他和卖红薯的大叔之间的交流更显费劲。两人都不健谈，加之流浪汉的潮汕普通话，听在他这四川人耳里，并不是句句都能明白，但他还是听懂了一些。

流浪汉说："活着不易，要学会在烂泥里摇尾巴。"杨子赞一怔。看到他若有所思的样子，流浪汉从床头的书堆中抽出一本，书名是《庄子》，翻开其中的某页，对他说："这是圣人之言，不是我杜撰。"继而又拖长语调，悠悠吐出两句："'往矣！吾将曳尾于涂中。'多么自由的心灵啊！"说完，像是沉浸于某种空灵的境界之中，那带着笑意的眼眸中，仿佛映照出了江上清风、山间明月。

这些轻描淡写的话语对杨子赞来说，似乎有千钧之重，常常是，流浪汉才说完，他就陷入了沉思，以至于整天都在琢磨这些话的意思。他似乎从一个最不爱想事的人变成了一个思考者。

偶尔，他们也会小酌一杯。酒是当地人爱喝的一种白酒，下酒菜是各种关东煮、铁板烧、长沙臭豆腐，都是这地下通道里小商小贩们叫卖的。杨子赞拎过去。有时候两人对饮，话题会稠密一些，但多数都是自说自话。流浪汉喃喃道："不要追寻什么意义，生命本无意义。"杨子赞复读机一样重复着这句话，似乎心有所动。对于自己之前的人生，他不能说有清晰的规划，但小目标还是有的，比如三年赚两百万。对赚钱的痴迷，几乎是他寡淡性格中唯一的一点狂热，为此他加班加点，像个不知疲倦的机器人。"然而……可是……"他想辩驳，内心深处却并不坚定，甚而要被这流浪汉蛊惑。

他却越来越喜欢和这个整天无所事事、懒洋洋的家伙待在一起。和他在一起，他会有一种剔去了筋骨般的软瘫感，这是之前从未有过的体验，软若无骨，浑身的每个毛孔都荡漾着放松。

有时，他也会和流浪汉相跟着走出这地下通道，那是在他终止了夜晚的演奏之后。幽长寂静的甬道，高而陡的台阶，映在墙壁上的身影一晃一晃，仿佛梦中家乡小河岸边的两株香樟树，疏淡又邈远。穿过长长的台阶，外面是阔大又清冷的世界。小城的白天，天空是一片纯粹的野蓝；夜晚则是广阔的清幽，水磨石地面般，上空挂着一轮磨白的月亮。望着这无垠的夜空，流浪汉有时候会感慨："盖'将自其不变者而观之，则物与我皆无尽也'！真妙啊！"苏轼的这句名言，杨子赞也熟悉，却并不深谙其中之意。然而在这静谧清幽的浩大天地中，当流浪汉口吐莲花般地吟出这句时，他似乎一下子懂了。江水一样澄澈的夜空，清风从宇宙的深处徐徐吹来，有那么一刻，他感觉自己会与这天地万物一样长存。

有时候，杨子赞也会由衷地感叹："你真像个哲学家！"流浪汉微微一笑，说："我大学的专业就是哲学啊！不过我还做过清洁工、店小二、驯兽师、马戏团小丑等，不过我现在的身份是流浪汉。"

……

转眼已是除夕。街道上没有什么人。除夕之夜，阖家团聚的日子，即便是真正的流浪汉也会想方设法回家过年吧。天空中飘起了雪花，在幽暗的夜空中像扑闪着翅膀的玉蝶。天气出奇地冷。杨子赞脑中突然闪过一句电影台词，在寒冷的地方容易使人想起温暖的事。

地下通道里空空荡荡。远远望去，只有卖红薯的大叔在低头收拾着什么。待到跟前时，便听到了大叔的抱怨声，这人都到哪儿去了？又埋怨自己不会算计，不该除夕夜出来。看到杨子赞，大叔从三轮车上的泡沫箱里取出一本书，书名是《庄子》，说是那个流浪汉让转交给他的，还说他要回家过年了。杨子赞一怔。大叔又把一个热乎乎的红薯递到他手里。杨子赞没有拒绝，虽然他的胃口早已被方便面、外卖等垃圾食品败坏，消化不了这么甜美的食物。他也掏出一样东西递给大叔。那是一张银行卡，上面有五千块。大叔惊得手忙脚乱，说什么都不肯接受，"一个红薯也不值这么大一笔钱啊？"他红着脸解释，这是资助大叔安假肢的，这点钱肯定不够，希望大叔想办法再筹集一些。这张卡装在他的身上有些日子了，他犹豫着要不要送出去，一是他的手头也并不宽裕，一是逢不上合适的时机。而今天，当他心里刚一产生这个意念，手就已经有了行动，仿佛一切都是自然而然的，没有任何突兀的地方。大叔感动极了，紧紧攥住他的双手使劲儿摇晃着，眼里含着泪，一句话都说不出来。他却感到抱歉，为自己也并不丰裕的财政状况。

告别和祝福的话说了很多，大叔终于离开了。

地下通道安静极了，只剩下杨子赞一人。他倚墙站立了一会儿，从琴包里拿出小提琴，稳稳地将琴身支在锁骨上。琴弓搭在弦子上的时候，悠扬的音乐声便飞了出去。音乐溪水一样缓缓流出，漫过这河床似的地下通道，渐渐地蓄满一河。河水越蓄越多，溢出了河面……时间一分一秒地过去，水流逐渐平缓。流水潺潺，清风扑面。音乐经过一阵低沉的回旋后，逐渐变得舒缓悠扬。那些从底部升腾起来的渣滓，随着音乐的飞扬，也飞扬出去，一点一点消散了。杨子赞闭着眼睛，一曲又一曲……

悠扬的音乐声中突然夹杂进了另外一种声音，是轮子滑过地面的声音。杨子赞睁开眼睛，看见一个女孩拉着一个大号行李箱，步履匆匆地过来了。经过他身边时，女孩的脚步放慢了，像所有经过这段地下通道的人一样，她也用惊异的眼光打量着这年轻的"街头艺人"。他看到一张疲惫的脸，一张年轻稚嫩却又略显沧桑的脸。

他收回目光，将全副身心都投入到手上的小提琴上，曲目也即时进行了切换，这首曲子叫做《回家》，是他最近才谱写的。音乐飘荡在这地下通道时，如悲如歌，忧伤舒缓又让人心头生起暖意。女孩的脚步放得更慢了，几乎是一步三回头，终于她停了下来，静静地站立着，不知不觉中眼睛里漫上了点点泪光。

他就这样一直拉着琴，仿佛时间静止了，世界不存在了。

蓦地，一阵烟花爆竹声传来。杨子赞和女孩同时抬起了头，对着通道的尽头。那巨幅电影幕布似的瓷砖墙面上，映照着夜空中那一朵朵绽放的烟花。杨子赞仿佛看到，那些璀璨的花朵在幽蓝的夜空中开得那样蓬勃，一朵一朵，此起彼伏，不一会儿便布满了整个夜空。

长鼻子爸爸

一

当医生把那只长度和粗度都有点吓人的针管举起时，刘京只觉得眼前寒光一闪，时间仿佛凝固了。这间无菌手术室里的一切都静止不动了，耳畔的声音也消失了。过了一会儿，才听到一声尖厉的喊叫从身下传出。与此同时，医生暴突着眼睛，几乎是挥舞着拳头冲刘京怒吼："压紧，快点！"刘京本能地接受了医生的命令，使出更大的力气死死钳制住刘小淘小小的身体。

刚才那一针扎偏了，深入的程度只在皮肉之内。饶是这样，刘小淘还是痛得缩成一团。他太小了，只有四岁，而针管太长太粗。就是大人，也未必承受得了。刘京按照医生的指示紧紧锢住刘小淘的四肢，将刘小淘光溜溜的后脊梁裸露出来。这一回，可不能再扎偏了。多扎一次多受一次罪。刘小淘死命地反抗着，小小的身体爆发出惊人的力量，好几次险些从刘京的手中挣脱。响亮的哭喊声似乎要刺穿刘京的耳膜和心脏。

一年多来，这样的骨髓穿刺，刘小淘已经经历了好几回。每一回，都像是受刑。刘京觉得那些面无表情的医生是刽子手，而他这个父亲，就是帮凶。记得第一回做检查时，刘小淘用他那稚气的、含混不清的声音问刘京，是扎手指还是扎瘤子？刘京说去了就知道了。等到了手术室，看到那长约二十厘米、寒光闪闪的针管时，刘京的第一反应是，抱着儿子赶紧逃。那一次，他受到了医生和妻子孙琪的无情批评。孙琪说，要知道他会当逃兵，说什么都不让他进去陪护。但是孙琪也只是说说而已。他明白她是把对孩子的心疼，转化为对他的怨怒了。作为母亲，她比他还要不忍。最后，这桩苦差事还是落在了刘京头上。

那冰凉寒冷的针尖再次刺向刘小淘的尾椎，刘小淘的身体猛地往起一挺，像一艘小船冲上了浪头。刘京知道这是刘小淘的殊死一搏，他真想松手让孩子逃脱，或者换了自己上去受刑，可他知道不能——只能锢住孩子，锢住！刘京曾做过五年的陆军士官，那双大手一旦发力，刘小淘便像是被钉在了手术台上。针管从尾椎缓缓穿进去，留在体外的部分越来越短。小船樯倾楫摧，刘小淘的挣扎变成了一阵一阵的颤抖，刘京的身体也跟着颤抖起来。刘小淘凄厉尖锐的喊叫声慢慢变得低沉嘶哑，嗓子喊破了，最后只剩下一声声刮风似的呼啸。刘京想起了小时候在老家看杀猪，猪的气管被割破，嗓子里发出的就是这样呼呼的啸声。针管一点一点地前进，刘小淘的身体一点点缩小，蜡黄的小脸纸一样苍白。刘京觉得儿子已经痛死过去了，下一秒，又有微弱的呼吸传出，证明这可怜的孩子依然是个活物。终于，针管从刘小淘的体内被拔出来了，刘京感觉自己也经受了一次无比漫长而惨痛的酷刑，他抱起缩成小小一只的刘小淘，替孩子抹去脸上已经糊成一团的鼻涕眼泪，而自己脸上的鼻涕眼泪，还来不及擦去。刘京的另外一只手，正滴滴答答流着血，是刚刚被刘小淘咬伤的，现在才有钝钝的痛感传来。

他把刘小淘抱在怀里，小心翼翼，就像抱着一件稀世宝贝。哪怕是极其微小的触碰，都会让他心疼万分。除了手术和各种检查，他不容许儿子再有其他方面的皮肉之痛，哪怕是一次摔倒都不可以。自从儿子生病后，无论走哪儿，他都是这样小心翼翼地抱着。刘京学着用最温柔、最舒服的姿势把刘小淘抱在怀里。多数情况下，他都会把两臂展展地伸开，像一艘小船驶进了温暖的港湾，刘小淘平稳地躺在他结实有力的胳膊上。他轻轻地摇晃着，直到儿子入睡。可是今天却不行，儿子后背疼，他不能再使用这最舒服的姿势抱他了。刘京把刘小淘的小脑袋靠在自己的脖颈上，两腿分开，卡在自己的腰部。这个姿势虽然不算最舒服，但安全感十足。刘京的前胸和刘小淘的前胸紧紧贴在一起，真有一种"心贴心，肺贴肺"的感觉。这种感觉很新奇，也很舒适。这是过去三十年来他从未体验过的感觉。原来一个人可以和另外一个人如此亲密，原来这个小生命是如此依恋他。当儿子的两只小手环绕着刘京的脖子，将小脸贴近他的脸颊时，他对着儿子的耳朵轻轻地说："宝贝儿，不怕，长鼻子爸爸在呢。"

手术室的门终于被推开了，一股阴冷的穿堂风扑面而来。门口站着满脸焦急的孙琪。

二

刘京从没有想到，自己的人生轨迹会被一种叫作"神经母细胞瘤"的疾病而改变。他始终认为，像他这样一抓一大把的普通人，是命定不会成为"天选之子"的。无论是好运还是厄运，老天都不会选中他。这才配称得上平凡人的一生。更何况，他在别人的眼里就是个二愣子。妻子孙琪生气的时候，会直接称他为可恶的二愣子。

刘京承认，他是有些"二"，除了基因里本就携带的那部分外，他的"二"多数来源于原生家庭。他的家庭还算富裕，又是独子，从小什么心都不用操，什么责任也不用承担，过着无忧无虑的日子。他的"二"其实不是没脑子，而是不愿意动脑子。凡事随遇而安即好。这种状况一直持续到十六岁。那一年，父亲因为一场突发疾病去世了，那个给他遮风挡雨的人说走就走了，刘京才发现，一旦没有了父亲的庇护，一个傻憨憨、二乎乎的孩子，是会招来很多风雨的。刘京一下子变得无所适从。

一次，几个高年级小混混为了诈钱，将他逼到里巷的一角。当那些带风的拳头眼看就要落到身上时，他本能地夹起胳膊，奋力一挡。这不是反抗的反抗，似乎起了作用。"铁拳"遇到了"铜臂"，那几个浑小子疼得哇哇叫。他本就高壮的身形，或许那一刻，在他们眼里愈显高壮。总之，那几个小子落荒而逃，留下两眼迷茫的刘京如堕五里雾中。他似乎意识到了一点，他们怕他。接下来的几天里，刘京都在思考原因。总算摸出了一点门楣。他高大健壮的体形，发怒时两颊攒聚起来的横肉，都产生了一种"凶恶"的效果。意识到这一点，他揽镜训练，一点一点抠表情，他要让自己看上去更凶恶一些。尽管他的内心常常是怯懦的。这种训练无疑是有效的，加上越长大越表现出来的沉默。色厉内荏在不知情的时候也是一种保护色。高中三年，他算是安然度过了。

高中毕业后，刘京选择了当兵。部队生活又一次锻造了他，无论是外表还是内里。他本就高大的身形愈显魁梧健壮，原本的椭圆脸变成了标准的国字脸，面部的线条像刀刻了一样硬朗，性格也愈显坚毅。当然他的这种"坚毅"多数是为了配合氛围的需要，因情境而激发。本来底子就是柔软甚至怯懦的，所以一不小心就被打回原形。如果精神层面也能相应得到成长，在人生的关键期，刘京几乎可以说成长得还不错。那几年，刘京对他的状态很满意。假如一直在部队，他极有可能会将这种"果敢坚毅"的状态保留下去。然而他复员了，回到了凡尘俗世。一切似乎又回到了原点，那层美丽的包装纸，一点一点被尘埃滚滚的凡俗生活撕破了。

刘京恋爱了。是厂里的会计孙琪。进厂上班一年多，他对孙琪并没有多少深刻的印象。近百号员工的配件厂，多数都是点头之交。而十一国庆假前，连着三天在餐厅的相撞，似乎使他不得不对孙琪瞩目。第一天，刘京端着满满一餐盘饭菜，经过熙熙攘攘的排队人群，打算到装卸工小刘和马林那一桌去。他们几个老是凑成一桌吃饭。刘京小心翼翼地走了一段，既要顾手上的餐盘，又要顾脚下的腿脚，绕过承重柱时，还是和迎面而来的孙琪撞上了。在这之前，刘京只知道这个尖脸杏眼的姑娘是厂里的会计；听人说，本事挺大，脾气不小。刘京慌得连连道对不起。孙琪扑哧一声笑了，说，没关系，反正菜汤洒在你身上了。刘京这才注意到自己的衣襟果然濡湿一片。倒是孙琪掏出纸巾手脚麻利地帮他好一顿擦拭，搞得刘京怪不好意思。临走的时候，孙琪还笑着向刘京眨了眨眼睛，那调皮的样子，让他联想到了《大话西游》中紫霞仙子对至尊宝抛的那个媚眼。刘京没有意识到自己的脸红了。第二天，仍然在老地方，仍然一转身，刘京的餐盘结结实实地撞在了孙琪的肩上。孙琪个子娇小，饭菜的汤汤水水就顺着肩头滴滴答答流过了她的半边身体。刘京紧张坏了，等着孙琪发飙。孙琪果然杏眼圆睁，嘴里嚷着，你什么意思啊？是不是想报昨天的仇？但是他感觉孙琪不是真怒，那语气是半开玩笑半撒娇式的，顶多是嗔怪。到了第三天的饭点，刘京都不想去厂餐厅吃饭了，不如到厂外的小饭馆混一顿。但转念一想，不可能那么巧，连着三天都撞上她。然而，当刘京端着从窗口打好的饭菜转身时，发现孙琪正站在他身后冲他笑。即使是傻子，也明白是怎么回事了。刘京原想说，真巧啊，却被孙琪早一步抢了台词，孙琪还踮起脚，对着刘京的耳朵悄悄说：你是不是对我有意思？好吧，本姑娘就给你个机会，放假请我吃大餐。

恋爱谈了大半年，刘京就自然而然地和孙琪结婚了。刚开始，他们有过一段幸福甜蜜的时光。孙琪爱撒娇，也爱使小坏，有时半夜睡得正香，刘京便被小猫样儿蜷在自己怀里的孙琪挠醒了。孙琪勾着刘京的脖子撒娇：好哥哥，背我走一段，我做噩梦吓醒了。刘京便闭着眼迷迷糊糊地背着孙琪，在卧室里走几个来回。天冷的时候，孙琪故意把自己的一只脚伸到被窝外，等变得冰凉时，便骗刘京说她生病了，一只脚热，一只脚凉。刘京一摸，果然如此，便着急带她去看病。这时候，孙琪才扑哧一声笑了。刘京知道自己又上当了，扑上去好一顿缠绵。

婚后的第二年，情况发生了变化。这些变化是一点一滴、悄无声息发生的。起初是从刘京再也不愿意大半夜从热被窝爬起来背着孙琪绕弯开始，逐渐地，连孙琪的撒娇也不好使了。偶尔，孙琪穿一件新衣服问刘京好看不好看时，他也是头都不抬地回答好看，然后继续打他的手游。刘京没有注意到孙琪脸上的失望，他打得太入迷了，更别说留意到她眼里的泪光点点。

后来又发生了一些事，说来都是生活中的小事。事后想起来真不值一提，若能够置身事外来审视，还颇有些啼笑皆非的味道。然而当时，他们俩都是不依不饶，谁也不让谁。

刘京越来越厌烦孙琪。屁大的事值得喋喋不休、一说再说？仿佛他是三岁的孩子。这女人啊，还真是藏得深。婚前的孙琪无论如何也算一个淑女。他最喜欢把她抱进怀里，用鼻尖轻轻蹭她脖子后面那团细软的毛发。他喜欢听她咯咯的笑声。现在他发现，她和他说话都是一副不耐烦的表情，口吻也多是指责的，仿佛他犯了多大的错误。而在他看来，她指责他的那些事情，简直就是无理取闹。什么不洗脚、乱扔衣服、尿液滴在马桶圈上……婚前他从来没把这些当成问题，所有的一切都有母亲打理；更何况，他自觉自己的卫生状况已经提高了很多，毕竟他是经受过部队生活洗礼的人。然而在孙琪这里就不行，偶尔一次也不行。

吵闹的次数多了，刘京很疲惫，吵完后再也没有什么善后了。那次为了一只没洗的碗，孙琪大动干戈，刘京爆发出的不可遏制的情绪，让他自己都大吃一惊。那个周末天气很好，孙琪看起来心情也不错，没有一点无故找碴的迹象。吃完饭甚至还搂着刘京的脖子撒娇让他去洗锅。他当然去了，而且是屁颠屁颠的，他也要好好表现一下，以配合她难得的好情绪。他洗得很用心，不但把碗洗了，连灶台都擦得锃光瓦亮。从厨房出来后，他理所当然得到了她更加热情的拥抱。那一刻，刘京甚至萌生了一种想法，如果孙琪一直这样，他以后就都听她的。只要她不无理取闹，他也绝对不会撅眉瞪眼地大动干戈。然而只是短暂的几秒钟，她便僵在了他怀里，原因是她的余光扫到了餐桌上的一个碗。她脸上浮上了一层笑意，显得很假。她继续勾着他的脖子撒娇：老公，还有一只碗没洗。他不想再进厨房，一心想着赶紧开几盘游戏放松放松，他敷衍说明天再说吧！便四仰八叉地躺在沙发上掂起了手机。她尴尬地站在原地，笑意逐渐从脸上退去，就像退潮的海浪一样，本来就很浮泛，所以来得快，去得也快。她又喊了几声老公来洗碗，他却沉浸在游戏的世界里浑然不觉，更别说观察她越来越阴郁的脸色。山雨欲来风满楼，二愣子是怎么都无法感受到的，直到她冲到沙发前，一把夺过他的手机。条件反射似的，他弹了起来。

又怎么了？他喊道。

去洗碗！她的声音更大了。

你洗一下怎么了，不就一个碗吗？

凭什么我洗，说好的今天你洗锅，凭什么老让我给你擦屁股？

你他妈的是不是脑子有毛病？

刘京也没有想到他会这样辱骂孙琪。她愣住了，他也愣住了。他没想到自己会用这句话骂她，但是不用这句又用哪句呢？这话就在嘴边上，拦都拦不住；她又逼得紧，那刀子似的嘴，一张口就是一大串，每一句都极富杀伤力，而他笨嘴拙舌，没有多少厉害的招数。果然，她立马闭嘴了，眼睛里有雾气升起，转身便跑掉了。剩下他一个人孤零零地站在地心。他没有胜利的喜悦，相反，觉得很无趣。他有点懊悔，自己一个大男人，让她几句又怎样呢？他想去卧室哄哄她，手已经搭到门把手上了，又缩了回来。他有点胆怯，或者说厌倦，换了衣服，趁着夜色去找朋友们买醉了。

刚结婚的时候，日子其实还没有真正过起来，刘京大大咧咧的性格，某种程度上可以说治愈了孙琪。她是个缺乏安全感的人，小时候父母离异带给她的暗伤，长大后都没有解决多少。但是随着婚姻的深入，原本以为互补的性格，却更多地呈现出差异。他不理解她，或者说听不懂她在讲什么。有时候，孙琪觉得刘京难以捉摸，要么口若悬河胡吹一气，要么沉默寡言好几天，他到底在想什么？她试图搞清楚，然而最终的结果是，她发现他什么都没有想，故作高深莫测是他的常态，他的脑子里其实空空荡荡。整个孕期，孙琪越来越累，也越来越烦躁，她的心里常常蓄积着一团火，时不时就要燃烧起来。自然，这团火只能烧到刘京身上。她希望他能够成为她生命中的甘霖，而他恰恰是干柴。火只会越烧越旺。为了躲避，他下班越来越晚，甚至调到市里的厂子，一周回来一次。她的耳目是清净了，心里却越来越抓狂。她搞不清楚是因为自己的这些负面情绪，他才会越来越远地离开她，还是他的逃离让她滋生了这些负面情绪。她试着让自己变得平和一些，无数个失眠的夜晚，她都会自己劝说自己。

刘小淘的降世并没有使他俩之间的关系弥合多少。老问题尚未解决，新问题层出不穷。带大一个孩子太不容易了。看来前人说得不错，妄图以孩子来舒缓夫妻之间关系的想法，只能是妄想。现实的情况是，孩子常常是矛盾的催化剂。孙琪终于体会到了网上所说的丧偶式婚姻的痛苦。她似乎陷入了更大的精神泥淖，而刘京却逐渐摸索出一套婚后生活的模式——上班、下班、周末约朋友。只不过因为调到市里工作，他把日常的下班回家这一环节也省了，他的生活似乎只剩下了上班和玩乐，然而这其中的无奈，只有他自己明白。只要回去，十有八九都会争吵。他厌了、烦了、累了，只想躲一躲。

孙琪则是满腹怨情。离婚的想法不是没有过，而终于下定决心，还是在那个下着暴雨的夜晚。她独自抱着发烧的孩子去医院，独自一人陪护孩子，太孤独无助了。在深夜寂静的医院大厅里，孙琪终于拨通了刘京的电话，她用比自己手脚都要冰凉的声音通知他，周末回来一趟，去办离婚手续！

三

刘小淘的病比想象的要严重。市里的医院看不明白，转到省医院。省医院怀疑是白血病，但不能确定。这可把刘京和孙琪吓坏了。在他们看来，白血病是所有癌症里最严重的一种，只要得上，就意味着必死无疑。一想到再过不久，这小小的生命就要离开，他俩的心碎是一致的。这是一种本能，无须多论，只不过在孩子好的时候，这种本能被刘京藏匿了起来。刘小淘才三岁啊，刘京脑海里盘旋着这个念头，反反复复。

不可以！他不能眼睁睁地看着自己的孩子就这样离开，他还没有好好亲过抱过这个孩子。刘京的表现让孙琪有点难以置信。在省医院查病的那两天，孙琪整个状态都是蒙的，她像是被拦腰打了一闷棍，无论是肉体还是精神都超出了能承受的范围，但是又不能不振作，孩子是她的命。她拖着沉重的步子跟在他后面，楼上楼下，内心的担忧和无助几乎使她要委顿在地。好在他是坚定的，将刘小淘紧紧抱在怀里，从一个诊室到另一个诊室。

刘京的亲戚们很快赶到了医院。当他们听说刘小淘有可能是白血病时，一个个像牙底里进了风一样，倒吸一口凉气。刘京的眼圈明显红了，亲戚们的及时到来给了他一种精神慰藉。然而当两个表哥挽着刘京的胳膊将他带到病区一个僻静的角落时，当他们贴着他的耳朵说了一些他们认为的体己话时，刘京终于搞清楚了他们此行的目的。他立即挣脱了他们的臂膀，站得离他们尽量远点。如果不是怕孙琪听见，他真想对他们怒吼一通。他咬着牙根低低地说，如果是来探望孩子病情的，那请留下；如果想要劝他放弃，那从此以后各走各路。表哥们的脸上挂不住，悻悻地离开了。刘京的心却沉到了海底。他们可是他的至亲啊，在他落难的时候，不帮他一把，反而往他心上捅刀子？是的，他们怕大额的医疗费用拖垮了他，最后还要波及他们。说白了，他们是怕他借钱。

还没到晚上，舅舅的电话便打来了。鉴于表哥们的表现，刘京对舅舅的电话也很警觉。好在舅舅只是问孩子的病情，末了安顿他有时间回厂里一趟，商量一下给孩子看病的事。他心想，有什么可商量的呢，如果舅舅同意拿钱给刘小淘治病，那么舅舅依然是他最亲的人；反之，那就没有什么好说的了。他在心底暗暗期盼着舅舅对自己的支持，就像以往每次遇到事情时，舅舅总是能够挺身而出。去年，母亲也因为一场车祸撒手人寰，舅舅成为他唯一的依靠。

然而这一次，舅舅却让他大失所望。舅舅话虽说得巧妙，但是立场却比表哥们还要坚定。刘京甚至怀疑，这压根就是舅舅的主意，毕竟他

是厂里的一把手。舅舅劝刘京不要感情用事，越是在重大危机面前，越
要理智慎重。首先，白血病是个花钱的病，钱花了还不一定能治好。孩
子这么小，就得了这种要命的病，看来是和父母无缘，不如顺应命运，
早早放弃。其次，刘京和孙琪的感情本来就不好，都已经闹到离婚了，
家庭都已经没有了，还极力去抢救一个不一定能治好的病孩子，有什么
意义？最后，这是最重要的。厂里这几年财务紧张，刘京不是不知道。
由于受到线上经济的影响，实体企业不景气，他们厂的规模已经由原
来的五家压缩到了现在的三家，能够持续生产的厂子只留下了县里的这
一家。

　　刘京缩在舅舅办公室大班台对面的迎客沙发上，落地窗射进来的
强大光束将他笼了个严严实实，他微眯着眼睛，掂量着舅舅话中的含
意，发现自己的脑子竟然不够用了。他似乎陷入一片混沌，感觉舅舅的
话也不无道理，但是心里却泛起了一阵一阵的疼痛。沉默了有一支烟的
工夫，当那束刺人的光束终于悄悄地从他眼前移开时，他的思路似乎也
清晰了许多。他站起来，立在舅舅面前，高大的身影将舅舅笼罩在皮椅
里，舅舅似乎顿时缩小了不少。他反问道：什么叫不要感情用事？意思
是让我做一个没有感情的畜生吗？刘小淘是我的亲儿子！还有，舅舅什
么时候开始信命了？你信我不信！我就要和这命运搏一搏！

　　最终的结果是，刘京从厂里退了股，一次性结清了他应得的那一部
分。其中的龌龊和窝心，亲戚们的撒谎扯皮，让他第一次对人性有了新
的认识。人心是不可直视的，在利益面前，什么亲情友情，屁都不是。
法院的判决下来了，刘京拿到了二十多万。他怀揣着判决书，心里却是
罕有的心酸和沉重，他父亲辛苦一生，还有他近十年的付出，原来就值
这一张薄薄的纸？！

　　在上海儿童医院，刘京和孙琪见到了那么多生病的孩子，各种各样

稀奇古怪的病。不知道为什么，他们的心反而踏实了一些。这么多的孩子都生病了，看来生病是常态。

刘小淘的诊断结果随后也出来了，不是白血病，是神经母细胞瘤，一种极其罕见的恶性肿瘤，比白血病还要严重得多。

四

上海儿童医院的东门外有两家超市，其他则和别处医院外围的配套设施毫无二致，比如宾馆、药店、饭馆等。这条街人烟阜盛，很是热闹。刘京背着刘小淘，站在医院围墙外一处阳光明媚的地方，看马路上来来往往的车流和人流。尽管上海的冬天没有老家的冷，孙琪还是给刘小淘穿上了过膝羽绒服，戴上了绒线帽。那银色的羽绒服在阳光下闪闪发光，像一件铠甲一样护住了刘小淘的全身。

这是做完骨髓穿刺后的第三天。刘小淘终于从尖锐的疼痛中摆脱出来，不哭不闹了。尽管小脸儿依旧蜡黄，但是精气神儿明显好了很多。每次在诊疗之前，刘京都会向儿子许诺，只要刘小淘乖乖听医生的话，好好配合治疗，就带他到医院外面玩。刘小淘总会高兴地蹦跳起来喊长鼻子爸爸万岁。刘小淘是个好奇心很强的孩子，医院的天地太小，闷得太厉害的时候，他会趴在病房的窗口，向外面张望。刘小淘还是坚强的好孩子，得病以来，大大小小的检查和手术不知道经历了多少次。刘京觉得，那样巨大的疼痛就是给他这样一个当过兵的汉子，都未必承受得了。有时候，刘京觉得小孩子就是神，尤其是生病的孩子，他们身上表现出来的一些特质，是大人不具备的，比如敏感和坚强。只要身上不疼痛，刘小淘整天都是活蹦乱跳、快快乐乐的，小嘴一刻不停地吧嗒着。

此刻，刘小淘指着一辆黄色的小汽车问刘京，这辆小黄车是不是前面那辆大黄车的儿子？这可把刘京问了个大张嘴，他压根就没有注意到前面有没有一辆大黄车驶过。马路上的车水流一样涌过，谁还会注意车的颜色啊，只有刘小淘这样的小孩子，对事物的形状和颜色最敏感。许多时候，刘小淘的问题都会让刘京蒙住。但是刘京有自己的办法，他绝对不会流露出没有看到刘小淘眼中的风景，或者没有认真听刘小淘讲话的神态。他总是有办法应对，而且效果还相当不错。比如此刻，他说：

小淘，你说的是第二辆过去的大黄车，还是第三辆？

刘小淘眨巴着小眼睛，一副迷惘的神情。嗫嚅道：长鼻子爸爸，我也没看清楚是第二辆还是第三辆，我好像只看到了一辆。

长鼻子爸爸是刘小淘对刘京的特定称呼。这称呼的由来，固然是因为刘京本就长着一个大鼻子，还因为画在他脸上的一只鼻子，一只匹诺曹式的鼻子。那时候，孩子还和他不亲，看见他都要绕道走的那种。孩子只跟妈妈亲。那个周末，刘京难得没出去消闲，他躺在沙发上刷抖音，刷着刷着竟睡着了。他是被刘小淘清脆稚嫩的笑声吵醒的。刘小淘边跳边笑，从来没有在刘京面前这么放松过。尽管不明所以，刘京依然被感染了，他也笑起来，并一把把刘小淘揽进怀里，问怎么了。刘小淘笑着连声喊，长鼻子爸爸，咯咯咯。刘京探头对着电视柜旁边的穿衣镜照，果然看到自己脸上多了一只鼻子，一只用水彩笔画的鼻子，烂树桩似的戳在脸上，就画在原本鼻子的旁边。他成了一个拥有两只鼻子的人。刘京也笑得不行，边笑边用鼻子蹭刘小淘的后背。咯咯咯……咯咯咯……笑声充满了房间。孙琪举着沾了面粉的手，从厨房出来了，看到这一幕，也笑得前仰后合。电视里正播着《木偶奇遇记》，他们三个人咯咯咯地笑着。那是他们一家难得的美好时光。儿子就是从那天开始跟刘京亲近的，开始长鼻子爸爸长、长鼻子爸爸短地叫着他。

那之后刘小淘又在刘京的脸上画过几回鼻子，多半是在刘京陪护时睡着的时候。那鼻子越画越长。有一回，刘京就问了：

小淘啊，爸爸的鼻子怎么越来越长？

因为，对爸爸的爱多一点，鼻子就会长一点。

那，什么是爱？刘京有些吃惊，这么小的孩子竟会用这样的词。

爱就是想亲亲，想抱抱。

刘京一把把儿子抱进怀里，使劲儿在儿子的额头上亲吻着。他突然觉得，孩子虽小，但他什么都明白。

就这样，刘京成功地把自己没仔细看的锅甩给了儿子。但是听儿子这么一说，他的心里立马充满了歉疚。即使没有看到儿子的正脸，刘京都能猜到趴在他后背上的刘小淘，一定小猫一样瑟缩着脖子，一副害羞的神情。刘京心疼不已，赶紧转移话题：

那你给爸爸说说，你看到的大黄车是什么样子啊？

刘小淘果然振奋起来，吧嗒吧嗒地给刘京描绘。听着刘小淘的描绘，刘京也就清楚该怎么回答了。

小淘，我觉得小黄车是大黄车的儿子，你觉得呢？

刘小淘更开心了，欢呼道：是呀，我也觉得是，它俩长得几乎一模一样。

刘京松了一口气，差一点答偏了。以后不能这样了，应该直接反问刘小淘的看法，减少出错的机会。

过去，刘京陪刘小淘的次数太少，少得在父子俩的意识里，仿佛都没有对方这个人。记得刘小淘刚出生的那天，在深夜昏暗的医院走廊里，当助产士把一个黑黑小小、像猴子一样皱着面皮的小不点送到刘京怀里时，他骇了一跳。心咚咚跳个不止，脸一下子涨得通红。这是我的儿子吗？是我刘京的种吗？——他好像还没有做好成为一个父亲的准备。怀里的小婴儿呱呱啼哭着，皱成一团的小脸越发显得丑陋，这些都没有引起他作为一个父亲的本能反应；相反，他的内心产生了一种嫌恶。他颤抖着双手，想也没想便把孩子塞给了旁边的母亲。母亲一句，到底是男人，连个孩子都不会抱，似乎替他解了围。他逃避似的站在母亲身后，偶尔装着不经意地向孩子扫上一眼，但心里始终没有涌上来一种暖暖糯糯的、被称作父爱的感觉。

刘小淘一岁之前，还是一团粉嫩的小肉肉时，刘京也有过把这小人儿抱进怀里好好亲亲的冲动，无奈每次都以失败告终。孩子不要说让他抱了，就算是靠近，都会吓得哇哇大哭。刘小淘总是闪动着那双明亮的大眼睛，一边吃着手，一边观察刘京这个可怕的陌生人，警惕心很强。有一次，孙琪太忙了，顺手把儿子塞在了他怀里，刘小淘顿时一阵气绝似的号啕大哭，哭得刘京心烦意乱，便一把把刘小淘丢在了沙发里，刘小淘哭得更凶了。最后的结果是，孙琪和他结结实实吵了一架。

这样的情况积累了几次后，刘京更不愿意回家了，他把对孩子的想念埋在心底，或者说，他压根儿就不怎么想刘小淘，他对刘小淘有隔膜感，就像刘小淘对他一样。那时的父亲二字，在刘京身上就是个标签。心里有过内疚吗？当然有。但刘京自有他的精神胜利法，他常常自我宽解，小孩儿都是妈妈带大的。刘京肆意地贯彻自己的生活——上班、下班、周末找朋友们玩。只不过这种贯彻，有多少是主动，有多少是情非得已，他也说不清楚。他也懒得去想。刘京从来就不是爱动脑筋的人，只是他回家的次数越来越少。然而某一天，刘京突然发现，刘小淘竟然会走路了，竟然会说话了……真的太神奇了！发现得越多，他越觉得神奇。时间过得好快啊，仿佛就在指缝间一点点溜走了，仿佛那些溜走的时间促成了刘小淘的成长。虽然次数稀少，但是依然有赖于时间的叠加，或者像孙琪所挖苦的那样，刘小淘是看照片认识父亲的……不管怎样，刘小淘两三岁的时候，终于不再排斥他这个爸爸。偶尔，他也会扑棱着两只小膀子，一步一摇地扑进刘京怀里，他的心也会酥软一下，反手把刘小淘抱进怀里。然而这次的问题在刘京身上。刘小淘总是会用他那奶萌奶萌、含混不清的声音，问很多问题，大多数刘京都听不懂，最主要的是没有耐心，持续不了片刻，他的注意力又在眼前的手机上了。等他注意到怀里变得空荡时，刘小淘已经在孙琪怀里玩了好一会儿。他似乎也懊悔过，在家里待不了多长时间，就又陪了手机了。然而，下次的情况依然如此。刘小淘仿佛就是在这样的循环往复中一点点长大的。生病之前，儿子这个词眼，在刘京的意识里，似乎同样也是一个符号。

刘小淘的问题又来了：长鼻子爸爸，为什么小黄车不让大黄车背着走啊，就像你这样背着我？这次，刘京真不好回答了，他的脑子本来转得就不快。他想说，因为你生病了，所以爸爸要背着你啊，但又觉得不妥。光是提起生病这个字眼，都会勾起一阵心酸。是的，他的孩子生病了，而且病得很重！神经母细胞瘤四期，生存的概率极小。一想到不久的将来，孩子有可能离开他，刘京心里就会泛起一种沉重感，这种感觉压迫着他，仿佛转移到了那两条结实修长的腿上，使他挪不开半步。直到把刘小淘从肩头移到怀里，让这小人儿紧紧靠近自己，脸贴着脸，心贴着心，这种毫无距离的可触可感，让他又获得了一些力量，那颗动荡不安的心暂时回到了原位，踏实了一些。好在刘小淘并没有纠缠在小黄车的问题上。他似乎感受到了爸爸的心情，于是乖乖地趴在爸爸怀里，任由爸爸把自己紧紧抱住。

父子俩又站着看了一会儿车流，按照原定计划继续走向马路对面的超市。那家超市真大，大约有几千平方米，货架一眼望不到头。最让刘小淘兴奋的是玩具区。站在货架前，刘小淘的双眼闪闪发光，那种想要攫取的光芒，让刘京有点担忧，过度的兴奋也会消耗孩子的精力。刘小淘的小手在他喜欢的玩具上流连着，每一样都舍不得放下，但他知道自己只能摸摸，不能买回去。他的玩具已经很多了，爸爸已经没钱给他买玩具了，爸爸的钱都交到医院里了，等他的病好了，爸爸就会给他买更多的玩具。刘小淘边摸边小声嘀咕着。刘京半蹲在货架前，耐心地陪着儿子摸玩具，听到儿子的小声嘀咕，心里的酸涩再也无法抑制，他睁大眼睛让那快要流出的眼泪不要流下来。这一年多来，他的眼根儿是太软了，几乎把他前半辈子的眼泪都流出来了。

终于，刘小淘把被他仔细摩挲过的最后一个玩具——一个五彩斑斓的蛋蛋球，小心翼翼地放到货架上。但愿这是最后一次，这个拿起放下的动作，他已经做了好几遍，小小的心里是那样不舍，这可怜的小人儿却什么都没说。四岁的刘小淘已经很懂事了，他艰难地放下蛋蛋球，好像累极了的样子，长叹一口气，说：爸爸，咱们走吧！

刘京背着刘小淘继续往前走，来到海鲜区，刘小淘的精神才又振奋了起来。刘京照例放下刘小淘，陪他立在那些透明的大鱼缸前。各种活蹦乱跳的鱼儿、耀武扬威的虾儿，尤其那些晃动着一对大钳子的龙虾，是刘小淘最喜欢看的。刘小淘又变得活泼了，对着鱼缸指指点点，不停地和鱼缸里的动物说话。刘京也喜欢看海鲜，和刘小淘一样，他也喜欢看那些活着的鱼虾，喜欢看它们自由地在水里驰骋。这是过去。然而现在，不知为什么，刘京总是有意无意地将目光投放到那些已经死了的、被冻在冰层上的鱼虾，那些被五花大绑的螃蟹尤其吸引他的注意。看着看着，他真想伸手把那些绳子解开，让那些还活着的螃蟹逃出来。自己这是怎么了？过去可没少吃海鲜。他懒得深入思考，只是有一种不好的观感，是过去从未体验过的。

到了食品区，刘小淘虚弱地趴在刘京怀里，一副累极了的样子，看到那些喜欢吃的食品，眼里也没有光。刘京懂得刘小淘的这种状态，不光是疲累，更多的是无望。癌细胞喜欢甜食，刘小淘爱吃的巧克力、脆脆鲨、蛋糕等，统统不能吃了；最爱吃的火腿肠也不能吃了，新鲜的肉食都无法代谢，更何况是加工过的；冰激凌更不用提了，刘小淘的肠胃无法承受冰凉的刺激，只能喝温开水……前几次转超市，真是让刘京为难，他在货架前转来转去，眼看着儿子眼里的光，亮了又灭了，灭了又亮了。那种滋味真不好受。最后当他满是愧疚地拿着一袋弱碱性的苏打饼干，问儿子开不开心时，没想到刘小淘立马雀跃地说，开心。这次也是一样，刘京只是试探性地，刘小淘立刻便又振奋起来，用脆生生的声音说，开心啊。刘京不知道说什么好了，只是将儿子更紧地抱进怀里。

　　然而也不是全然没有惊喜。回到病房后，刘京变魔术似的从口袋里掏出一个蛋蛋球，正是超市里的那一个。刘小淘激动得小脸都红了，捧着蛋蛋球去隔壁病房找欣欣姐姐玩去了。

　　欣欣，一个九岁的小姑娘，已经是这个病区的资深病友了。患神经母细胞瘤五年能够存活下来，不得不说是个奇迹。有一回，孙琪貌似无意地问了欣欣妈妈一句，用了什么治疗偏方。那个高冷的中年阔太那一阵却显得很亲和，但是当她把欣欣的治疗方案——为了给欣欣治病，欣欣爸爸在山脚下买了一块地，雇着专人种植蔬菜、水果，不上化肥，不打农药，灌溉都是山上引下来的泉水，欣欣的吃喝全都是真正的绿色无公害……尽数说出时，病房里所有的家属，都倒抽了一口气，大家对望了一眼，便沉默了。他们明白，有时候能够治病的并不是方案，而是钱，是大把大把的钞票。

　　在病房玩了一会儿，欣欣和刘小淘又手拉着手到楼下病区的小花园玩去了。天气不错，孩子们可以到室外透口气。从病房的窗户往下看，刘京看到，上下台阶的时候，欣欣会情不自禁地蹲下身子，让刘小淘趴在她背上，她背着刘小淘走。姐弟俩在花园里摘花、捉蝴蝶，像坠入凡间的两个小精灵。每当看到这种情景，刘京的心里就会又温暖又疼痛。这两个孩子如果是健康的，该有多好。该死的病魔，为什么偏偏喜欢这世上最可爱、最机灵的孩子?!

五

刘京第一次发现孙琪变老变丑，是在他们婚后第三年的一天。那是个周六。对于刘京来说，每一个周末都很惬意，无非是休闲放松。他在厂里负责出货，就是安排人手把成品打包装运。任务不重，一切都已形成一套固定的套路和程序，不需要劳心费神。而孙琪则不同，她做的事情恰恰是最费脑子的。作为厂里的财务人员，不光费神，月底那几天要给员工发工资的时候，还得加班。那个周六，刘京难得没有出门应酬，不是不想出去，连着喝了三四个晚上的酒，实在是受不了了，脑袋昏昏沉沉，胃里感觉总有一只手在不停地抓挠。于是他放过自己，打算美美地睡上一觉。就在他睡得五迷三道、昏天黑地的时候，孙琪的电话来了，说她晚上才能干完活，让刘京把晚饭做好，再把阳台上的衣服收起来。起风了，马上要下雨了。刘京在电话里嗯嗯地答应着，放下电话就又睡着了。沉睡中的刘京真正做到了两耳不闻窗外事，巨大的风声雨声也没有吵醒他。他睡得太香了，直到一场暴雨过后，世界重新恢复了宁静。等他睡醒后，已是黄昏。孙琪提前回来了。那时，刘京还赖在被窝里玩手机。门锁咔嗒的声音打破了室内的岑寂。他意识到自己整整睡了一天，慌忙爬起来，趿拉着鞋子，揉着惺忪的睡眼走出卧室。孙琪冷着脸立在客厅的中央。室内光线昏暗，那薄薄的身体看起来像一道影子。看到孙琪的脸色，刘京突然像是想起了什么，显然已经来不及了。孙琪将目光投向厨房，只有冷锅冷灶。她叹了一口气，看起来疲惫极了。顿了顿，又走向阳台。夕阳像是大地生下的一个血球一样悬挂在西天，边缘残破，毫无生气。而露天阳台上的景象，更是惨不忍睹。一场暴风雨不仅将阳台上的盆花吹打得七零八落，挂在衣架上的衣服更是被撕扯得触目惊心。看到那几件落满泥点的白色衣服，刘京的心里生出了几分内疚。孙琪的目光却久久停驻在那几件白衣服上，她的呼吸变得越来越粗重。终于，一句粗哑的吼叫从她尖细的喉咙里迸发出来：你他妈的是干什么吃的？孙琪的脸色也像那个残破的红血球一样，变得狰狞邪魅。刘京的愧疚一下子消失了，一点踪影儿都没留下。他突然发现，孙琪丑陋极了。那锥子似的眼神、薄薄的刮刀片似的嘴唇、寡黄的脸上若隐若现的褐斑，都使她看起来刻薄又丑陋。

那天的结果是，他俩恶恶干了一架。刘京终究还是没有忍住，他狠狠给了孙琪一巴掌，把纠缠不休的孙琪推倒在地上。至于孙琪是怎么爬起来的，什么时候爬起来的，又是怎么呜呜嗷嗷地哭了大半夜……这些，他都漠不关心。他的心里憋着一股气，这女人真是欠揍，多大的事啊。

第二天的孙琪就更没有看相了。两个像小灯笼一样的大眼袋，让刘京望而生厌。刘京第一次发现，孙琪变丑了，而且变老了。然而那一年，孙琪才二十八岁。

刘京第二次发现孙琪变老，是在刘小淘做开颅手术的那天，手术做了很长时间，几乎从清晨做到黄昏。对于等候在手术室外面的他俩来说，那一整天的漫长与煎熬是无法描述的。刘京还好，他虽然也很担心刘小淘的安危，但毕竟还能在手术室的长椅上坐下来，有时候感觉闷得无聊了，还会掏出手机扫上几眼解解心慌。孙琪则不然，从刘小淘被推进手术室的那一刻开始，她就一直保持一个姿势——身体前倾，伸长脖颈，凝视着手术室。她静静地立在手术室的门口，眼睛盯着手术室的门，仿佛那扇门是透明的。她站在那道密闭的门后，仿佛能够将手术的全过程看得清清楚楚，而且，似乎只有她亲眼看见手术的全过程，才能确保刘小淘安全无虞。

起初，刘京也像孙琪一样站在手术室门口，站立的姿势也和孙琪差不多，甚至他的内心似乎还和孙琪的内心发生了同频共振，一样地怀着巨大的担忧与恐惧。他甚至能感受到两颗心一起扑腾扑腾跳个不停，七上八下，惴惴不安。但只是站立了一刻钟，刘京便感觉脚跟发麻，后背连接脖颈的那一片，酸胀酸胀地痛，换个姿势，又坚持了一会儿，就站不稳了，于是退坐在手术室外长廊的椅子上。而孙琪就那样一直站着，像是被石化了，一直朝里张望。其间，刘京起来两次，牵着孙琪的手，把她拉到长椅上坐下，只是片刻，孙琪又不自觉地站起来，木木地走到手术室的门口，伸长脖子向里望着。

刘京真为孙琪担心。头天晚上，她就一夜没睡，抱着刘小淘默默流泪。谁都没有想到刘小淘的病情发展得那样快，仅仅大半年的时间，癌细胞又扩散了。孙琪的眼泪有一半是因为心疼刘小淘，这么小的孩子，这么短的时间却做了两次大手术，如果可能，她是愿意为儿子承受那些皮肉之痛的；另一半则是因为担心，当医生把癌细胞已经转移、不做手术有可能撑不过这个冬天的情况告诉他们时，孙琪的瞳孔明显放大了，里面写满了恐惧和无助，她太害怕失去刘小淘了。她是孩子的依靠，孩子对她的爱与依恋，让她反过来又把刘小淘当作自己的依靠了，并且是生命中唯一的依靠。

对于手术，无论大小，孙琪都是抗拒的，记得很久以前，她听过一句话，一个人一旦做了手术，基本上就废了。可事情发生在刘小淘身上，她是连抗拒的可能都没有。医生说得很明确，要么手术、放化疗，还能维持个一两年，说不定还能出现奇迹，五年以上也说不定；要么干脆放弃，反正这个病治愈率很低，十万个人里有一个能躲过都算幸运。

就是奇迹这个字眼,使刘京和孙琪变得同仇敌忾,他们的态度坚决地一致,内心深处生出一种愿景,希望这个奇迹出现。所以第一次手术,孙琪虽然难过,情绪倒也算正常,她只是心疼刘小淘受疼痛。这一次,孙琪明显受了打击,各种情绪交织着,即使想反抗,也绝无半点可能——只要刘小淘活着一天,她就能安心一天。对孙琪来说,别无选择。

　　一夜没睡的孙琪,眼睑是肿胀的,眼窝却窅陷了;脸上雾蒙蒙的,像浮着一层灰。此刻,她站在手术室的门口,脸上的灰尘越积越厚。刘京每将目光向孙琪投注一次,就会发现她又老了一点。或许,一个人沉默得太久,会给人一种倔强的冷漠感。自从提出离婚、刘小淘又生病后,孙琪再也没有和刘京吵过一次架,就连必要的沟通都压缩到了最少。沉默使孙琪失去了活力。记得第一次见孙琪时,印象最深刻的就是她的笑。她笑得那么明媚舒展,笑时眼睛、鼻子、嘴巴似乎都在笑,尤其是嘴巴,闭着时只有樱桃似的一点,咧开来却是几乎到了耳根,一大瓣蜜橘一样。现在,樱桃变成了干枣,蜜橘失了水分。她是一夜之间衰老的?不,只不过是他才发现的。她不是一天两天变老的,是无数个日子的叠加,是光阴日月的一点一点侵蚀。婚后的五年,那些当时看来足以引起一场场战争的惊心动魄的大事,对刘京来说,多数都已成为浮光掠影,有的甚至连个漫灭的影子都没有留下,而这些,几乎都把痕迹留驻在了孙琪的容颜上。最无情的摧残,还是刘小淘的患病。一年前,当几家医院的医生都判定,刘小淘的病治愈的可能性太小,不如把孩子带回家好好陪陪时,那些日子,孙琪就一下子老了。此后辗转又到上海,在各种诊疗手术的担惊受怕以及日复一日的陪护中,她的容颜简直是断崖式衰老。只是那时,他并没有发现。不是他不够细心,只是,相当长的一个时期以来,他几乎不看她的脸,即使看,也是匆匆扫一眼,他也尽可能地避免与她对视,不知道是不愿还是不敢。

　　孙琪木呆呆地站在手术室门口，仿佛她的肉身已经羽化，飞到了一门之隔的手术室里。许久以来，刘京第一次如此长久地凝望孙琪。孙琪却浑然不觉。

　　时间一点点过去，阳光透过巨大的窗户照射进来，把地上的影子拉长了，又缩短了。其间，刘京又把孙琪拉回到座椅上几次。他心里的酸涩越涌越多，涌成一股沉重的东西——第一次对孙琪产生愧疚的感觉。他反省自己的行为。过去，刘京只觉得孙琪神经质，毛病多，很小的事情都会上纲上线，他从来没有在自己身上找过原因，仿佛他们婚姻的不幸全都是她一手造成的。自从她提出离婚后，他的心就死了，也不再抱有幻想。若不是刘小淘生病，他们或许早已经离婚了。在一同给刘小淘看病的过程中，他也尽量避免与她过多接触，除了说孩子的事情，其他几乎不涉及。刘京总觉得在婚姻中可以吵可以闹，但一旦提出离婚，就是把对方彻底否定了。

　　然而此刻，当看到孙琪可怜巴巴地、像个纸片人一样守候在手术室门口时，刘京心里那些坚硬的东西，慢慢地被逐渐涌起的疼惜融化了。他站起来，再次走向她，将她拉回到椅子上。他第一次发现，倔强只是她的性格，就像偏执也是她的性格。这种倔强与偏执往往是受情境激发的，并不是骨子里就带有的，无法克服的。而说不定，自己就是刺激她的那个人。真是异乎寻常，过去他是个很少动脑筋的人，今天破天荒地，他做了很多第一次做的事，体验了很多从未有过的体验。他再次走向她。这次，他没有把她拉回到座椅，而是陪她一起站在门口。他试着离她近一些，想让她靠着自己站立，她依然浑然无所知，他不得不把她的身体往自己身边硬拉。她终于像是发现了什么，本能地离他远些，他却紧紧搂住她。她挣扎着，却显得很是徒劳，她太虚弱了，最后只得无奈地叹口气，任由他紧紧搂着自己。他分明感觉到，她僵硬的身体渐渐变软了，越来越柔软，越来越轻飘，像一根羽毛似的依附在他身上。她的神色似乎也不再恍惚，她低着头，一副若有所思的样子。

日光逐渐暗淡，手术室外长廊里的两个影子变得模糊。仿佛漫长的一个世纪，快要结束了。终于，手术室的门从里面打开了，医生们出来了，他俩迎了上去。医生说，手术很成功，但孩子暂时还没有脱离危险，生命体征还不算平稳，需要家属在留观室陪护一夜。

最终还是决定让孙琪去陪护，尽管她看起来也像是一个需要陪护的人。她不放心让刘京去，那些仪器需要时时刻刻严密关注，一点都不能分神，她怕他一不小心睡着了。刘京也没有自信，他几乎也是一天一夜没有休息，感觉随时随地会栽倒，而孙琪又是那样固执。

又是整整一夜。孙琪就那样笔直地坐在刘小淘的病床前，一动不动、一眼不眨地盯着心脏、脉搏检测仪。刘京坐在留观室外面的椅子上，也是整整一夜。不过，他是时睡时醒。醒的时候，他总能隔着留观室那面明亮的玻璃墙看到里面的情景：刘小淘昏昏沉沉地睡着，孙琪笔挺地坐着。

清晨，当杂沓的脚步声在长长的楼道里响起时，刘京一下子被惊醒了。不知何时，他已躺倒在长椅上。他跟着医生们进去，看到孙琪还那样坐着，两眼专注地盯着仪器的屏幕。看到医生们进来，她扶着床沿艰难地站了起来。一夜的工夫，她又变瘦变小了一圈，脸色是一种没有光泽的鳌黑，好像刚刚从一个深而幽暗的隧道中爬出来一样。昨日的浮肿已然消退，一起消退的还有脸上的水分，她的脸干枯了，那些蛛丝一样的干纹爬满了整个面颊；眼睛像黑洞一样没有一丝光芒，只有听到医生说，已经脱离危险了时，才微微转动一下。

孙琪看起来像一个垂暮的老人。刘京看着她，不知不觉间，泪流满面。

六

开颅手术后，他尝试代替孙琪监测刘小淘的身体反应。刘小淘对疼痛非常敏感，有时候痛得太厉害，恨不得拿头撞地。看着刘小淘遭罪的样子，刘京就会想，如果让孩子承受这么多的痛苦，身为父亲，他凭什么把他带到这世上？

手术后还要进行化疗。刘京不了解化疗药物带给身体的感受。刘小淘说，就像有千万只毛毛虫在身体里爬，咬。刘京心如刀绞，这是他最痛苦的时候。这种时候，他往往会生出很多恶毒的怨念来：为什么是他刘京？老子一没偷二没抢，从来没有做过伤天害理的事，怎么就这么倒霉？顺着这个思路，他会把各路神灵全都骂一遍，骂完了又心生恐惧，担心会触更大的霉头，又在心里默默祈祷，祈求各路神仙放过他。不，是放过刘小淘，有什么全都算在他刘京头上。刘京骂得最多的还是自己，医生说孩子生病是因为免疫力低下，那还不是因为没有照顾好。对儿子，孙琪自始至终都是尽心尽力的，只有自己，以前太混账。说不定，刘小淘的病在胎里就有了根，否则这么小的孩子怎么会生这么重的病？刘京越想越觉得内疚。他开始学着想事，开始反省自己。

距离医院五百米的地方，有一个人工湖。心情烦闷的时候，刘京总是会来湖边站站，和波澜不惊的湖水不同的是，他来到这里内心总是波涛汹涌，想着想着心绪也就平静了。第一次来到湖边时，刘京是憋着一团委屈与怒火的，孙琪刚刚怒斥了他。不知为什么，只要看到孙琪横眉立目的样子，刘京心里总会条件反射般地产生抗拒，心情会突然变得恶劣。对孙琪，他是又恼火又厌恶。这是一种应激性反应，是过去争吵太多导致的。平心而论，孙琪已经几乎不和他吵架了。孩子生病后，她越来越沉默寡言，许多搁在过去一定会引发一场大战的事情，孙琪都视而不见了。比如不久前刘京因为网络诈骗丢掉两万元时，他懊悔死了，他们的经济状况本就已经窘迫不堪，而他，竟然轻信网上骗子的话。他是太想得到一大笔钱了，一本万利的事情这世上不是没有发生过，凭什么就不能发生在他身上？况且他交了这么多的霉运，也应该有一次好运了……这些给自己找台阶的话，他想说给孙琪听听，或者使之成为孙琪责问他时的辩解之词。他已经做好了迎接一场暴风雨的准备，在心里暗暗告诫自己，一定要稳住，无论是青筋暴起的指责，还是歇斯底里的咆哮，他都要忍住。然而，孙琪只是抬起头看了他一眼，眼神空洞，脸上没有任何表情，就又俯下身子给刘小淘继续按摩。她的动作自始至终都很轻柔，好像她没有听到刘京在说什么，或者听到了却没有明白其中的意思。孙琪的不声不响，让刘京如堕五里雾中。然而，也就是在那一刻，他突然明白，有一扇门，在他俩之间关上了。

但是这一次，在刘京看来，孙琪的反应又过度激烈了。腹部手术后，刘小淘在无菌病房里住了十几天，终于脱离危险要转到普通病房了。头一夜，刘小淘很兴奋，睡得比平时都晚。孙琪则因为昨晚站最后一班岗，又是一夜没睡，早晨刚刚靠着墙闭上眼睛准备休息一下，刘小淘却醒了。刚睡醒的刘小淘精神大好，一骨碌爬到孙琪身上硬缠着妈妈陪自己玩。刘京让刘小淘坐好，准备吃早餐。稀饭端上来了，刘小淘就是不拿勺子，刘京试图给他喂，又是不张嘴，还嘟囔着让妈妈喂。刘京火了，训了刘小淘几句。孙琪顿时不高兴了，闭着的眼睛立马睁开，瞪得老大，怒吼了刘京两句。刘京气鼓鼓的，离开医院，穿过巷子，来到湖边，看周围没人，对着湖面吼了几声，心情才渐渐平复下来。

那天晚上，刘京向孙琪道歉。那是结婚以来的第一次。刘京感到孙琪的身体微微颤抖着，他的身体也不自觉地跟着颤抖起来，仿佛是被同一束电流击中，而孙琪脸上的震惊让刘京更加惭愧。

自那以后，每当刘京心情不好的时候，便会来湖边转转。夜晚有时孙琪和孩子睡着的时候，他也会来坐坐。夜色下的湖畔，显得深邃而寂静，刘京孤身一人坐着，凝视着湖面，脑子里想着一些过去从没有想过的问题，比如婚姻和生死。过去，他是最爱凑热闹的，一个人待着会很无聊。他也不爱动脑子，爱咋样咋样，想那么多有什么用？现在，他像个哲学家一样坐在湖边，突然发现，许多事情和他以前看到的不一样，根本没有那么简单。

刘京想得最多的还是刘小淘的病。从确诊到现在，已经大半年过去了，刘京心里升起的希望像野地里的磷火一样忽明忽暗，而经历了那些酷刑般的治疗以后，孩子的症状没有向好的变化，反而一天天在恶化，这就使刘京心里的希望之火濒临死灭了。有时候，刘京也会想，这一切要是都没有发生会怎么样？设若这一切仅仅是一场噩梦，梦醒了，一切都还和之前一样，只需要他付出一个噩梦的代价就好了。为什么一点预兆都没有呢？然而这就是现实。真实惨烈的现实。忧思填满了刘京的胸臆，让他一点点沉寂下来。治病已成为他全部的生活，喧嚣繁华恍若隔世。起初，他只是坚定着一个信念，哪有自己的孩子生病了不管放弃的？那还算是人吗？但在给孩子看病的过程中，孙琪的坚定又让他有了新的认识。孙琪没有完全将其视为一种责任，刘小淘是她的儿子，于她就是骨肉相连的一部分，这没有什么可说的。孩子生病以后，以前爱胡思乱想的孙琪反倒变得心无旁骛，她对什么都不在意了，心里只想着一件事。孙琪的心里有一团火，把她烧得形销骨立，那双眼睛，却常常透着一种不容置疑的坚定。孙琪的坚定赋予了刘京的坚定以新的内涵，他的心变得越来越柔软，那些表面化的、没有生命力的字眼，转变为了温暖亲切的举动。是啊，刘小淘是他的骨血，是他生命中最重要的一部分。他要好好爱这个孩子，弥补自己之前的缺失。

除了内心的疼痛，最大的困难还是在金钱方面。第一期治疗，刘小淘住了两个月的无菌病房，就花掉了十几万，后续的治疗花得更多，刘京卖掉了父母住的老房子。他和孙琪试着节省每一分钱，非必要的绝对不买，这对之前大手大脚的他俩来说，竟没有什么难度。人一旦被逼到某个份上，许多事情做起来也就顺理成章了。

刘京也试着打很多份工。在刘小淘出院的日子里，生活似乎暂时回到了往昔的正常状态。孙琪继续承担着照顾刘小淘的责任。而刘京，则想尽办法努力赚钱。在辗转奔波的过程中，他才体会到赚钱是多么不易，以前的生活就像是被精致伪装过的假象，一旦那层包装纸被撕开，暴露在眼前的，是多么残酷的现实啊！刘京做过搬运工，送过外卖，在工地上也干过一段时间，哪一样都干不长，太辛苦了，哪一样都坚持不下来。有一次，有人给他介绍了一个给新房刮泥子的活，听说这活儿赚钱多，一天三百元。当他站在脚手架上，抡着沉重的打磨器，把那一面面大白墙往平整打磨时，像是在打磨自己的人生。那些雪白的粉尘飘散在空气中，把他的全身沾染得一片洁白，眼睛里、耳朵里、嘴巴里全部都是苦涩的粉尘味，即使戴着防尘罩，也阻挡不了尘埃的侵入。干了几个小时，他的双臂就酸疼得再也举不起来。他跳下脚手架，席地而坐，眼泪再也忍不住，像被洪水冲刷过的平原，纵横交错。那一天，他终于懂得了生之不易。他抱着头坐了良久，感觉自己虚弱无力。也终于搞清楚了一件事，他的生存技能太差，过去他总以为自己还不错，现在看来，离开父母给他铺垫的基业，他什么也不是。他设想着未来的路，每一条都是那样昏暗迷惘。唯一一点光亮是，他还年轻，一切似乎还可以重新开始。

这期间，他收到了一笔从老家寄来的汇款单，一共十万元。不用问，他都知道是谁寄来的。那天，他手里攥着这张汇款单，坐在湖边，陷入了沉思。他再一次感受到，许多事情并没有想象的那样简单。

比起给刘小淘增加营养的难度，钱的问题似乎退到了第二位。几乎所有口感好却带有刺激性的食物，都在刘小淘食物清单的禁忌之列。肿瘤也像贪吃的人类一样，喜欢一些味道好的食物。在出租房，孙琪用破壁机把五谷杂粮打成米糊，新鲜的蔬菜和水果也打成果汁，但是刘小淘一样都不爱喝，他常常用手推开面前的碗盏，嘴里喊着："味道闷得慌！"即使有十二分耐心的孙琪，也忍不住要吼刘小淘两句。刘京在心里大骂着肿瘤，害他儿子吃得比和尚都素。有一回，刘京在网上看到一个视频，一位妈妈把蔬菜汁用平底锅摊成各种各样小动物的样子。他也尝试做了一下，尽管做得一点也不像，各种动物都是模样怪异，但是刘小淘一下子被吸引了，一连吃了好几个。剩下的，他给孙琪吃，她慢慢咀嚼着，脸上泛起了久违的红晕，眼睛里也有流光闪过。那一刻，他感觉很幸福、很满足。

化疗的药物像小虫子一样咬啮着刘小淘的身体，刘京心里也像有千万只小虫子在抓挠，他真想把这些可恶的小虫子消灭干净，但他无从下手。后来他想到了一招，把自己赤裸的胳膊伸给儿子，让儿子在上面抓挠，以减轻痛苦。因此，他的身上常常有一道又一道的血印，有时候脸上也有。孙琪第一次看到他这副模样时，一脸的惊愕。转而，眼圈便红了。

七

欣欣出院了，临走的时候，把一个玩具小熊给了刘小淘。孙琪让刘小淘给欣欣姐姐送过去，那是她最喜欢的玩具。刘小淘却嗫嚅着说，是欣欣姐姐送给他的，欣欣姐姐说她死了后，让这个小熊陪他玩。

什么是死？孙琪吃惊地问。

洗（死）就是离开这个世界，欣欣姐姐说。刘小淘奶声奶气地回答。

孙琪一把搂过刘小淘，紧紧将他抱进怀里，眼泪止不住地往下流。

骨髓穿刺活检的结果出来了，刘小淘的情况不容乐观。那个午后，尽管太阳高悬，刘京还是感觉到一阵阵寒意。小花园的大部分花都凋敝了，只有一棵海棠树还隐隐泛着青绿。

刘京坐在花园石径旁的长椅上很久了，一直保持着同一个姿势，抱着双肩低着头，眼睛盯着脚下的一块花格方砖，仿佛上面有解读命运的密码。刘京的内心被一种巨大的恐慌所侵袭。结果竟然是这样？他难以置信。

一年多来，他生活的所有就只剩下了给孩子看病。在最好的结果和最坏的之间，他的潜意识常常是倾向于前者。然而，此刻他才发现，命运捉弄一个人时，一点情面都不留。尽管他已经很努力地去改变自己，做一个好丈夫、一个好爸爸。他心底里总会生出一丝妄想，或许老天爷会可怜他。然而，一切似乎就要结束了。他曾经有过的等孩子病好后重新开始自己波澜壮阔的人生的瑰丽设想，像个绚丽的肥皂泡一样破灭了。这一段日子，他早已觉察到了人生的枯索无味，此刻更添加了前路幽深昏暗的迷惘。他就那样木木地坐了一下午，心境由恐慌变成凄凉。

夕阳在远处的楼宇间一点点坠落，余晖把最后一点温热洒向人间。就着这点温热，刘京挣扎着起身，拖着僵硬的双腿向花园后面的喷泉走去。夏天的时候，这柱喷泉肆意涌动，把泛着白沫的清水顶出老高，变换出各种花样后，抛洒在圆形的水池内，成为一池跳动的音符；到了冬日，就只有池水，不见喷泉了。池水不算清澈，但是能够看见一块块闪着金光和银光的硬币。不知从什么时候开始，医院里的这个喷泉池变成了许愿池，每天都有一些病人、家属来到这里，默默祈祷一番后，把手里的硬币投向池水之中。孙琪经常来许愿池边，刘京却一次都没有来过。

许愿池周围一片萧索，池水也显得死气沉沉。刘京在池水边默立了一会儿，从口袋里摸出一个硬币，在夕阳的最后一点余晖中，带着最后一点希冀，将银币用力抛向水中。

有一天，孙琪拿着手机给刘京看欣欣妈妈发的一个朋友圈。欣欣妈妈整理欣欣的遗物时，发现了一个日记本，里面有一页写着"愿望清单"，整整齐齐排列了几十条，包括种一棵树，养一只兔子，吃一次冰激凌，把自己喜欢的玩偶送给一个有缘人，对某某人说我喜欢你，长大了谈一次轰轰烈烈的恋爱，环游世界……有一些是拿红笔画了对钩的，显而易见是已经实现了的。更多的，则随同欣欣的逝去，变成了夜空中星星一样遥不可及的梦想，它们藏在笔记本里，就像难以触摸的星辰一样，终究成为一个可爱女孩的美好遗愿。

刘京也开始给刘小淘写"愿望清单"。他把刘小淘平时念叨，但一直没有得到满足的要求都列入其中，多数都是他想要和儿子共同完成的，一共二十多项。

随着时间的流逝，清单上的项目，正在一项一项被画掉，包括带着刘小淘吃汉堡、薯条和炸鸡，学着画画，买一个超大的变形金刚，看《熊出没》动画大电影……

去迪士尼乐园的那天，天气格外地好，天空透着一种不真实的蓝，几朵慵懒的白云趴伏在上空。刘小淘的精神也格外好，他甚至挣脱爸爸的怀抱，自己小跑了一阵。当那些从电视上才能看到的卡通人物，出现在刘小淘的眼前时，这小家伙吃惊的样子，把卡通人物都逗笑了。刘小淘从来没有那样开心、疯狂过，他在爸爸的怀里一刻都不安静，每看到一处奇异的景观，便嗷嗷大叫起来。孙琪也被感染了，看着刘小淘开心的样子，她紧蹙的眉头舒展了。阳光照在孙琪的脸上，那些茸茸的汗毛也笼上了一层金色。孙琪看上去不再忧郁，她的眉眼甚至像以前一样生动起来。当刘小淘开怀大笑时，孙琪的眼睛也月牙似的弯起来，嘴巴也咧开了些，最后停驻在脸上，变成了一抹微笑。刘京真希望时光永远停留在这一刻。就这样，他怀抱着儿子，老婆挽着他的胳膊。他希望孙琪一直都是这样微笑着的，心里没有一丝痛苦和烦恼。

那些卡通人物围绕着他们一家跳啊舞啊，然后把他们引到一个舞台跟前，孙琪不明所以，好奇地看着刘京。刘京笑着说，到了就知道了。

突然，震耳的音乐声响起来了。随着音乐的响起，舞台中央出现了一个高大的身影，那身影有着红蓝相间的皮肤，看起来荧光闪闪。刘小淘大喊一声，奥特曼！长鼻子爸爸，是迪迦奥特曼！激动得简直要从爸爸的怀里飞出去。

那还是刘小淘两岁的时候。有一回孙琪加班，把刘小淘委托给邻居照管一下。在邻居家，刘小淘第一次从电视里看到奥特曼，从此以后，就变成了一个小奥特曼迷。愿望清单里，有一条是用粗笔写的，希望看到真正的奥特曼。刘小淘生病以后，刘京经常在网上刷看一些和"神经母细胞瘤"相关的文章和视频，后来他也申请了一个视频号，把刘小淘治病的经过分享到网上，目的是和更多的患者交流经验，当然他也发一些自己创作的其他视频，逐渐地，就有了一定的粉丝量。让他没想到的是，当他把刘小淘的愿望清单发到网上时，几乎引起了全网的关注。不久，奥特曼上海官方旗舰店主动联系了刘京，便有了眼前的一幕。

迪迦奥特曼是由一个真人演员装扮的，身高有一米九以上，身着披风，伴着主题曲《奇迹再现》，做着电视里各种迪迦奥特曼打怪兽的动作。

就像阳光穿过黑暗，
黎明悄悄划过天边。
谁的身影穿梭轮回间，
未来的路就在脚下。
……

刘小淘也悄悄跟唱着，很早以前他就学会了这首歌。孙琪早已是泪光闪闪。刘京对着刘小淘的耳朵小声说：儿子，长大以后也当英雄。刘京的心里，依然残存着不灭的希望。

倒 带

终于爬到六楼了，文星气喘吁吁。辛苦了一周，体力精力仿佛都到了极限。在家门口好一阵驻足，缓够了，气喘均匀了，才从背包里摸出钥匙。开门进屋，一屁股坐在沙发里，顺势蹬掉鞋子，来个舒舒服服的仰躺。

映入眼帘的景象却糟心：茶几上一片狼藉，地板上躺着几个包装袋，星星点点的碎屑，电视柜和窗台上也蒙了一层薄薄的灰尘……一周过去了，又到了大扫除的时间。

"咕叽咕叽"，是肚子叫唤的声音。小武还没有回来，这两周他总是晚归，即使早回，也不像之前一回来就下厨房。文星挣扎着起身，她想好了，今天要做一顿香喷喷的鸡肉面。

厨房倒是相对整洁些，文星庆幸自己昨晚把锅洗了。面和好了，先让饧着，再准备其他食材，鸡肉和蘑菇都是现成的，直接从冰箱里拿出来就可用；小葱是刚从小区门口的菜农手里买的，据说是才从地里采来的，新鲜着呢。看着备好的料，文星肚子更饿了，真想立马吃到嘴里，美美吃上一大碗。该洗的洗，该切的切，一切准备就绪，只等丈夫小武下班回来。

客厅里静悄悄，只有石英钟按秒走动的铮铮声。时间像一条线，被无限拉长了。已经七点钟了，小武还没有回来。文星越等越焦躁，犹豫了一会儿，还是拨通了小武的电话。一阵熟悉的电话铃声响起，声音清脆响亮。循声找去，文星发现书房的门是虚掩着的。她一把推开，怒火瞬间蹿到嗓子眼。最近他又迷上游戏了？

小武只是回了一下头，眼神复杂地看了文星一眼，又继续打他的游戏。

你什么时候回来的？文星的声音略显沙哑。等了足足有十秒钟，小武才慢悠悠地回了一句，五点多，目光依然紧盯屏幕。

文星扑上去，把小武摁倒在地，她要给他点颜色瞧瞧，就在今天。文星的手瞬间变大，力量也倍增，像电影中的铁砂掌。三拳上去，就能让小武改掉毛病。傻×！你凭什么不干家务？凭什么回来了不吭声，让老娘白白等你俩小时？凭什么使用冷暴力……文星边揍边骂，一口气抛出十几个"凭什么"，每一个"凭什么"后面都是压抑了许久、突然被释放出来的小恶魔。这场暴力运动，使文星顿感舒畅不少。小武呢，终于从震惊后的呆愣中醒转，想要进行反攻，可看着文星不断胀大的拳头，只好捂着青肿的脸庞，嘤嘤哭泣。

事实上，文星一直在书房门口站着，两分钟的时间，脑子里上演了一场动作大片。作为女主角，她的光环在现实中全然褪尽，只留下一个孱弱苍白的壳。

什么都没有发生。

小武继续在游戏里激战，他十八般武艺样样精通。作为男主角，小武的全身倒像是镀了一层金箔，闪闪发光。文星真想把想象付诸实践，但理智告诫她，不要任性。

准备吃饭！文星僵硬地抛出一句，悻悻地转身离开。

文星嚼着鸡肉如同嚼蜡，最爱吃的蘑菇也无滋无味。饭快凉了，小武才出现。一碗饭像是直接倒进了小武的肚子里，他呼噜呼噜，头也不抬，不到两分钟便干完了。干完就离开了。餐桌边只剩下文星一人，她吃了几嘴，就吃不下去了，心情越来越糟糕，索性将饭碗推到一边。那碗饭没多久，就结成一个乱糟糟的坨。

屋子显得更加凌乱。鱼缸加氧泵传来"嗡嗡嗡"的声音，一会儿大，一会儿小，缸里的水早已浑浊，那两条热带鱼偶尔动一下，以表示它们还活着。仅仅两周的时间，这些鱼就变了模样。

文星躺在沙发上，心情也越来越沉重。这种沉重唤起了她身体的另外一种感觉，一种轻盈飞翔、羽化成仙的感觉。她想起来了，这是昨晚做梦乘着那匹白马驰骋时的感觉，有一刻，她与马融为了一体，或者她自身也变成了一匹自由飞翔的白马。太美妙了，那种无拘无束、恣意飘游于天际的感觉。然而，这逼仄的小屋，沉闷的空气，文星又一次产生了逃离的想法。

夜深了，文星时睡时醒。梦像飘浮在夜空中的云，模糊又切近。隔壁屋子里传来小武的呼声，像抽丝的茧一样细长，突然又像被人卡住了脖子。

屋子也像一个被卡住了脖子的人，偶尔不知从哪里，传来一点细小的声音。

不知过了多久，窗外传来了鸟叫声、人说话的声音以及车子驶过的声音。一天的开始，其实是始自于声音的。文星醒了，可她一时不想睁开眼睛。

今天是周六。从前还没到周末，文星就筹划着这个休息日怎么度过，那还是他们在一起的生活刚刚开始的时候。每一个周末的早晨，都从正午开始。所有的事情都是两人喜欢的，一起打游戏，看夜场电影，爱爱……那时候，两人真甜蜜，做什么都甜蜜；小武的眼睛弯曲成一个好看的弧度，眼波里也调出了蜜汁，长时间聚焦在文星身上。夜晚，他们相拥而眠，两人四肢纠缠在一起，像一条八爪鱼。这种睡姿其实很不舒服，但他们却喜欢，只为面对面。有时候，文星也会背对着小武，但小武一定会从后面把她抱住。八爪鱼变成了勺子。她很安心地躺在小武的怀里，做着一个又一个比现实还美的梦。文星整天乐呵呵的，很健谈。小武也是，他们像两个傻孩子过家家一样过着最初的日子……

气氛是一点点发生变化的，就像温水煮青蛙，速度过于缓慢，有时候反而让人无从梳理。文星搞不清楚是从什么时候开始——

是第一次看见小武把烟灰弹在花盆里？

是说了很多次，小武还总是把尿液滴在马桶圈上？

是小武总是随手乱放东西？

……

——好像都是，又好像都不是。

他们的吵闹越来越多，瓜子皮大的事情，似乎都能引发一场战争。吵完之后的冷战，也越来越多。

窗外越来越嘈杂，绒布遮光窗帘的缝隙，钻进来的光亮晃晃的。又睁着眼睛躺了一段时间，文星终于翻身起床。其实她只想躺着，但这个周六的早晨，她还是决定，先从收拾屋子开始，起码这是一件明确要做的事情。

打开手机音乐，调到一个合适的音量，开始动手。边听音乐边干活，干活就会变成一种享受，文星做着这样的心理暗示。文星需要这样的心理暗示，类同的越来越多。在这样的心理暗示下，许多问题似乎变得不再是问题。

音乐软件里的歌曲随机播放，第一首是蔡依林的《倒带》。据说，在相爱的日子里，周杰伦为蔡依林写下了这首歌。文星以前很喜欢唱这首歌，是去 KTV 的必点曲目。

"你累积给的伤害，我是真的很难释怀，终于看开爱回不来，……我们面前太多障碍……"歌词依旧熟悉，旋律依旧动人，文星依旧会因为某句歌词而心潮起伏。听着歌曲，文星的头脑里不知不觉也来了一回倒带。那是两个礼拜前的事。

那天，文星按照约定好的时间来到民政局。两本结婚证书全部带来了，四四方方的薄纸片，被文星揣在外套口袋里，一阵揉捏后，变了形状。大厅里的人渐渐多起来，离婚窗口的人比结婚窗口的明显要多，但这并没有给文星增加多少底气。

排队的人越来越多，一对对的男女，多数都冷着脸沉默着。有一对从进门时就在争吵，一直没有停息。吵了一会儿，男人先拂袖而去，女人也紧随其后。小武已经迟到半小时了。文星心想，她再等十分钟，如果十分钟后，小武还没有来，她就离开。提出离婚，文星绝不是因为负气，但也绝非出自她心底的想法。事情总得有个了断，有时候女人提出离婚，也是维护体面尊严的一种方式，就看男人怎么意会接招。电话里，小武沉吟了一会儿，便说随你。他们约定好了时间，小武挂了电话。文星握着电话，好像走在一段长长的时空隧道里，好久没有回过神来。

十分钟眼看也要过去了，小武仍然没有出现。或许，小武想用不出现的方式表达对自己贸然同意的检省与反悔。男人就是这么奇怪，他们有时冒进，有时退缩，和女人提出离婚时的心情一样，也是维护那所剩不多的自尊吧！这倒给了文星些许安慰，她也检省着自己，决定立马离开。然而还没等她从座位上起身，小武就出现了。他步履匆匆地向文星走来，一句"堵车了"，将文星所有的臆想猛地击碎。

文星朝窗口走去，排在一对老年夫妻的后面。小武跟了上来。他们沉默着，一句话都没有。窗口盖章的声音"咚咚"响着，传到文星的耳朵里，她的心跳也跟着咚咚响。轮到他们了。就在文星要把那揉成两条的结婚证书递给办事员时，她的心脏猛地跳动了一下，像是被人踹了一脚。这一脚踢得文星立马弓着身子，蹲在地上。或许是文星面色煞白、满头冒汗的样子吓着了小武，他搀扶着她在大厅的椅子上坐下来，嘴里问着，要不要去医院。

文星也不知道自己是怎么回事，要说是低血糖，症状也对不上啊，但那一刻，她真的难受至极。休息了一会儿，文星的面色终于好转。两人讪讪地坐了一阵，谁也没有表现出到窗口去的意思。

还是小武先出了民政局的门，他前脚刚一走，文星后脚便跟上了。

"已经碎成太多块，要怎么拼凑跟重来，终于看开爱回不来，而你总是太晚明白。"这几句歌词，简直直接击中文星的心扉，她拿抹布的手都有些颤抖。这首《倒带》，倘若是被过去的卡式录音机放出，这几句歌词在文星心里激起的震荡，就像是磁带突然被绞住了，那种吱扭作响的声音，用来形容此刻文星的心情，再恰切不过。文星又想起了那天的事情。很多事情都不确定，是一种感觉，或是一种氛围。但那天的事情，的确是使他们的关系迅速降温的原因。

那天，文星从两千公里的地方出差返回。她兴致勃勃地等在机场停车处，时间是早就跟小武约定好的，具体到了几点几分——"好嘞！保证你一下飞机，就看到你亲爱的老公。"小武一如既往地油嘴滑舌。

半个月没见面了，文星想象着小武和自己一样，想要立刻见到对方的心情，胜于任何一次小别离后。然而，时间一分一秒过去了，嘈杂的停车场逐渐变得冷清下来，最后，只剩下文星独自一人翘首以盼。文星的心情从十分钟过后的焦灼，到半小时后的愤怒，再到一小时后的担忧，直至两小时后，内心只剩下一片凄然。

文星傻傻地等待着，变得越来越执拗，她倒要看看小武如何收场，他不来，她就不回。起初，文星是跟小武较劲，后来就是跟自己了。等待的每一秒，都十分漫长；每一秒，心境都要发生几重变化。文星的内心涌起了从未有过的伤感。伤感过后，那个地方突然变得坚硬起来，像是被水泥浇筑过了。

两小时后，文星依然原地伫立着，像一只鹤一样伸长脖子，保持一个静止不动的姿态，宛如一场行为艺术。渐渐地，她真不想回去了，可又不知道到哪里去。起风了，黄沙在天空中飞扬起来。一只白色塑料袋飘飘摇摇的，不知道从那个角落蹿出，升到空中，越飞越高，越飞越高。

小武一直没来接机，他爽约了。

风越刮越大，文星的白色外套眼看就要变成土黄色。一辆出租车突然停了下来。车窗降下来了，司机说："快上车，沙尘暴马上来了。"是个女司机。文星从愣怔中苏醒。上了车后，她的眼泪就止不住地流了下来。

家里有人，站在门口都能听到里面的电视声。小武在看球赛。据他说，他太入迷了，以至于忘掉了接机这件事。文星忍着气，挨个屋转了一圈。每个地方都是一片狼藉，没有一点看相。餐桌上堆满了杯盘碗盏，洗菜池里还躺着她临走时做饭用的那只锅，里面长出了一圈绿毛，看上去毛茸茸、黏腻腻的，很是怪异。这对于一个轻微洁癖症患者来说，引起的不适，从生理到心理，都像是灾难片现场的感觉。文星站在厨房门口，盯着那绿毛看了很久，发现它越变越大，覆盖面越来越广，眼看就要蔓延出来了——把整个世界覆盖。突然，一声号叫从文星喉咙里迸出，她要崩溃了。

那天，文星砸了电视机，砸了杯盘碗盏，砸了她想砸掉的一切。他们吵了一场空前绝后的架。文星把蓄积的不满全部发泄了出来，话越说越狠，每一句都颇具杀伤力。起初，小武还跟她争吵：

"你至于吗？不就一个锅吗？整天小题大做犯神经，烦不烦啊？！"

"怎么不至于？这是一个锅的事吗？你总是避重就轻……"

"你少说两句吧！"

"你还有理了？"

……

随着文星话越说越狠，小武木讷的辩解越来越少。后来，他索性一言不发，紧皱着眉头，闭眼"葛优躺"在沙发里。这让文星愈发气愤，骂出的话就像嗖嗖射出的箭，每一箭都能置小武于死地。小武当然没有死，面部表情却比死去了还要可怕。骂着骂着，文星也有些害怕了，但她已经无法收场，索性破釜沉舟，亮出最后的底牌——离婚！

自然他们没有离成。但是之后，小武变得就像一块冬季的石头。最让文星难受的是，他什么都一副无所谓的样子。文星也变得越来越沉默，她不知道怎样才能回到之前。

"看到记忆慢下来，过去甜蜜在倒带，只是感觉已经不在。"听到这几句歌词，文星伤感的情绪里又加入了新的内容，尤其是"甜蜜"二字，使她的心情复杂起来，滞重又轻盈。

那是两年多前的某一天。文星后来把那个日子记在手机备忘录里，标记为"相识日"。是的，那一天是她和小武相识的日子。后来，文星和小武每每聊起他们相识的过程，都感觉滑稽又好笑。

那是一个大型的相亲现场。文星本不想去，但是综合种种原因，她还是去了。二十八岁了，旁的不说，小城各色人等明里暗里给予的心理暗示，就是绕不过去的一关。文星的内心，其实并没有她外表看起来那样强大。让文星没有想到的是，去之后懊悔的心情，比去之前想象的还要严重。

一张围着布幔的长桌两头，每隔十分钟男女嘉宾就会互换一次。这样的长桌，整个大厅有十几张。就像某种洽谈会，但比洽谈会的气氛让人觉得尴尬与滑稽。在这样的氛围中，是很难产生眼缘的，文星后悔的心情更加浓重。在与五六个男嘉宾过目后，文星决定借着上卫生间的机会逃离。

从卫生间出来，在门口的通道里，文星迎面碰上了一个人。显然，那人也刚从隔壁的男用卫生间出来。这是一个熟人，虽然文星一时想不起是谁，但很确定他应该是个熟人。文星脸上自然涌起了故人相见的惊喜，虽然事后也觉得，一个女生在卫生间门口，对着一个男生两眼放光地笑，很不合适。然而那一刻，文星不光笑了，还很自然地打了招呼：

"嗨！你也来了？！"

"是啊，你也来了！"男生回答道，诧异的表情迅速转换成了熟人打招呼似的亲热。

文星终于想起来了，眼前的熟人应该是她初中的同学，叫杨什么来着。十几年没见了，其实这老同学变化挺大的，但猛一看，眉眼之间还是让人有一眼就认出来的地方。世界真小，相亲还能碰上老同学，文星心想，脸上的笑意越发浓重了。对面盯着她看的老同学，笑意也越来越浓酽。

"要不，咱换个地方坐坐？"男生笑着用征询的口气问道。

"好啊！"文星也觉得两个人站在卫生间门口傻笑很可笑。

出了门，他们就去了附近的一家咖啡厅。因为才从相亲现场下来，两人的话题自然就围绕这次相亲。越谈兴味越足，吐槽与点评加起来，尴尬的事情居然变得很好笑。最后，他们得出了一致的结论：这样的相亲最好不要参加。

"一个个就像谈生意似的，还没有认识，就把各种条件摆在桌面上。这样的形式，我实在接受不了。"男生说。

"是啊，感觉就像电视剧里的场景，每个人都在演戏，根本看不清对方是个怎样的人。"文星说。

……

他们越聊越嗨，除了婚恋方面，文星发现，在其他问题上，他们的观点也比较一致。毕竟是老同学嘛，同样的老师教出来的，三观的差距怎么都不会太大，文星心想。然而，到了临走加微信的环节，文星才发现，面前的老同学不姓杨，而姓武。

这就是文星与小武相识的过程，也是在他们正式确定关系后，常常被小武拿来逗乐的话题。其实一开始，小武就看出文星认错人了，但是面对着一个看起来还不错的女生，而且是盯着自己两眼放光的女生，任何一个男人都无法抗拒吧。小武心里热乎乎的，掺杂着一丝异样的感觉，于是决定将错就错。

小武总爱打趣文星，一定是看上他了，就用这种类似"脸盲"的方式来巧妙接近"心上人"——"小妮子挺聪明啊！手段挺高明啊！"每次小武这样说的时候，文星都会笑着扑上去捂小武的嘴，反被小武一把搂进怀里，用自己的嘴堵住文星的嘴。及至结婚那天，这个笑话还被小武重新提起，并且得出了新的结论：那样的相亲还是要参加的。说不定，会有其他意外的收获。

他们闪婚了，在爱意正浓的时候。

这些甜蜜的情景，这段时间经常会被文星忆起，作为支撑她坚持下去的动力之一，就像歌词里唱的，"过去甜蜜在倒带"。

后来小武告诉文星，真正对她动心，还是因为她的笑。文星的笑是出了名的。几乎所有见过她笑的人都会劝她收敛点。的确，文星笑起来非常爽朗，声音不但大，还带着十足的魔性，肢体语言可以算得上是前仰后合。"就很豪放！"小武说，眼神里有掩饰不住的欣赏。

小武还告诉文星，他喜欢听她说"好嘞！"，这两个字从文星嘴里说出，别提有多带劲儿。其实，那时候他们才开始约会，还没有过近的肢体接触，但是每当文星说出这两个字的时候，小武都会觉得，文星是搂着他的脖子说："好啊，哥们儿！"他认定她是个爽快的女孩。

可是这一段时间，文星非但没怎么开怀笑过，更别说搂着小武的脖子说声"好嘞！"。一切都变了味。文星搞不清楚，是她错了，还是他错了；又觉得两人都没有错。

一首曲子终于结束了。文星的家务活才只开了个头。她继续听着下一曲，一样活一样活干起来。其间，小武出来了几趟，不是上厕所，就是喝水，对正弓着腰拖地的文星，每次都是似看非看的一眼。一闪身，就又折回去睡觉了。文星的心又翻腾起来。没吵架之前，每次大扫除他俩都是一起的。

扫扫停停，到了中午，终于干了个差不多。一间清爽的屋子，就是对洁癖症患者的最大安慰。文星的心情果然好了许多。她决定不管小武了，自己到外面转转。

每到周末，文化馆几乎都会举办画展。以前，文星是常客。今天展厅里的人照样不多。小城人的趣味一般不在画展和音乐会等节目上。空阔的大厅里仅有三五人，连同文星，在寂静的每一间厅里踩出单调的足音。是一位青年画家的画展，一色清新淡雅的田园风。文星不感兴趣。倒是二楼玄关处挂着的几幅画，使文星驻足。是德·库宁的作品，尺幅不大，一眼可以看出是赝品。即便是赝品，也有一种令人窒息的纵深感。

一幅《面目狰狞的女人》，初看时，文星的确被骇了一下。画面依然有些芜杂的零乱感，一个原始部落女头领似的人形位居其中，最触目的是她的面部：长短不一的肮脏牙齿，刀削一般的尖峭鼻子，两只眼睛占据了五官的三分之二位置，一只瞳仁竖立，一只扁平，有一种说不出的诡异；两片随意涂抹的红色弧形代表了女人的胸部，视觉上并不丰满，却能容纳上部的一片海域，那是一片静谧的夜空蓝，看得久了，有一种时空静止的感觉。而女人的胳膊，是全身最突出、最有力量的部分，发达的肱二头肌，与整个粗壮的小臂结合，那样子，似乎可以托举起整个世界。文星看呆了，心里各种意念聚合，又分裂出几个迥然不同的自我。再看那女人的面部，她的笑似乎不似初始那样狰狞，有一丝羞涩，一丝恬淡，还有一丝鼓舞人心的力量……看着看着，文星不禁泪流满面，好久才回过神来，内心那块最坚硬的地方，似乎也被刚才的眼泪泡得酥软了些。

从文化馆出来，文星决定去百斯特。以前，文星是那里的常客。只是这个周日的早晨，许多以前喜欢做的事情，喜欢光顾的地方，有了一种隔膜感，并不遥远的过去变得陌生了。

文星点了自己喜欢吃的西点和鲜榨橙汁，等餐的无聊时刻，她把这家西餐厅好好打量了一番。布局和以前差不多，只是在一些细小的地方做了改变，比如桌布的颜色、吧台的饰物。只是不多的变动，观感的差异却很大。阳光灿烂，透过巨大的落地窗照射进来，大厅中央的棕榈被镀上一层金色，满目生辉。一曲舒缓的轻音乐，是文星最喜欢的曲目 *Luv Letter*。文星安静地坐在靠窗的角落里，阳光包裹了她，她眯缝着眼睛。

听着这悠扬的音乐，文星的眼泪又忍不住流下来了。泪眼模糊中，文星仿佛看到小武就坐在她对面，冲着她傻笑。以前来百斯特，小武总是坐在她对面，总是把她的咖啡杯添得满满。小武原本并不喜欢吃西餐，跟着她，也开始一杯一杯喝咖啡；小武总喜欢把她带到自己朋友的聚会上，婚前婚后都如此。总是对别人介绍说，这是我媳妇儿。

记得他们刚订婚不久，文星的身体突然出了问题。一向健康的她，连着十几天都食欲不振。她面色青黄，昏昏沉沉，怀疑自己在一次团建中染上了乙肝。文星并没有把这当作她和小武之间的一场考验，但她还是如实相告。末了，不忘补上一句："反正还没有领证，一切都来得及！"小武却显得淡定，他劝文星不要胡思乱想，有病看病，也补上一句："无论如何，你都是我媳妇儿！"说完，就带着文星去检查。结果出来了，没问题，只是加班辛苦，熬夜熬得胆黄素有点高。或许从那一刻开始，文星才真正坚定了给小武做媳妇的决心。

"这是我媳妇儿！"——文星心里反复回响这句话。

然而，生活是多么磨人。仅仅两年，文星就彻彻底底地明白了什么叫"一地鸡毛"。那些细小的、碎屑的、绒毛一样的东西，沾到哪里，哪里就会染成一片，给人从视觉到心理，带来奇痒难忍的感受。"鸡毛"，多么贴切！婚姻生活就是由鸡毛填充的，不知不觉间，两个人的感情就被它们弄痒了。

文星坐了很久，温暖的阳光似乎要把她晒化了。这两个礼拜，她过得太差了，就像家里的鱼，常常不能呼吸。过去冷战顶多一天，小武就会主动服软来哄她。但是这一次，他像个意志坚定的革命战士，一定要和她斗争到底。沐浴着金线似的阳光，文星心里的阴霾似乎也被驱散了些。小武的好，突然就窜到了她的脑子里：他一有时间就会接送她上下班，上完厕所就会立即刷马桶，配合着她的卫生需要。虽然，他仍够不上她的高要求，但他一直在努力，在改变。这么做，只是因为他爱她。他爱她，所以对她毫无要求；而她对他，却是一叶障目。他其实一直很包容她。这两周，他其实过得比她还辛苦，很少打游戏的他，竟然也装出一副痴迷的样子；以往，他只要回家早，一准先进厨房，这两周，他是彻底摆烂了。只因这次她真的伤害了他。她不该提离婚的，他该多难受啊！想到这里，文星的眼泪再也忍不住了。

她突然又想到了昨晚小武那复杂的眼神，以及今天早晨走进走出的举动，似乎都在向她暗示什么。他快绷不住了，希望她给他一个台阶下，男人有时候只是需要一个台阶。那件事，仔细想想，她其实更过分。是的！不就是一个锅吗，什么时候洗不都一样？正如小武说的，她太紧绷了。工作一天已经够累了，放松一点不好吗？

这样一想，文星的心情越来越放松。突然，她就有了一个想法。出了百斯特的门，文星飞驰到了家。上了六楼，她喘口气，定定神，嘴里开始念念有词："哥们！好好的，别作了！"边说边还做着搂脖子的动作。正练习着，门却从里面被打开了。小武正打算出门。不知道他是不是已经从猫眼里看到了文星的举动，反正一脸绷不住的表情。文星怔了怔，冲上去就在小武的胸口好一顿擂，边擂边问："你作够了没？"小武再也忍不住了，哈哈哈地笑起来，并一把把文星搂进怀里。文星也忍不住笑了起来，笑着笑着，眼泪又止不住地流下来了。

对 门

一

谷雨时节，一连下了几天雨。雨虽不大，却绵绵不绝，雨后的王家庄，换了一副新面貌。一分天地，二分气象：原本整齐的砖瓦房更显出几分高大华美，而那些老旧的土坯房，因为年久失修，本已衰败不堪，经雨水一泡，越发显出低矮丑陋的窘相来。

杨家的好日子就在今天。

王婶已经换好了衣服。这一身衣服和她住的房屋一样，已经颇有些年头了，只是因为出门做客时才穿，多数时间都压在箱底，几乎还是新的。可那双皮鞋的情况却不容乐观，鞋面的漆皮脱落了几块，后跟也有磨损。鞋毕竟不像衣服好保存，但却是最好打理的，几遍鞋油一刷，简直还是新的。王婶穿上它，盯着看了许久，又脱下来，一会儿工夫，倒腾了几回。仿佛一穿上这鞋，腿就会不由自主地迈到对门的院子里。

巷子里有脚步声传来，一拨一拨的，乡邻们和杨家的亲戚们已经陆续去了，杨家的院子逐渐热闹起来。看来，这是要大办一回。不过，这也没有什么好稀奇的。

这些年，农村富了，乡邻们手里有了闲钱。有钱之后的第一件事便是修屋盖房，时不时地，就有一所青砖大瓦房在村子里建起来。现在，村子里几乎所有的人家，都已从土坯房里搬出来，住上了宽敞漂亮的砖瓦房。像杨家这样、这么大气魄、花这么大代价，修建这样一所豪宅的人家毕竟是少数，至少在王家庄是史无前例的。这样的房子，即便是自家人不兴大张旗鼓地洗泥，乡邻和亲戚们也不答应，更何况，杨家在这一带又颇得人缘。洗泥，也是近些年在乡村流行开的。随着人们生活条件的好转，新房子越盖越多，这项活动也就应运而生了。其实，在乡邻们看来，无非是想借新屋建成，摆上几桌热闹热闹，辞旧迎新，讨个吉利。

去还是不去呢？王婶又穿上了那双被擦拭一新的鞋，走到门口，又折回来，心里纠结着，耳根子红红的，只是将一只微微颤抖的手紧紧伸进衣服口袋里，攥着攒了好久的一百块钱，原本新崭崭的一张红板，经过王婶捏在手里反复揉搓，变得汗涔涔的，倒像是一张旧票子。王婶拿不定主意，老话说"远亲不如近邻，近邻不如对门"，王家和杨家住了几十年对门了，按理对门办喜事，早早贺喜的最应该是对门，不但应该早点贺喜，而且早几天就应该过去帮忙了。

如果搁在过去，王婶不但要早早过去，而且一定比自家办事还要兴头，还要卖力，可是——今时不同往日了。

二

过去的王家庄，还不像现在这样繁华，那时候，王家庄的住户，也并不像现在这样多。只是在靠近现在村部的地方，住着十几户人家，这十几户人家大多姓王，所以这个地方就被称为王家庄。虽然后来的几十年里，又陆续搬进许多杂姓的住户，甚至这些杂姓住户的人数早已远远超过了王姓的，可这个地方仍然被叫做王家庄。

杨家是后来搬迁过来的。

王婶也没有想到，后来她会和杨梅兰处得那样好。世事多变，岁月就是一条长河，所有的事物都会被时间的浪花淘洗一番，最终失去原来的颜色。对王婶来说，河的那头是几十年前，河的这头是现在。河的这头是王婶，河的那头是王嫂。

几十年前的王嫂，还是一个嫁给王天葵没几年的小媳妇，虽然已经是两个男娃的妈了，但在村里老辈儿的口中，她还是被称作新姐姐，在同辈的口中则是王嫂。那时候不像现在，女人都是有名有姓的。那时候的女人，即使有名有姓，一旦嫁了人，这名和姓也随着夫家的姓氏湮没了，而被冠之以"某嫂""某婶""某奶奶"。

王嫂也有名字。不过，她自从嫁给王天葵后，就安安心心地做起了王嫂，做起了宝蛋牛蛋的妈，而且她还很为自己做了王嫂而暗自得意。她的丈夫王天葵是村里少有的能干男人，天葵不但特别能吃苦，是庄稼地里的一把好手，而且脑筋活络，农闲的时候，还出去跑买卖。王嫂也是村子里少有的精明能干女人，说起她的吃苦耐劳，也是人人敬服。

农忙的时候，每天天不亮，她就和天葵下了地，一干就是一整天，村子里谁家都没有她家开垦的荒地多。他俩在地里种上麦子、玉米和葵花，在家里养了鸡、羊、牛，成年累月地劳碌着，日子一天比一天兴旺。

刚搬来的时候，家家都穷，有的人家甚至连饭都吃不饱，可王嫂两口子却把日子过旺了起来，她家不但早就解决了吃饭问题，还破天荒地率先盖起了一院整齐的房屋，那房子虽然是土坯房，比不上今天的青砖大瓦房，可它有梁有檩、有门有窗，不像村里其他人家住的房子，那些房子说好听点是房子，说不好听点，就是在地面稍高的地方搭起的住人的棚子。王家的新房子，当时在王家庄是放了卫星的，王家的好日子令人艳羡，王天葵的媳妇王嫂，更是令人艳羡，这个精能的小女人太会过日子了。

实际上，王嫂比天葵还要辛苦，天葵只是受家外的苦，王嫂家里家外都要忙，就像一只不知疲倦的陀螺，永远保持在转动的状态。即便这样，她也没有因为受苦操劳，而显得粗糙邋遢。每天晚上，天葵累得已经睡死过去了，王嫂也累得快趴下了，可她还不睡，鼓着一股劲，缝缝补补，洗洗涮涮，天葵的、娃儿们的、自己的，全都收拾干净妥当了，才骨头散了架似的睡去。所以，即使她也穿着一身补丁摞补丁的干活衣服，可她身上却永远没有那些重浊难闻的怪味；她的眼角也有了鱼尾纹，可那纹路里却没有泥土和灰尘。她的身上总是散发出一种好闻的肥皂混合青草的味道，脸总是干干净净的，就像王家庄田埂上开放的一朵马兰花，干净、清新、淡雅，却带着一股子倔劲。

这样一比，村子里那些像王嫂一样受苦的老娘们，哪里还有个女人的样子，她们整天撅着腚在土里刨食，蓬头垢面，根本顾不上自己的形象，更别说男人和娃娃了。有些女人甚至看起来比老爷们还邋遢。那固然是个缺吃少穿，没法经常换洗的时代，但这的确也和人的性情有关，和人的心劲儿有关。人和人是很不一样的。

村子里还有一些女人，她们是不下田干活的，她们只做家里的活。所以她们的衣裳头脸，自然要比下地干活的女人洁净些，洁净是洁净了些，可光景日月却僵在那里啊，一家子的生计，只靠当家的男人在地里拼死拼活，那日子何年何月才能好起来呢？王家庄冯三奶奶就是个例，冯三奶奶曾给地主家当过佣，肉臭了架子不倒，一辈子光鲜，一辈子受穷。这样的女人，说心里话，王嫂看不上。

更让王嫂看不上的，是那些有事没事东家转西家逛的女人，这些女人走到哪里，是非闲话就传到哪里，南家长，北家短，谁家有个芝麻绿豆大的事，她们都清楚。看不惯归看不惯，可又有什么办法呢？爱串门爱传闲话，几乎是那个时代所有农村妇女的爱好，艰难困苦的日子里，这仿佛成了她们唯一的休闲娱乐方式。

每当农忙时，在田间地头吃饭休息时，女人们总要聚在一处说说笑笑，或者打打闹闹，甚至和男人们开些半荤不素的玩笑。这些个事儿，王嫂统统不参与，她只在自家地头休息一会儿，或是在田埂上给羊割些草。起初，也有些女人试图接近她，说说闲话，可她总是淡淡的，爱搭不理，有时，实在听不上了，还冷冷地讥讽几句。她是不懂得迂回曲折、皮里春秋的。

逐渐地，女人们对她疏远了。表面还是客客气气的，但那客气里多半是敷衍，那敷衍里似乎又存了几分对她家好日子的羡慕，可那羡慕，终究也不过是一种妒恨罢了。

王嫂被公认为"生"，似乎毫无异议。这"生"是隔膜的意思，在农村，就是不会做人的意思。王嫂自然也清楚——"有点钱就臭觉不着了……""眼睛长在眉毛上了……""羊群里蹿出了头骆驼……"这些老娘们背后嚼舌头根的话，她不用听都能猜到，她性子虽然冷淡，但也还是聪敏灵醒的人。不，她其实也并不冷淡，只是不想对她们热情罢了。

三

做了七八年王家庄的媳妇，和王嫂亲近的，说起来，只有她的丈夫和娃娃。可王嫂并不难过，她本来也不打算和那些她压根瞧不上的老娘们瞎混。只是每当赶集的时候，或是有货郎来村里的时候，看着她们三五成群聚在一堆，有说有笑的样子，她心里才会泛起一丝不舒服。她明白这不舒服是好日子中的缺憾，但也不能完全释然。在王家庄，她是有几分落寞的，直到杨梅兰嫁过来。

那一年冬天，腊月二十八清晨，天寒地冻，地上结了寸把厚的冰，一镐头砸上去，都砸不出个缝。鸡窝里的公鸡缩着翅膀，冻得似乎连张嘴打鸣的勇气都没了。隔壁杨家，昨天才办了喜事，杨金生和他的寡妇妈迁到这里也有好几年了，小伙子苦死苦活，终于娶上媳妇成了家。刚办完喜事的小院，热闹喜庆潮水一样退去，只剩下满院的狼藉。成摞的碗碟，小山一样堆在煮肉的大锅里；临时借来的桌椅板凳，乱七八糟地挤在墙根下……天太冷了，已经醒了的王嫂，也放弃了平时早起的习惯，缩在被窝里，贪恋着热炕的温暖。这时，从隔壁院子里传来陌生的脚步声，似乎已经有人起来干活了，听那脚步声，不像是杨金生的，也不像是他妈的，莫非是新娘子？天才麻麻亮，怎么可能呢？王嫂边嘀咕，边一骨碌爬起来，她要看个究竟。

果然是新娘子杨梅兰，她穿着一身簇新的红棉袄红棉裤，袖子高高地挽起来，正蹲在地上洗碗呢，大锅里水汽氤氲，看不清她的脸，只看到两条白藕似的胳膊，连冻带烫，仿佛变成了两根新鲜的红萝卜。

不知为什么，王嫂心里突然热热的，她想起了自己，不也是在结婚的第二天，早早起来干活吗？看来，这个新媳妇是个勤快人。

自顾站在家门口出神的王嫂，没留神新娘子已经端着一盆脏水，出了院门，她冲着王嫂笑了笑，叫了声嫂，脸上却并没有露出一般新媳妇的羞赧。王嫂这才看清楚新娘子的长相，即使是住对门，昨晚，她也没有去看乡邻们要新人。

这以后的事，连王嫂自己都没想到，这杨金生的新媳妇，就像是上天派来专门和她好的，就像是专门来填补她火热日子中那唯一的空虚的。这个大眼睛的小媳妇是那么勤劳，那么爱干净，来到杨家没几天，杨家的破屋烂院就被收拾得井井有条，寡妇母子的穿戴也干净齐整了。住对门，自然低头不见抬头见，没几天，这两个小媳妇就熟悉了起来。可这熟悉也绝非熟稔，只是初识的人对彼此的几分好感罢了。

转眼冬去春来，农忙的季节又到了。王家庄那时其实还是个新村落，各家各户的田地，都要靠自家动手去开垦；开荒越多，地也就越多，打下的粮食比别人家也多，日子的好赖就不用说了。每天天不亮，就有以王天葵两口子为代表的最勤苦的人们，早早起来干活。这早起的人群里，最近又加上了杨金生两口子，因为住对门，两家像竞赛似的，只要一家院里有了响动，另一家也睡不住了，彼此也就做了对方的监工。干活的时候，两家离得也不远，劳作也就加上了竞赛的性质，你家开垦一块，我家也一定要赛着开垦更大的一块。在彼此的竞争中，两家的关系也比别家亲近了几分。事实上，不但杨金生两口子敬重王天葵两口子，天葵夫妇打心眼里也佩服这一对年轻人，他们身上少有年轻人的浮躁，不怕吃苦受累，尤其是那新媳妇，嫁来没几个月，干活一点儿都不惜力气。

有时候，干活干得苦闷时，她们也聊天，王嫂发现，新媳妇说话就像她干活一样，透着一股子说不出的端庄爽利，一句是一句，清楚明白，不像村里的那些女人，有的没的一大堆。王嫂喜爱她呢！

其实，新媳妇在心底里又何尝不佩服喜爱王嫂呢，婆婆跟她聊天的时候，说得最多的就是王嫂，王嫂的勤劳，王嫂的能干，以及王嫂的各色。可处多了以后，她发现，这各色也是她的优点，是她的与众不同。这是一种惺惺相惜，只不过，她们不知道这个词。很快，这两个女人便要好了起来，女人之间的感情升温，不像男人们，不温不火，细水长流似的，她们一旦下定决心要好，就会像干柴遇上烈火，那速度那热情，用不了多久，就会占领彼此大部分的空间时间，整天相依相伴。王嫂和梅兰就是这样，没多久，她俩就好得不分彼此了。

梅兰叫她嫂，省去了那个王字，叫得很亲，像亲嫂似的；而王嫂则不像其他人那样称她为新姐姐，而是直接叫她的名字：梅兰。

如果说，王嫂当初的冷漠是一种拒绝，那么现在的热情就是完全接纳。梅兰的到来，使她简单的农妇生活变得丰富多彩起来。春天，她们跟着丈夫一起去开荒，一起种油菜，油菜花开的时候，一片金黄，她们站在自家的地里，向对方望一望，眼神里满是喜悦，心满意足的样子，这金灿灿的油菜花，让她们的心里顿时富足起来，没有一丝丝烦恼，那么安详静谧，那么美好。夏天，她们在沙地上种西瓜，西瓜若长得好，这一年柴米油盐穿穿戴戴的零用钱就够了。西瓜不好种，要使用砧木，要讲究种植密度，要除草，要透气，有时候还要人工授粉。她们没白没黑地干，等西瓜成熟了，还要预防偷瓜贼，就在地里搭上瓜棚，一间小茅屋大，晚上男人们来看瓜，白天换她们，这小小的瓜棚把她俩收容在一处，没有一点点距离和隔膜，她俩说说笑笑，从做女孩儿时说起，一直说到现在、以后、未来的光景。有时候，她们也说村里各家的事情，说的时候，也会偷偷捂着嘴笑，也有一种猎奇般的快感，原来论别人的是非长短，会让自己愉悦或者平衡，怪不得，会有那么多爱嚼舌的男女喜欢对着别人的脊梁骨指指戳戳。秋天，大忙的时节来临了，掰玉米、割稻子、打场，所有的活计都必须在节气前完成，她们两家开垦的荒地最多，自然也就最劳累，拼了命地干，恨不得一个人分成两个，连天昼夜不休息，一丝一毫都不怠惰，肉体几乎累垮了，心情却一点也不低落，反而越累越充实快活，那是一种发自内心的愉悦，那愉悦的每一分里似乎都往外渗着甜蜜，都包含着对未来美好生活的向往。割稻的时候，天葵和金生爱比赛，看谁割得快，王嫂和梅兰也比，沉重的劳作似乎也变成了轻松的游戏。天黑了，一家还没干完，另一家也不急着回，相帮着干完一块儿回去。到了打场时，两家的活计就变成一家的了。

冬天到了，农闲了，农民们像动物冬眠一样，开始了一个长长季节的休息。农民王天葵却闲不住，他要趁农闲的时候出去做些买卖，现在政策好了，谁有本事，谁就能把日子过到头里去。只不过，今年不是天葵一个人出门，他带上了金生，他们夫妻俩也想帮助这小两口把日子过好呢。男人们不在家，屋子里便冷清起来，她俩又结成了最好的伴儿，多数时候，都是梅兰来王嫂屋里，一坐就是一下午。午后的阳光照在南墙上，屋子里暖暖的，娃儿们在地上玩，她俩坐在炕头上边嗑瓜子边聊天，时光慢悠悠，就像停驻在这小小的屋子里，永远不曾流过，永远不曾流去，一切都是那么宁静美好。

逢集的日子，她们就相伴着去赶集。这时候，王嫂心里再也没有一点儿遗憾了，她们穿上最好的衣裳，收拾得整洁漂亮，一路说笑着到了集市。村里的女人们，都对她俩投来羡慕的目光，这两个女人真是不一般啊！明显地，梅兰要比王嫂会做人，她不像王嫂性格那样耿直，微黑的鹅蛋脸上嵌着那对亮晶晶的大眼睛，让人看着就舒服亲近，待人又那么周到，无论谁和她说话，都笑吟吟地对答。这样，就连村里最难缠的婆姨龚三媳妇，都说梅兰的好话哩。因为梅兰的好人缘，女人们似乎对和梅兰要好的王嫂，也不由亲近了几分，王嫂现在才发现，其实，那些女人们也并没有那么可恶，她们就是喜欢说笑，嘴巴大了点，可也不能像她先前那样，把这看作是毛病，是不可容忍的缺陷。她犯不着和她们过不去，给自己树敌。想通了，王嫂也就能够以平常心对待了，有时，竟然也能够主动和她们拉家常了。

梅兰的娘家在镇上，家境比较宽裕，她嫁过来的时候，别的陪嫁都不要，就要了一台缝纫机。王嫂虽然没缝纫机，但她会剪裁衣服，于是她俩一个裁，一个缝，合作得很好。有时，村里的其他女人也会拿着衣料来求她俩做，她俩也不拒绝，高高兴兴地应承下来。因为有求于人，女人们乐得一顶高帽又一顶高帽给她俩戴。许多阴霾的冬日，梅兰小小的卧房里，就变得热闹起来，充满了欢声笑语。那真是一段美好的岁月啊。

过年了，男人们回来了，这一次出去收获还真不小，加上前两年种庄稼的收入，王嫂夫妇再给梅兰夫妇借一些，杨家在开春盖房，大有希望。

两家不仅互送了好些各家备置的年货，后来干脆把好吃好喝的聚到一起，欢欢喜喜过了个年。其实，不光是过年时，他们才互送东西，平时谁家做了好吃的，就给另一家送一碗过去。不夸张地说，听到杨家剁馅儿的声音，王家的娃娃们就忙着开始剥蒜了……

四

时光荏苒，转眼十个年头过去了。梅兰已是四个孩子的母亲，王嫂也又添了三个娃儿。终于从缺吃少穿、艰难困苦的岁月中熬了出来，日子一天比一天好过。而这幸福生活的得来，完全根植于这片肥沃的土地，完全凭借着辛勤的劳作和付出，所以这幸福感对这两对夫妇来说，也就显得无比踏实和沉甸甸。然而，世事难料。那一年，灾难却悄悄降临到两家头上。

先是天葵，不知为什么，身体一向健康、吃饭狼吞虎咽的天葵，突然吞咽食物困难起来，连一些煮得稀烂的吃喝，似乎也难以下咽，而且还把好不容易吃进去的东西又吐出来。王嫂都快急疯了，县里所有的医院都跑遍了，可是天葵的病却一点好转的迹象都没有。后来，有人出主意说应该去大城市看看，于是王嫂就把娃娃们托付给梅兰，自己带着天葵去了西安的大医院，检查的结果是，天葵得了食道癌。

那时候，癌症还不像今天这样高发，所以人们并不太清楚这病的可怕，只是天葵在医院里住了几个月，不但花光了家里所有的积蓄，还借了不少外债，到了也还是没有把病治好。

第三年春天，可怜的天葵，终于撇下王嫂和娃娃们，早早去了。

过了没半年，杨家也遭了大难。秋水绵绵的季节，正是娃娃们耍水的好时候，杨家最小的孩子花儿，也跟随着哥哥姐姐们去渠里凫水。水太大，娃太小，结果等把娃救上来，娃已经浑身浮肿了……

一年的光景，王家和杨家各失去了一位亲人，突如其来的灾难，似乎要把两家人打垮了。尤其是王嫂，从天葵害病时开始，她每天都是痛入骨髓，痛到后来几乎要麻木了，所以天葵去的时候，她并没有表现出太大的悲痛。等送走天葵后没几天，那痛楚仿佛才苏醒，像毒液一样渗进了五脏六腑乃至全身的每一个细胞，折磨得她几乎不能活了。

后来杨家又出了花儿的事，好端端的孩子说没就没了，那真是要了梅兰的命啊！那种剜心割肉的痛，说起来真的是肝肠寸断。可也许是命，又有什么办法呢！她俩就像两个受了重伤的人一样，常常待在一起，互相说些安慰的话，互相舔舐对方的伤口。所以，这十多年至亲至爱的邻里关系里，仿佛又添了一层相依为命、死生契阔的味道。

死了的人，终究回不来了。活着的人还要把日子往下过。但活着和活着是不一样的。五个娃娃都还没有成人，一家子所有的负担，都落在了王嫂一个人身上，那日子过得真是煎熬！而杨家，似乎已经从痛失花儿的悲伤中振作了起来。

第二年秋天，杨家又要盖新房了。其时，那已是九十年代中期，农民们的日子普遍有所好转，他们中的许多人已经不再固守着土地，有的人趁农闲时出外打打工、做点小生意来贴补家用，有的人干脆就抛弃了土地直接到大城市讨生活去了。一旦赚够了钱回来，第一件事就是翻盖新屋，仿佛房屋的好坏是衡量生活水平的唯一标准，所以人们世世代代心甘情愿地一次又一次沦为房子的奴隶。王家庄也迎来了第二次盖房的浪潮。

杨家新房子的地址，还是选在老房子的旧址上，就是把旧房子推倒，再把地基垫高些。盖房子的那些日子，王嫂几乎和梅兰一样忙碌，她不但帮梅兰忙锅灶上的事，而且一有空闲，就到工地上帮忙了，她的两个大点的儿子宝蛋和牛蛋，早在垫地基的时候，就被王嫂派过来给杨妈妈家帮忙了。

新房子终于竣工了，杨家办了几十桌丰盛的酒席，来宴请亲朋好友和乡邻们，洗泥的那天清晨，王嫂早早就过去帮忙了。

这一砖到顶的松木房就是比土坯房宽敞明亮，梅兰添置了许多新家具，看看这件，摸摸那样，摸着摸着，不知为什么——王嫂心里突然难受得慌，心房里像是被塞了一团絮状的东西，一点一点扩散，慢慢地，整个心都被堵上了……

王嫂的呼吸变得困难了，站在那里摸花梨木大衣柜的手有些僵硬了，怔怔地呆了一会儿，迈开沉重的步子，王嫂踱出了新房。门外金灿灿的阳光照得她睁不开眼。如果睁开，一定会有滚烫的泪珠流下来。那一天，王嫂一步都没有再走进那阔气的新屋，她一直躲在面北的灶房里，一刻不停地干活，一声都没吭过。

从那以后，那团堵在王嫂心里的东西就没有消失过，它就像一块面团，遇到发酵剂就会膨胀，由软到硬，一点儿都不能从心里拿出去了。而那发酵剂，就是杨家的新屋和他们蒸蒸日上的好生活。到后来，王嫂简直不能踏进那新屋半步，就是站在自己院里，看隔壁那高大气派的门楼，她的心都会颤抖。她知道，自己不应该这样胡思乱想，天葵已经去了，王家已经从村里的首富沦落成了困难户，别说盖这样的新房，就是到现在为止，天葵生病时借的外债，都还没有还完。况且梅兰对她那样好，比亲人都要好，比过去还要好，家里有什么好东西，都要给她分一些；有时连四儿五儿的学费，都是梅兰给凑的……可是，王嫂就是管不住自己，常常会情不自禁地发呆，脑子里总会浮现出过去的一幕一幕，就是做梦，也会梦到过去的美好生活，醒来时，看到自家已经泛黑的屋顶，忍不住，又要哭一鼻子。

王嫂再也不主动到对门去了，后来，就连梅兰过来找她一块儿干活，她都有些躲避了，她知道自己心里害上了病，也知道各家有各家的日子，她不应该总想着过去，和杨家今天的日子做比较，可她就是无法控制自己。现在，她甚至连看见梅兰，心里都堵得慌。梅兰的好气色好穿戴，似乎也深深刺激着她。梅兰送过来的东西，她再也不能坦然接受了，她觉得，那是一种无情的施舍。

这样过了一段时间，毫不知情的梅兰似乎也觉察到了一些。梅兰很惶惑，只能对王家的大人娃娃更好，那好是真心实意的，好久之前，她就把王嫂当作自己的亲嫂了，这十多年的相濡以沫，甚至比亲嫂还要亲。可梅兰也发现，她越是关心王嫂，王嫂的神情越是难受，她看着也难受。许多次，远远地，巷子里看见王嫂，梅兰刚要开口招呼，却看到王嫂无处躲避的目光……梅兰心里很苦，她想找王嫂好好聊聊，可她知道，这不是聊能解决的。她虽然一点都不怪王嫂，相反，她心里对王嫂更加疼惜，可是渐渐地，她们确实疏远了。

五

又一个夏季来临了，王家庄家家户户又迎来了大忙的季节。几百亩的玉米，远远看去，就像诗人笔下的青纱帐，一排排翠绿青葱，远远看去，笼了一层薄纱似的朦胧美丽。农民们却没有诗人那样的闲情逸致去欣赏，正是抽穗灌浆的时候，他们要抓紧时间给玉米地施肥除草。

村子里现在几乎已经找不到青壮劳动力了，留下来的妇女老人孩子，根本应付不了那么沉重的农活，有的人家干脆就扔弃田地不种了。王嫂是不会抛弃土地的，土地就是她的全部，他们孤儿寡母除了向土地索取生计外，真的别无他法。杨家也不会抛弃土地，尽管他家已经很富裕了，杨金生现在生意越做越大，他除了贩木头外，还在城里包工。家里的田地，很久以来，就是梅兰一个人在种，虽然很辛苦，梅兰却从来没有放弃不种的打算，她和王嫂一样，认定了土地。农民不种地干啥呢？不种地的农民还叫农民吗？种地收获，是祖祖辈辈传下来的生存之道，是农民安身立命的根本。只有种地，才能给农民踏实感。

只不过，由于地多人少，如今好多活计都不必亲自去干了，雇人干也一样。每年这个时候，总有许多来自南部山区的农民，到这里打工赚钱。王嫂自从去年把一大半的田地，分给都已经结婚单过的大儿宝蛋和二儿牛蛋种了，今年，她就不再雇人了。剩下不到十亩地，都是她领着女儿玉儿种，太忙时，就让四儿和五儿给学校请假，回来帮几天忙。一想到四儿五儿，王嫂不由得惆怅起来，这两孩子看起来既不像他们的哥哥宝蛋牛蛋，是种庄稼吃苦的料；也不像隔壁杨家的大儿子杨学文那样，天生喜欢读书。很小就没了爹的孩子，没人管教，养成了好吃懒做、游手好闲的习气，时不时地捅娄子，想想都发愁。而杨家今年照常雇了几个人，即使这样，梅兰都忙得不可开交。

头伏第一天，王嫂一早起来到地里去了，还剩下一块田的玉米，她想快点锄完草，要不然会耽误后面的施肥、浇水。正午时，锄得只剩下两三垄了，终于松了口气，王嫂放下锄头，坐在田埂上，想要歇息一会儿。隔壁是杨家的玉米地，此时也是一片寂静，大概梅兰他们也干累了，正休息呢。坐了一会儿，王嫂突然感觉到这玉米地太安静了，安静得有些可怕，割草薅秧的声音停止了，似乎连虫鸣鸟叫的声音都没有了。坐着坐着，王嫂忽然有些紧张，禁不住扭头四下看看，似乎隐约可见翠绿的玉米棵子中杂着一丝红色，是什么呢？红艳艳的。似乎是一个人，一个女人，也坐在玉米棵子中间。怀着强烈的好奇心，王嫂拨开了眼前遮住了视线的玉米叶子，悄无声息地往前探探身子，是梅兰。那鲜艳的红，原来是梅兰身上的红色衬衫。梅兰正蹲在玉米棵子中间，给雇工刘宝往手上缠布条呢。这刘宝四十多岁，是山里来的，家里很穷，每年这个季节，他都来王家庄打工，王嫂家也曾雇用过他。刘宝人很厚道，干活很卖力。他的手一定是拿镰刀割草时给弄伤了，梅兰心善，正给他缠上布条止血呢，那一绺布条，好像是从梅兰的头巾上撕下的。周围静悄悄的，梅兰只管专心致志地给刘宝治伤。王嫂好久都没有细细打量过梅兰了，梅兰看上去也老了些，不过穿上这件红衣服，再配上周围碧绿清脆的玉米叶子，梅兰的脸蛋显得红扑扑的，再看那刘宝，也正不错眼珠地盯着梅兰看呢……

　　看到刘宝的眼神，王嫂的脸唰地红了，心跳也加速了，她腾地站了起来，中了邪似的匆匆离开。路过吕家的地时，吕翠英正弓着背刨地呢，看见王嫂，便高喉咙大嗓门地跟王嫂打招呼——"哎，王嫂，你这是干什么去，你们家的地锄完了吗？要说还是你能干啊！"王嫂平时最厌烦这吕翠英，这个全村有名的长舌妇，说话最占地方，似乎哪儿哪儿都有她。可是那会儿，不知为什么，王嫂停下了脚步，用怪异的眼神瞅着吕翠英，一副欲言又止的模样，吕翠英也被她奇怪的表情弄紧张了，她放下锄头，快步走到王嫂跟前，又四下里瞅瞅，压低声音问王嫂，怎么了？那声音里满是抑制不住的兴奋。王嫂定了定神，想要张口，又忍住了，仿佛极力压抑着自己，可她越是这样，吕翠英越是好奇，越要问清原委。一阵不长不短的停顿后，终于像下定了决心，王嫂趴在吕翠英的耳朵边，好一阵嘀咕……

这事过去没几天的一个下午，杨金生从城里回来了，他一进屋，便紧闭了院门，没多时，就传来了拳打脚踢的声音，一阵比一阵猛烈……那一夜，王嫂翻来覆去睡不着，梅兰低低的啜泣声不时传入她的耳畔……王嫂原以为自己会快意，会高兴，可不知为什么，她却并不开心，相反，她的心像是被一团更大的东西堵上了。

再看到梅兰，大概是在半个月后。梅兰出门倒垃圾，王嫂也正好出门去地里。梅兰的左眼还有瘀青，看到王嫂，她羞愧地低下头，赶紧躲到院里去了……然而，几天以后的情形却不是这样了。她俩在巷子里遇到了，可这次，梅兰并没有躲避，她直视着王嫂的眼睛，那眼神异常锋利，如刀般扎人。王嫂明白了，她和梅兰之间的恩情算是彻底结束了，剩下的只是一颗种子，一颗尚未破土而出的仇恨的种子。

只是，王嫂并没有想到，这颗种子会这样快就发芽、开花、结果。麦子收完后，王嫂准备把屋后的菜地也拾掇拾掇，再种上一两样时令的蔬菜，那片菜地也照样紧挨着杨家的菜地。

那天晌午，太阳正好。王嫂用耙平整了地，又重新给菜田起了埂，原来的土埂好久没起，几乎都看不见了。埂刚起好，梅兰便来了，梅兰似乎看都没看一眼，就一口咬定，王嫂的埂起偏了。王嫂一看梅兰气势汹汹的样子，就什么都明白了，她本想说不行拿尺子量量，话没出口，梅兰的声调已经提高了八度，一副非干一架不可的架势。王嫂从没见过梅兰这样，起初她还觉得委屈，可是几秒钟后，就被满腔的怒火取代了。这杨梅兰太过分了，以为她王家孤儿寡母好欺负。于是，说了不到几句，她们就大吵了起来。

一旦开始争吵，她俩都大吃一惊，有那么几秒钟，她们只是各自呆呆地盯着对方，似乎有些不知所措。可等这短暂的停顿过后，那歇斯底里的咆哮，就如决堤的洪水滚滚而下了；长驱直入的气势就像是在河坝中被围堵的时间长了，一经决口，就永不止息，挟裹着泥沙，夹带着山石，一路滔滔，横冲直撞；而那一句紧跟一句的咒骂，就像紧锣密鼓发射出来的箭雨，排山倒海，不可遏制，每一支箭上都喷洒了最具毒性的汁液，只要沾上，哪怕是极小的一点，也会渗进肌理，深入骨髓……

那些闻风而来、起初只是打算看笑话的女人们，看到这阵势，也不淡定了，不知怎么办才好，不到片刻工夫，就被吓蒙了，只好抛弃初衷，开始真心实意地劝解，可她俩置若罔闻，似乎什么都听不见，什么都看不到，那一刻，她们眼里喷出的仇恨的怒火，仿佛瞬息之间就会把对方熔化。浊浪滔天，仿佛这几十年修下的情谊，就是为了酝酿这骇人听闻的旷世争吵。

"你不就是有几个臭钱嘛，有什么了不起？"

"我就了不起了，我再不行，也不会像你，明着暗着占别人家的便宜来填补自己的穷窟窿……"

"我占你什么了？你说，我占你什么便宜了？我告诉你，你就是白送我，我都不要，我还嫌脏呢……"

这话一出口，所有的人都被镇住了，梅兰更是如受到了当头的棒喝一样，愣怔了几秒，突然，像疯了一样号叫着扑向王嫂……

那天的结果是：几乎所有拉架的人都受了点伤。而到最后，王嫂和梅兰简直哭晕了过去，她们哭得天地失色，哭得日月无光。

许多年后，王家庄的许多老住户，说起这两个女人，说起她们曾经的要好，以及她们的决绝，还有那次惊天动地的哭声，都会忍不住啧啧称奇。

……

六

时间在王家庄的河床上又流过去了十年，在流淌的时间的缝隙里，人们看到的是时过境迁，是王家庄日新月异的人事变化。

王家庄如今已经发展成一个繁华热闹的中心镇，镇子的中央建起了广场，广场的周围则是学校、医院以及镇政府的办公楼。越来越多的外乡人到本地安家落户，也有越来越多的本地人到县市甚至更远的地方，买了商品房做城里人去了。留下来的老住户，被新搬迁来的住户建的高堂大屋刺激着，一次又一次做着房奴。杨家的楼房，就是在王家庄第三次盖房的浪潮中兴建的。

而王家庄的人，也在一年一年老去。王嫂已经从几十年前的嫂熬成了婶，其实现在，村里有许多年轻人都已经叫她王奶奶了，梅兰也变成了真正的杨婶。

有关十年前的那次争吵，许多人都已经淡忘了，她俩似乎也想不起来了，有时想想倒好像是一场梦。其实，那次吵完后，她们心里就没有恨了。只是她们，再也不能存在于彼此的生命里，再也不能相依相伴。

就在最近的一年里，不知为什么，王婶很容易怀念起以前的日子，那些无数个属于她，也属于她们的岁月；而梅兰似乎比王婶还念旧，她眼前总是浮现出三十年前的一幕一幕，那时候，她们还那样年轻，她和王嫂一起种了十几亩西瓜，西瓜成熟了，一个赛一个大，一眼望去，绿油油的一片。她躺在瓜棚里睡着了，睡梦中，感觉脸上痒痒的，原来是一条毛毛虫在爬，王嫂替她轻轻捉了下来……

杨婶、梅兰也搞不清楚自己的心，日子真的好过多了，儿女们都已经成家立业。地，梅兰也早就不种了，现在也种不动了。如今，她什么事都没有了，都不做了，一天到晚只是看电视。时常，她大睁着两眼盯着电视，可电视里演什么说什么，她却并不知道，丈夫杨金生三五个月才回来一次，待不上片刻工夫，又走了，她倒是省掉了伺候他的麻烦，可她的心也空了，空荡荡的，一无所有，孤独和寂寞缠绕着她，与日俱增。

几个月前的一天，也就是四儿五儿被公安局抓走的那天，梅兰再也忍不住了，借着找小鸡的名义，进了对门。看着躺在炕上憔悴衰弱的王婶，梅兰的眼泪再也止不住了……那个下午，她俩就那样流着泪，静静地坐了好久好久……

王婶再次穿上那双被擦拭一新的鞋，这一次，她似乎终于下定了决心，走出屋子，站在自家院子里，对门杨家的新房赫然在目，那三层楼房真大真阔气啊！这还是王婶第一次好好打量这所房子。

舞动的玩偶

"wind you up... wind you up..."女歌手高亢嘹亮的歌声暂时停歇，紧接着便是一阵力道不小的"咚咚咚"，不像是敲击在定音鼓上，倒像是敲在人的耳膜上，一声比一声响亮。尾音由摇动的沙锤拖曳而来，仿佛撒下一片流星，眼前是灼灼的金光灿烂。你才明白之前的女高音，不过是一段小小的过门，真正的精华在后面无唱词的纯音乐部分，西洋的打击器乐就有这样的魔力，不出三秒钟，你就会被带入，情不自禁地热血沸腾。

此时，跳舞机前的人儿正跟着舞曲的节奏摆动四肢。音乐的节奏越来越分明，越来越流畅，没有一丝涩滞的地方。跳舞的人儿似乎也已进入忘我的境界，把游戏厅里的嘈杂、长凳上观者复杂的眼神统统抛在一边，兀自舞动。因为主观上不受干扰，所以每一个动作都做得极为饱满，充满了爆发力。

然而乍一看，你却很难找到美感。不知道哪里出了问题，尽管舞者的动作十分舒展，手和脚的配合也非常和谐，同音乐的契合，更是严丝合缝，没有一丝一毫脱节的地方。但你就是觉得哪里不对劲，说不清道不明。终于，在做完一个大幅度的踢腿挥手的动作后，你明白了，一切缘于舞者那棱角分明的身体四肢。这是一副宽而扁的身形，个头适中，目测有 165 厘米。也许是因为瘦吧，这副身体的每一个关节都显得格外突出，不光是髋关节、膝关节，就连那半露出的踝关节都铮铮在目，像是在脚腕上栽了一头蒜。随着舞动一伸一缩的脑袋，看上去，却不合尺寸的小，显得那副平直的肩膀也有几分宽阔了。总之，这样的身形，无论从哪个角度看，都缺乏一种柔和圆润的美感，硬朗得不像是一个女孩儿的身材。就算是男孩儿，也鲜有这样的挺括笔直。

一段疯狂的贝斯后，音乐突然炸裂开来，各种重金属的轰鸣滚滚而来，整个舞曲的节奏迅速加快，女孩儿的每一个动作更加迅捷有力，胳膊利剑出鞘一样伸出，指向上空的某一个角落，仿佛那里马上就要变成一条灿烂的星河。脚下的按钮忽红忽绿，每一点都要踩对，这就要求手脚高度配合。只见女孩儿不停地倒腾着脚下的步子，速度惊人，却井然有序。观者已经眼花缭乱，而舞者却自始至终地从容有度。

看着看着，你会发现，其实之前的判断是有误的，女孩儿不但跳得不难看，相反还非常之美。这种感觉的变化不是一点一滴渗透的，是突然发生的，仿佛就是在某一个动作完成之后，你才突然看明白了，这是一个真正的舞者。她那精准的对音乐掌控的能力，那娴熟而酣畅淋漓的四肢动作，那旁若无人的舞蹈姿态，都向观者表明，没有人比她更适合跳舞，更适合跳舞机上的舞蹈。之前你所看到的，无论是胖的瘦的高的矮的美的丑的，跳得好的、跳得不好的，在她面前，统统不值一提。跳舞机上的舞蹈，自是和别的舞蹈不同，或许就适合这种干净利落、不拖泥带水的跳法。她就是跳舞机前的王者。

音乐随着高潮的到来，逐渐趋于平和，女孩儿的舞蹈也渐趋舒缓，动作放慢了许多，越发显得闲庭信步。然而，仍然没有任何柔美的感觉。看得久了，你的眼前仿佛出现了一个模糊的幻影，真身隐退不见了，这是一具由各种零件组合而成的身体，是一个跳舞的机器人，一个舞动的玩偶。

女歌手清澈洪亮的声音再次响起，盘旋在娱乐城的上空，"we are dancing... we are dancing..."竖琴悠扬轻柔的声音，如水一样流过身体的每一个部位，女孩儿的左右手同时在上空画了一个饱满的圆，算是一个休止符。这一支舞结束了。坐在跳舞机四周长凳上的观者们，一时有些反应不过来，愣怔了几秒，突然同时鼓起掌来。

女孩儿走下跳舞机，在众人目光的扫射下，旁若无人地坐下来，掏出面巾纸擦汗。擦得很细致，额头、脖颈、胳膊，一点一点擦下来，动作轻柔，仿佛在擦拭着一件稀世珍品，与之前跳舞机上的生猛爽利，形成了鲜明的对比。女孩儿又打开一罐可乐，咕嘟咕嘟，连喝了几大口，小巧的团子脸仰起来，与观者的目光形成一个四十五度的角，此刻，你得以更清楚地看到女孩儿的五官。这是一张稚气未脱的娃娃脸，最多也就十七八岁的样子，小巧的蒜头鼻，小巧而润薄的嘴唇，那双眼睛却很大，过分宽阔的双眼皮，让你怀疑是最近才割的。眼缝很长，眼白很多，眼神飘忽而散漫。

总之，这样的一个女孩儿，是颇有点让你过目不忘的。有点儿另类的长相，有点儿另类的行为方式，和那些中规中矩的女孩儿比较起来，还真有点儿不一样。但你可不能据此判断，女孩儿就是个非凡的人物。小家小户养出来的女孩儿，其实非常普通，普通到可能在这座城市的每一个社区，都有这样一个女孩儿。

你不妨就叫她茜，就像她的家人称呼她那样。

再过两个星期，茜就要过十八岁生日了。对于十八岁的生日，茜没有特别的感觉和期待，就像以往的任何一个生日，一切顺其自然。十八年来，除了热衷于电子产品，茜对任何事物似乎都不上心。她那简淡随意的态度，对陌生人倒是无妨，却无时无刻不刺激着家人的神经。

茜的妈妈常常愤愤地用指头点戳着她的脑门，边戳边骂，一锥子攥不出血的东西！这二年，又换成了满腹狐疑，并暗地里嘀咕，莫非因为难产，在产道里待的时间太长，脑子被挤坏了，要不怎么生出这么个蔫了吧唧的死丫头！没有对比就没有伤害，茜妈是不敢拿茜跟邻居们聪明伶俐的女孩儿做对比的，甚至不敢和茜的那个平凡普通无甚长处的姐姐做比较。最后直落得一声无奈的叹息，就算是暗自垂泪，茜也照样不吭一声，自做自事。

初中毕业后，不出所料，茜没有考上高中。在一所职高里混了两年，拿了一个和计算机相关的文凭，去年，应聘到一家大型超市的连锁分店，做了一名收银员。

每天的日子都一样，上班，下班。收银员的工作枯燥又机械，除了收钱，整天面对着川流不息而又毫无交集的人群，换一个人可能会倍感无聊，茜却不会，相反，她挺喜欢这份工作。一年下来，她的收银出错率竟然为零，这在整个超市的营业史上，都是罕见的。超市经理那儿天就非常开心，时不时地偷偷打量茜，没想到这个奇形怪状的姑娘竟还有这等本事，真是人不可貌相。超市多是女员工，从十几岁到几十岁都有。中间休息的时候，大家扎堆儿在一起，说说笑笑，好不快活。只有茜，独坐一隅，低着头，抱着手机，完全沉浸在自己的世界。

前段时间，在茜上班的新百超市东边，又新盖了一座万达商业广场，这不是这座城市的第一个万达，随着社会的发展，连锁加盟的营销模式似乎已经成为这个社会的主流，更何况又是这样一个多金的企业。同小城其他的女孩儿一样，下班休息的时候，茜也常常到万达逛逛。她总是一个人，走马观花地瞧瞧看看，后来，茜终于发现了一个好玩的地方，二楼东侧的"大玩家"娱乐城。这座热闹炫酷的娱乐城几乎囊括了当下所有好玩的电玩，但茜独独迷恋这里的跳舞机，每天下班，她都会来跳上个把小时。

休息了一会儿，茜又跳了几曲舞便离开了。二十分钟后，茜骑行到了宇的住处——城南一幢破旧的老五层楼。这房子算是这个城市的最老建筑物，是宇的爷爷曾经住过的地方。几年前，宇的爷爷去世后，宇从父母那里要来了房门钥匙，起先是隔三差五地来住住，后来渐渐地就长住不回了。宇是茜的男朋友。他们交往有一年了，当然宇不是茜的第一任男朋友。

茜的第一任男朋友是个送快递的。一说送快递的，你的脑海里可能会立马浮现出那个老套的桥段，邮递员因为经常替男朋友送信，最后成功地把女朋友娶回了家里。文学作品中的故事，在现实发生了。但现实远比文学精彩。二者的不同之处在于，茜不是谁的女朋友，她和快递员的结识，完全是因为她那两块钱的东西都要在某宝上淘的习惯。故事的结局也大相径庭，茜和快递员处了不到一个月就分手了。她受不了他的絮絮叨叨和老是想要将她裹挟于身下的生猛。

和宇的相识，则完全归功于他俩都挚爱的一款游戏。记得这款游戏刚刚开发出来时，就受到了亿万游戏迷的追捧，茜和宇更是痴迷其中，每天打得昏天黑地。但那时，他们还并不认识，只是留意到对方的成绩不俗。

一天晚上，茜刚进入游戏大厅，熟悉的特别关心提示音就响起了，随即一行字映入眼帘："双排吗？一起！"原来是宇发来的消息。于是两人结成了同盟。

进入游戏，茜拿到了自己最擅长的貂蝉，而宇还是选中了李白。游戏前期，各路都在稳扎稳打补刀发育。不失时机地，李白一次成功的游走，让貂蝉在前期斩获两枚人头，发育良好。看到自己一方处于劣势，对面开始耐不住性子，直接在中路逼团，想要变被动为主动。对方力量越来越集中，一个人在中路孤守的貂蝉，有点招架不住了，只好被迫交出闪现逃生。与此同时，迅速地给李白发出信号，李白和队友们果断前来支援，他们从两侧的草丛后绕过。明确了敌方的视野到达不了草丛处时，己方的王昭君立即闪现进场，控住四人，李白位移突进，交出大招，将四人血线压至斩杀线。貂蝉持续输出，收下人头，拿下双杀。李白配合队友将对手团灭，并转战上路，推进兵线，一举推掉对方的水晶，游戏取得了最后的胜利。胜者集体欢呼。

那一晚，茜和宇又合作了几把，他们越来越熟悉对方的游戏路数，越是熟悉越是愿意合作，游戏中死生契阔的结盟拼杀，使他们从虚幻中越来越近地走向彼此。等到在线下真正见面时，早已有了一种非常熟悉的感觉。

当然，起初他们谁都没有想到要做对方的恋人，恋爱的最初级形式其实是一种皮相的结合。显然，他俩都不属于俊男靓女，所以第一眼理所当然激不起爱情的火花，当然也不存在惺惺相惜的可能。只是在一起玩的时间长了，自然而然地就在一起了。

看到茜来了，宇非常高兴，招呼茜立即加入游戏。宇正打得酣畅，茜立马加入了进去。一场惊心动魄的战斗开始了，两个人屏息凝神，全神贯注地投入。游戏进行得很顺利，对方连连丢城失地，胜利眼看在望了。突然，茜的貂蝉却被对方躲在暗处的狄仁杰一击毙命，一员大将牺牲，形势急转而下，不知怎的，其他成员也连连失误，宇的战术即便再高明，最后也回天乏力。一场马上就要胜利的游戏，以失败告终了。

你他妈干什么吃的？宇突然从椅子上弹起来，愤怒地骂道，额头上暴起的青筋就像是被雷电炸开的电线，击得茜一时有些不知所措。你他妈到底会不会玩啊？多好的一局，就这样被毁了。茜从来都没有见过宇发这么大的火，反应过来后，一秒钟就被点燃了。你他妈在凶谁？我是故意的吗？你玩得起玩不起？傻×！从来没见过像你这样的，竟然把游戏里的事情当真了。边骂边使劲地把鼠标砸在地上，抄起双肩包，头也不回地冲出门去。紧跟着摔门的巨响，是一声更大的电脑落地的响声。

阳光依旧毒辣，刺得茜睁不开眼。更何况，此时那双大眼睛就像是蓄满了水的清潭，一不小心，就有汩汩而出的可能。傻×！真是见了鬼了。茜在心里恨恨地骂道。她从来没有见过宇这样，宇基本上算是一个沉静文雅的青年，对茜虽说算不上体贴，但也不至于粗暴。今天算是倒了血霉了，茜越想越生气，委屈得都快哽咽了，眼泪终于掉下来，落在泛着银光的柏油路上。

那天之后，他俩再也没有联系过对方，好像两滴水蒸发在了彼此的世界。茜似乎没有多少不适应的感觉，两个人或者一个人，对她来说，没有多大差别。她甚至不知道，自己喜不喜欢宇，在他们相处的半年多的时间里，她从来没有过非常想要见到宇的心情，当然也谈不上讨厌，他们只是彼此的玩伴。大概宇也是一样。直到一个月后的一天，宇打来电话告诉她，他交了新女朋友，她也只是轻轻地"哦"了一声，却也不深究他为什么把这件事告诉她。

日子依旧是一成不变的过法。茜每天上班下班，有时去大玩家跳舞。傍晚，她骑着山地车穿过暮霭笼罩的小城，昏黄的路灯下树影斑驳，车辆熙来攘往，车灯忽明忽灭。她就像是一条鱼，游走在夜色昏沉的大海里。一天夜晚，超市就快要打烊了，顾客寥寥，茜站了一下午有点累，又有点无事可干的无聊，就有些犯迷瞪了。忽然，一个好听的男中音响起：女士！请帮我拿一盒口香糖。茜一下子清醒了，不是因为顾客有需要，而是因为耳畔的这个声音太好听了。

茜立即抬起头，眼前站着一个身材高挑的男人，三十七八岁的样子，穿一身黑色西装，显得板正笔挺；鼻梁上架一副金边眼镜，看起来斯文深沉。茜从未见过长得这样洋气的男人，至少在这座北方的城市，以至于完全不顾及其小眼睛、厚嘴唇以及毛发稀疏的现实。看到茜怔怔地看着自己，西装男以为自己脸上粘了饭粒，于是伸开五指抹了一把。确信没有问题后，西装男正色道：女士，请帮我拿一盒口香糖。茜越发痴迷，这充满磁性的嗓音真是太好听了，声音不大不小，浑厚中透着一股明朗，又有着强烈的共鸣音，落在耳朵里，有一种珠玉落盘的感觉。关键是他的普通话那么标准，每个字都咬得清楚，字正腔圆，俨然就是《新闻联播》播音员的发音。茜足足愣了三秒才反应过来，于是一顿手忙脚乱。这下，换了西装男用好奇的目光打量茜，直到她耳根红了为止。

看着西装男拎着袋子远去的背影，茜才反应过来，旁边那个穿红色运动衫的小女孩，大概是他的女儿吧。那小女孩真幸运，每天都可以听到如此美妙动听的声音，茜暗自思忖，原来一个人的声音竟可以如此吸引人，似乎比一个人的长相还重要。那个西装男其实长相一般，就是因为他好听的声音，茜才觉得他长得很帅。那天夜晚，茜第一次失眠，耳畔总是盘旋着那个令她陶醉的声音：女士，请帮我拿一盒口香糖。

第二天，第三天，那以后的每一天，无论白天还是夜晚，茜总是情不自禁地去想那个声音：女士，请帮我拿一盒口香糖。工作时，吃饭时，走路时，睡觉时，茜无时无刻不去想，回忆以一种倒带的方式反复进行，没有暂停，没有终止。长这么大，她从未对任何一件事情如此痴迷热衷过，以至于姐姐说她是冷血动物。

她不知道自己这是怎么了，好像无意间走进了一个陷阱，等到想抽身时，已经回不来了。

那段时间，茜每天都心绪不宁，一个时时刻刻盘绕在耳畔的声音，时而清晰时而虚幻，让她时而亢奋时而忧伤，一反她长久以来淡然平静的状态。起先是刻意地去回想，想不起来还有点着急；现在是刻意地要回避，却再也无法摆脱。女士！请帮我拿盒口香糖！……女士！请帮我拿盒口香糖！……女士！请帮我拿盒口香糖！……茜觉得自己快要发疯了，就像是被念了咒的猴子，现在，她急于要去掉脑门上的箍。西装男的长相，她早已想不起来，但那句话，那个销魂的声音宛若刻在了骨子里，令她寝食难安。

她暗自思忖：自己是不是爱上了这个陌生男人？又使劲摇头，坚决否定。怎么可能呢？因为，她的确并不想看到他的面目，只想再听听那声音。

为了不错过再次见到西装男、听到他声音的机会，茜请求经理不要让她休息，不换班也不休假。尽管那一段时间，她因为神思恍惚，工作频频失误，经理都想特批她先休息一阵，调整一下状态了。每天，茜收银的时候，都竭力竖起耳朵，用心听每一位顾客的声音。奇怪的是，西装男自那次以后，再也没有在超市出现过。终于，茜炽烈滚烫的希望化为了死灰般的失望，只不过在这灰烬的中心，尚有一丝还未燃灭的红芯，抓起来仍然烫手，这让她越发心急如焚，可是却毫无办法。

一天中午，茜正打算收拾下班的时候，和她同一班次的小梅用胳膊肘顶了顶她，又向她努努嘴。茜顺着小梅的目光看过去，只见宇站在超市的入口处，正定定地向她这边看呢。茜一下子愣住了，她吃惊地看着宇，好像第一次见到他一样。

她终于想起来了，他们已经有四个月没有见面了。宇看起来比之前更加瘦弱，原本苍白的脸色越发没有血色，整个人就像是被支撑起的蛇蜕一样，一阵风来，便会被吹散在地。宇看茜也瘦了一大圈，但是目光中却有一种奇异的焰火，仿佛随时都要燃烧起来。看到他时，却立即熄灭了。

茜走了过来，宇显得有些紧张。他俩一前一后出了超市的门。默默地走了一段，谁都没有先开口，都不知要说什么。宇突然开口了，他说，茜，我们去大玩家跳舞吧！茜愣了愣，又想了想，随即便答应了。

几分钟后，茜和宇便骑行到了大玩家，他俩一同走向跳舞机，点了一个二人齐舞的模式。

音乐开始了，只见两人同时伸出右手，在空中摁了一下，好像那里有一个巨大的按钮。这一摁，他们身上所有的开关似乎都被打开了。茜就像是一个被上了发条的机器娃娃，才开始，她便跳得有些疯狂。左手伸出，右手缩回，或者是两只手一起伸出。脚步不停地转换，东南西北四个按钮，每个按钮的颜色都不一样，跳舞机上闪亮哪种颜色，脚步就要踩在相应的按钮上，而二人合舞的高级模式，对速度的要求更高一级。他俩跳的速度太快了，仿佛眼前舞动着的是一团明灭难辨的幻影。

宇呢，似乎一开始，也已进入了酣畅淋漓的境界。宇也是奇瘦的身材，只不过宇的瘦，和茜不是一路。他是那种骨相不显的瘦，仿佛全身的骨头都被皮肉包裹住了，虽然不觉骨感，但是因为身量小，又是细胳膊细腿，所以整个人看起来娇瘦无比。宇的动作也迅捷至极，但伸出来的胳膊腿，看起来却宛如风吹弱柳，完全没有茜的力量感，可仍然那么好看，看似隐而不发，不显山不露水，实则蓄积着一股柔和的力量。就像一滴水滴进一碗水里，立马洇晕开来，形成一圈一圈的波纹。又像是擎着一支饱蘸墨汁的软笔，在一张素白的细绢上逶迤而下，顷刻间，便是一幅颇见韵致的水墨山水画。

两个人都跳得那样出色，风格不同，异彩纷呈。茜跳得硬朗骨感，宇跳得柔美潇洒；茜的一伸一缩，带着一股令人拍手称快的刚劲有力；而宇的一举一动，则饱含着一种不由得让人想要叫好的优美典雅；一个来自二次元的空间，一个来自一千年前的古典中国。更绝的是，茜今天正好穿了一件黑色的套头 T 恤，腿上是紧身的黑色破洞牛仔裤；宇则是一身素白，白色的牛仔裤，上面是一件长款的白色衬衫式风衣，连脚上的椰子鞋也是白色的款。一黑一白，一刚一柔，这种在古典文学中才会看到的画面，却在这强烈的机器时代、喧嚣纷扰的娱乐城再现了。

不知何时，娱乐城安静了下来，除了跳舞机上的音乐声，其他各种声音似乎都暂停了下来，所有电玩上的顾客都撤了下来，小孩子的胡喊乱叫也停歇了。在"大玩家"一进大门的地方，挤得严严实实的，围着一台不大的跳舞机。玩客们将炽烈的目光，投射在这两个"天外来客"身上，有好事者将真人秀与屏幕上那一对领舞的 3D 舞伴的舞姿，进行了比对，惊奇地发现，前者比后者不知要好出多少倍。二者之间的差异就在于，有无生命灵魂的参与，有无血肉之躯摇曳生姿的饱和度和质感。一个时期以来，这光怪陆离的城市从来都不缺乏眼球的刺激，但是像今天，像此时此刻，这种怪异至极而又唯美之至的舞蹈，还是让观者们一时视觉惊悚，沉浸其中。而跳舞机上的两个人，已经完全进入了另外一个世界，仿佛这世上的一切都已消失不见，只剩下他们，只剩下这小小的跳舞机和他们的舞蹈。

起先茜的兴致非常浓厚，跳了一支又一支，仿佛通过跳舞要把她最近沉重的心事甩落在地。但没过多久，茜便感觉没意思了，不想跳了。宇虽然兴致勃勃，看茜兴致不高了，也只好不跳了。宇邀茜到顶楼的天台上，茜没有拒绝。推开天台的门，一股强风刮过来，几乎把宇吹倒在地。两个人默默站了一会儿，宇说，我们复合吧。为什么？你不是已经有了新女友？茜很意外。我们分手了，宇突然显得极不耐烦，一脸嫌恶的表情，你不知道，她有多无趣，什么游戏都不会打，整天就知道逛街、买包包。我受够了。

说完这些后，一点预兆都没有，宇突然号啕大哭，身体颤抖不止，就像是风中的一茎细草。茜一点防备都没有，那哭声却像一把利器刺向她，一下子把她刺醒了。自从分手后，她几乎一次都没想起过他，但此刻，过去的一幕一幕却又清晰地浮现于眼前：他们在一起打游戏、跳舞，玩累了，他便枕着她的胳膊睡觉。她和他都不怎么喜欢爱爱，也就那么几次，都是在情绪特别好的时候。那时，他趴在她身上，像一只蜥蜴伏在一只青蛙身上。他苍白的脸泛起了微微的红晕，呼吸变得急促了……之后，他俩仰面躺着，蜥蜴和青蛙翻了个身，雪白的肚皮有些晃眼。阳光透过玻璃窗照射进来，有细细的风吹进来。

宇用殷切的目光注视着茜，茜突然感到十分厌倦。对不起，我已经不打游戏了，我戒掉了。说完，茜扬长而去。

和宇彻底分手后，茜想见到西装男的愿望一天比一天强烈。她决定不再守株待兔，她要主动去寻找他。找见他，不为别的，只是想听听他的声音，哪怕就一句也好。于是，下班后的每一个日暮黄昏，人们总能看到一个女孩，骑着一辆山地车，穿梭在城市的大街小巷。茜骑得很慢，不时回头张望着，就像一个迷失了方向的孩子。

一天晚上八点左右，茜已经在城市里转了两个多小时了，有点饿，也有点累，便停车走进一家面馆。还没有坐定，就被一个声音击中了。茜的心脏立刻狂跳不止，她迅速转过身，看到电视上正在播报新闻，而播音员正是西装男。茜有点不敢相信自己的眼睛，走近去看，没错！果然是西装男。茜激动得就要昏厥了，她扶住桌子站稳，心脏似乎就要从胸腔里跳出来了。原来，西装男是本省新闻频道的首席播音员，只是因为茜从不看新闻，所以根本不知道西装男的身份。真是得来全不费工夫，茜几乎忘记了吃饭，拿起手机，迫不及待地从网上搜寻着有关西装男的一切。

从此以后，看新闻便成了茜的新爱好。只要是西装男播报的，无论是午间还是晚间，过去还是现在，茜无不在网上找齐了，一遍遍观看聆听。茜已经完全沉溺于西装男的声域里，就像溺水的人已沉入水底。而四周，是一片人迹皆无的沉寂。她一动不动，顾自欣赏，这沉寂于她，却又夹杂着巨大的躁动。

这样过了一个月，茜对西装男的声音已非常熟悉。即便是混杂在许多与其相似的声音中，茜确定自己都能准确无误地听出来。越是熟悉，茜越是深深迷恋。那开阔而略带低沉的声线、清晰又准确的发音、抑扬顿挫的腔调，真是一副完美的嗓子啊。这嗓子每吐一个字都自带共鸣音，这种共鸣音又因为音色美妙而充满高尚的魅惑力。总之，这是茜长这么大听到的最好听的声音。一天午夜，茜在睡前反复听完当天的晚间新闻后，突然产生了一种强烈的冲动，她要当面听听这个声音。一定要！

第二天，茜请了假，然后坐大巴到了省城。按照手机百度地图指示的方位，茜很容易就找到了省电视台。那是一座现代恢宏的建筑。也许是被这座高大的建筑物吓住了，茜并没有通过门卫去找一名叫做徐远帆的播音员，她选择坐在电视台对面的凉亭里等待。她要等他从里面出来，然后迎上去，和他说句话，她要与他面对面，亲耳聆听每一个字从他口里吐出来。

她就那样坐着，一动不动，从早晨一直到傍晚。大楼里人来人往，她死死盯住电视台的大门，连眼睛都不敢眨一下，生怕一不小心，西装男便从她的眼皮下消失了。她等啊等啊，直到华灯初上，才看见一个似曾相识的影子从那扇大门里缓缓踱出。她愣了几秒，突然一跃而起，向那个背影走去。她悄悄尾随着，多少次想要从后面蹿上去，和他说句话，但都没有付诸行动。她跟在他的后面，默默打量他，看着他的背影，第一次如此近距离地观察他。她发现，自己其实并没有想象中的那样激动。他个头不算高，走路有些外八字；头发看起来比上次还要稀疏些，傍晚的微风拂过，就像是枯坟上的荒草在轻轻摆动。她心里漾起了一种莫可名状的滋味。

穿过几条街巷，西装男走向一处面街的住宅小区。茜尾随着他，上到二楼，西装男敲门进了屋。茜不知道该怎么办，她想离开，又有点不甘心。

在门外徘徊了大半个小时。茜终于举起手，在那扇朱红色的防盗门上轻轻敲了三下。想了想，又三下，这次是重重的。门开了，西装男的脸赫然出现在茜的眼前，就像电影里的特写镜头。面对着茜，特写镜头又转换成一个大大的问号。看着西装男一脸吃惊的样子，茜一时竟有些语塞。心里演练了无数次的那句话：你好！我是社区志愿者，您家有没有需要服务的？却怎么都说不出口。

西装男脸上吃惊的神色越来越浓重。茜却怎么都开不了口，她似乎突然失去了语言功能，只是定定地看着他。这时，一个脸部浮肿的黄脸女人走了过来，她脸上的好奇与错愕比西装男还要浓重。茜似乎一下子惊醒了，于是拔腿就逃。身后是一声"嘭"的巨响，门被重重地关上了。这场景对于茜来说，似乎有几分熟悉，仿佛在不久前才发生过，但她却怎么都想不起来。紧接着是一声声近乎咆哮似的追问，她是谁？你认识她吗？什么时候认识的？那尖厉的声音穿过茜的耳膜，直达她的头皮，她感觉头皮一阵发麻。神经病！一声低低的怒吼。你骂谁？尖厉的声音更加尖厉。骂你们，神经病！你们都是神经病。

茜终于再次听到了那个声音。不过却是如此简短的三个字：神经病。听到这三个字，茜更加拼命地逃跑，简直是落荒而逃……

　　一年后，茜结婚了。又一年，她生了个大胖儿子。茜的老公是给超市送牛奶的牛奶公司的职员，比她大五岁，整天笑眯眯的。茜也说不上自己爱不爱他，但他对她却非常好。或许是不花钱的牛奶喝得多了，抑或是生了小孩的缘故，茜整个胖了一圈，之前的那种瘦骨嶙峋的怪模样，在她身上再也看不到了；脸因为大了一圈，五官似乎也长开了，乍一看，简直就是一个明眸皓齿的美丽少妇。

　　现在，茜也积了一肚子的妈妈经，经常和三姑六婆聚聚，说说家长里短。偶尔，她要么一个人，要么抱着孩子，去万达逛逛。路过大玩家时，她再也没有进去过，甚至连看也不看一眼。

雪

一

雪是在天快亮的时候下起来的。起初只是一星半点，就像长着亮白翅膀的蝇子在天上飞。偶尔落到鼻尖，一点微凉的感觉透过皮肤，直抵心底。雪势始终不大，最绵密的时候，那雪花也不过是樱花般大小，到了中午，地上也只是积了薄薄一层新雪。

大概因为是今年的第一场雪吧，所以才下得如此娇羞、含蓄。凤鸣的粉白脸在雪的映衬下，更显娇艳动人。那件红色毛呢外套，去年穿上还宽宽松松，今年却明显紧了，真担心凤鸣身上那些蹦跳的肉肉，一不小心，会从衣服的缝隙里迸出来。

双胞胎瞪着黑黝黝的眼珠子，像两个玩偶一样一动不动，或许是在聆听婴儿车擦着雪地发出的吱扭吱扭声，或许是被半空中轻轻飘洒的雪花吸引；这两样，对这两个小人儿来说，都是人生第一次遭逢，那乐得咯咯笑的样子，让凤鸣觉得好可爱。

凤鸣终于没忍住，绕到婴儿车前面，在两个小家伙肉嘟嘟的小脸上，各亲了一口，脸上便一直挂着这抹满足的微笑，继续前进。身后留下两道浅浅的车辙，就像是新开辟出来的两条道路。

刚到小学门口不久，放学的铃声就响了。每天几乎都是这个点，不早不迟。一群孩子欢蹦乱跳地从大门里跑出来，其中一个男孩儿，冲在最前面，以最快的速度奔到婴儿车跟前，一把从凤鸣手里夺过车把，原地打着圈圈推动车子，碾动地上的雪末，溅起老高；双胞胎激动地"嗷呜嗷呜"叫着。过了一会儿，一个小小矮矮的身影，从校门口出现了，低着头，一副孤孤单单的样子。凤鸣看着那小人儿，慢慢蹚向这里，便笑盈盈地迎上去。

男孩儿被训了几句，终于不再搞怪，推着婴儿车稳步向前；女孩儿低头默默走路。凤鸣从女孩儿的肩头卸下书包，背在自己身上，又拉起女孩儿的手团在自己手心。凤鸣感觉到，女孩儿的手心又热又潮。女孩儿被凤鸣牵着手，犹犹豫豫地走着，然而这次，她终究是没有从凤鸣的大手里挣脱自己的小手。

二

回到家里，凤鸣便手脚不停地开始忙碌。四个孩子的生活起居，总有干不完的家务。桦哥的视频电话打来了，每天都是这个点。

视频里，桦哥穿着白色的厨师服，戴着白色的厨师帽，身前身后都是白雪，只有那张脸是油黑油黑的。凤鸣知道桦哥的不易：端着炒瓢，抢着铁勺，煎炸烹煮，在灶头边一站就是一早晨。只有在饭点之后，客人稀少的时候，才能出来到后厨的院落里吸口新鲜空气，放松放松。

先是孩子们和爸爸视频。女孩儿这个时候显得活泼了些，给爸爸看她今天得到的小红花；双胞胎很激动，还没有轮到他们，便着急地对着镜头叽里呱啦……桦哥脸上的笑意更浓了。凤鸣和桦哥聊着家常，让他放心，家里一切都好，他只要好好上班。

有一句话，一直挂在凤鸣嘴边，就像一个想要破土而出的芽，酝酿了好久，却苦于等不到合适的温度和湿度。

"桦哥！"凤鸣说。

"啊！"桦哥说。

"凤鸣，跟你说啊，今早我正式接手面点这一块儿，竟然很顺手。"桦哥面露得意地说。

"那你就更辛苦了！你得注意身体！"

凤鸣担心桦哥吃不消。一个人干两个人的活，钱是多挣了一份，但是身体恐怕承受不了。

"没事！我身体挺棒的，"桦哥笑着说，视频里的那张脸，看起来那样温柔，凤鸣心里暖得想流泪，"你也照顾好自己和孩子们！"

……

话题就这样又被岔开了。那句话，凤鸣始终没有说出口。

三

天光未启，凤鸣便出门了。她努力挺起后背，让自己看起来和之前一样。一个月了，凤鸣总算调整好了自己的情绪。没有刘亚军，自己也能把日子过好，甚至比之前还要好。一个月前，当刘亚军的尸体被抬进家门时，凤鸣说不出自己的心情是悲痛还是喜悦。

刘亚军死了。这个头天晚上还抡着铁硬的大巴掌，狂扇凤鸣耳光的"英雄"，竟然死了？看着躺在地上那被摔得残破的肢体、那浮肿蜡黄的面庞，凤鸣的第一反应是，终于解脱了。嫁给刘亚军的这五年，凤鸣挨打的次数，比她吃肉的次数还要多。隔三岔五，刘亚军不在凤鸣身上挂点彩，就会觉得手痒痒。凤鸣真想在那死鬼身上也抡几拳、踢几脚，但猛然间，她才真正意识到，刘亚军死了。也就是因为这个意念，凤鸣心里的快意变成了悲伤——一个大活人，说没就没了！

凤鸣在床上心情复杂地躺了一个月。最终搞明白了一件事，以后的日子，无论好坏，她都得一个人扛。她得独自为儿子撑起一片天。

在辽阔、空寂的大棚里侍弄蔬菜，凤鸣的耳畔，偶尔会传来一声粗暴的呵斥，下意识地一激灵，额头会渗出一层细密的汗。但是这种幻觉，随着时间的流逝，出现得越来越少，直至无影无踪。凤鸣已经习惯了一个人种菜、做家务、带孩子的日子。凤鸣不光要种菜，过去属于刘亚军的任务，她也要独自完成。

刘亚军的那辆四轮运输车，也和他的人一样，被摔得支离破碎，凤鸣只得重新买一辆。凤鸣和城郊所有的菜农一样，天不亮就起床，开着新崭崭的四轮车，去城里的饭店送菜。

送了一段时间。有一天，凤鸣把最后一筐菜抱进后厨，摆放好，发动四轮准备返回时，那厨师却变魔术似的从身后拎出一袋东西，敏捷地套在凤鸣的手腕上。天麻麻黑，凤鸣看不清是何物，却本能地拒绝；她想反手再塞还给对方，可厨师一闪身，躲进了门里。

是四个一次性饭盒。一盒酱香凤爪、一盒凉拌牛肉、两盒热菜，全部摆在凤鸣家的餐桌上时，那热菜还有温度。凤鸣边咀嚼边陷入了思索。这厨师叫王桦，听说他女人跟别人跑了，丢下一个三四岁的小女孩……送菜虽然有一段时间了，凤鸣却从未打量过王桦，偶尔不经意地一瞥，看到的也只是一张紧锁着眉的冷脸。凤鸣想不明白，王桦为何给她送菜；不是她想不明白，是她不敢往某些方面想。算了，明天见了面，大不了把菜钱给他。

一百元钱在俩人手上被推来推去，指尖的偶尔触碰，一边是滚烫，一边是冰凉。凤鸣心里坚持着，手却不敢再往前伸，只好说下不为例，红着脸把钱收了起来。

那以后，王桦果然没有再给凤鸣偷塞东西。只是，每当凤鸣送菜的时候，在饭店后厨的院子里，总有一盏明亮的门灯守候着她；随着四轮车熄火的声音响起，也总有一个身影迅速闪出，手脚麻利地卸菜、码菜。

空闲的时候，凤鸣脑子里也会想事，她不是个麻木的人。她思来想去都觉得不成。刘亚军给她留下的阴影太重。在头一段婚姻里，她的心就死了。她再也不可能接受任何男人。

四

那个雪天，凤鸣仍然如往常一样早起送菜，她的四轮也如往常一样"突突"地行进着。在乡道换县道的岔路口，凤鸣出事了。因为天黑路滑，四轮拐进了路边的沟里；凤鸣被一股巨大的惯性，甩到了沟底。白菜从倾斜的车身中奔涌而出，落在凤鸣身上，将凤鸣压了个严严实实。

时间一分一秒地溜走，凤鸣浑身的疼痛越来越明显，却无力从那个梦魇似的泥坑中爬起。西天挂着一弯磨白的月亮，将一点浅浅淡淡的光芒洒向人间。趴伏在冰冷的坑底，身上是五指山似的白菜堆，凤鸣再一次感觉到命运对她的恶意：刘亚军就是在这个岔道口出的事。有一刻，她似乎闻到了死鬼身上重浊的酒臭味。同样的时间，同样的地点，命运总是捉弄人。

就在凤鸣的意识快要陷入迷离时，有一束光照射在了她的头上，是王桦骑着摩托车来了，车灯映着白雪，比天上的星星还要明亮。凤鸣得救了。

凤鸣养伤的那段时间，王桦几乎天天都去看她，变着花样给她做吃喝。凤鸣感激不尽，可心里的负担却一天比一天沉重。她知道王桦迟早会说出那句话。她怕他说出那句话。她不想伤他的心。起初，她只是从自己的立场考虑：男人没有一个靠得住的，靠男人不如靠自己；头婚都过得昏天黑地，更何况二婚……这辈子，她就守着儿子过了。但是现在，她更多的是从王桦的角度考虑：他凭什么帮她养儿子，这会给他增添很大的负担；她比他大两岁，他应该找个更好的……

那天，凤鸣终于下定了决心。她置办了一桌酒菜。王桦喝了几杯，情绪很好。凤鸣想说的话，还没来得及开口说，王桦却从上衣的口袋里掏出一枚戒指。看得出来，他想要给凤鸣戴上，却无从下手，脸红扑扑的，手脚有些慌乱，嘴里低低地吐出一句："凤鸣，要不……咱俩搭伙过吧……"凤鸣心里更难过了。但几乎就是在那一刻，她的心意也更加明确，她不能拖累他！

王桦出门的时候，神色是那样黯然，身体轻飘飘的，像一道影子一样，消失在了凤鸣家门口的小巷中。凤鸣目送着他远去。一直噙在眼里的泪，在王桦的背影消失时，终于落了下来。

凤鸣说到做到。她不想让王桦对自己再抱有一丝幻想。她换到城南的一家饭店去送菜。日子在煎熬中，慢慢过去。

那天，凤鸣在大棚里铲韭菜。当她再一次抬头时，看到碧绿的韭菜畦的尽头，立着一个熟悉的身影。两个月没见，王桦消瘦了许多。他脸色苍白，看上去憔悴忧伤；他定定地盯着棚顶的一角，眼神空洞迷茫。当他的目光终于和凤鸣的对上时，凤鸣从他的眼里，看到了太多的欲言又止。

凤鸣再也无法控制自己。这两个月，她也是吃不下、睡不着……

五.

王桦是在凤鸣送了大半个月的菜后，才注意她的。自从一年前，老婆跟一个有钱人跑了后，王桦就再也没拿正眼瞧过女人。女人都他妈的是一丘之貉！没一个好东西！王桦终日郁郁，愤怒与屈辱像两股绞绳一样捆住了他的心。他躲在后厨的灶台间，独自咀嚼着痛苦，只有吃饭的时候，才在桌面上出现一下；也正是在那次吃饭的时候，他的耳朵里飘进了几句服务员和伙计们嚼舌根的话：那送菜的女人是个寡妇，丈夫就是之前送菜的那个醉鬼……婆家人让她走，娃娃给他们留下，但是她不走，说要一个人把娃娃养大……你们说她图啥？那醉鬼活着的时候，可没少请她吃鞭杆……

就是这句"但是她不走"，使王桦心里一怔。这世上竟有这样的女人？他的老婆，他可是像皇后娘娘一样供着的，可还是撇下他和女儿，说走就走了。

出于好奇，第二天，他借着灯光，远远地打量了她一眼。她看起来那样普通，放在人堆里不打眼的那种。他没有看她第二眼，就继续忙自己的事去了。然而随着送菜的日子越来越多，他就是不想把目光投注到她身上，也有很多次不经意的一瞥。她梳着一个低马尾，像一把水草一样垂挂在脑袋后面，一根乱发都没有，真不知道她每天凌晨四点就出门送菜，又是几点起来梳头发的？见多了种菜婆姨们的邋遢，她的这条光洁的马尾辫，给他留下了深刻的印象；她看起来那样瘦弱，露出的手腕真像麻秆，可抱起那百十斤的菜筐时，却显得非常有力；她从他身边经过时，他会闻到一股好闻的皂香味，是从她那身洗得发白的衣服上散发出来的……

他也说不上，是从什么时候，开始偷偷地观察她。他发现她那寡黄的鹅蛋脸上没有一丝表情，不忧不喜，十分安静，偶尔灯光照在上面，会反射出一层恬淡的光。他很吃惊，同样都是遭了难，她恬静得就像一尊佛；而他的面相却早就变了，他知道变得凶狠了。偶尔，他揽镜自照，发现自己的眉毛和嘴角都是往上走的。

他开始期盼着她来送菜。只要听到四轮车"突突突"的声音，他的心也"突突突"地狂跳起来。他殷勤地帮她卸菜、搬菜，恨不得所有的菜筐都由他来抱。也就是在抱起那些沉重的菜筐时，他才觉察出一件事，他已经许久没有痛苦的感觉了；相反，在等待她送菜的时刻，心里会被一种说不出的甜蜜裹挟着。

他越来越渴望见到她，以至于徒弟阿龙假满返工时，他也不放手这本不属于他这大师傅的活计。但是更多的时候，他都努力克制自己。他希望用强大的理智，压制住那眼看就要喷涌而出的感情。他无法相信，自己竟会变成这样。几个月前，他还那样恨女人，对整个世界都心灰意冷。他用拳头捶打自己的脑袋，一遍一遍告诉自己：王桦，切莫再上女人的当！

可越是这样，他越是想见到她。

他鼓足勇气，试图接近她。他想了几天，除了帮她搬菜，他最擅长的就是做菜了。结果却被她拒绝了。他难过了一整天，暗暗发誓，再也不见她的面，再也不和任何女人有瓜葛。可是第二天，到了送菜的那个点时，他又不由自主地来给她开门、卸菜。他能感觉到，他越是对她殷勤，她对他越是客气冷淡。他在心里无数遍地告诫自己：王桦啊，不要做没出息的事！他也无数遍地发誓，绝不再见她的面。可是到了那个点，他还是没管住自己。

他像是被下了蛊，他自己都觉得不可思议，自己都不认识自己了。他不是没有爱过女人，娃都生了一个了。可是，这次……

她出车祸那次，看到她躺在沟里的惨状，他的心都要碎了。得知她没有大碍时，他又暗自庆幸，他要好好照顾她，让她看到他的真心。然而没有想到，她好了以后竟给他说那样的话，她不喜欢他，希望以后各走各的。

他不知道他是怎么从她家里走出去的。他终究拢不住一颗女人的心。他的心痛得已经麻木，仿佛已经无知无觉了。两个月以来，他像个鬼影一样飘荡在小城里的大街小巷。偶尔，剥离的意识暂且回附，会有一种锥心的感觉。那天，他无知无觉地走着，不知道是怎么走到她的大棚里的。幸而，她从菜畦的那头，向他迎来。

……

六

这些话，都是婚后闲聊时，王桦一点一点说给凤鸣的。凤鸣微笑着听，偶尔会走过去揪揪王桦的耳朵，以示安慰。

现在，凤鸣也和大家一样，改口称呼王桦为"桦哥"。

有时候，她会突然产生一种感觉，觉得这一切不是真的。这世道，这样的事，竟然会发生在自己身上？这样想时，她会掐掐自己的脸，或者把双胞胎抱进怀里亲亲。

雪下大了，纷纷扬扬的，到了傍晚，地上已经铺了一层厚厚的雪被。婴儿车的车轮在路上再也碾不出一点车辙，吱扭吱扭的声音变成了咕唔咕唔。凤鸣已经接上了儿子和女儿。一天往返四趟，这条路是那样短促又漫长。

进了小区，到了自家的楼下，天上一轮皎洁的圆月和二楼东户橘黄的灯光辉映着，雪地上仿佛也笼上了一层温馨。儿子喊着，妈妈咱家的灯是亮的。凤鸣也很诧异，自己走时明明没有开灯。楼道里飘散着一股饭菜的香味，孩子们急急地跑上去开门，嘴里喊着，爸爸回来了。

饭桌上被摆得满满当当，香气四溢，中间还有一个蛋糕。孩子们高兴坏了。

"还不到日子，你怎么就回来了？"

"今天是你的生日，我说啥都得回来。"

凤鸣笑着过去，搂搂桦哥的肩膀，这家伙反手把凤鸣整个搂进怀里。孩子们都笑了。凤鸣红着脸挣脱了，这家伙，当着孩子们的面。

凤鸣扫视了一圈，没有发现什么。心里有一点点失落，但更多的是放心。这样也好！凤鸣心里默念着。

忙完了厨房里的事，桦哥去了趟卧室。出来的时候，手里多了一个时装袋。凤鸣打开袋子，里面是一件白毛衣。就是上次和桦哥转商场时试过的那件。那天给双胞胎买完奶粉后，桦哥提议到三楼的时装区转转，凤鸣不想去，那儿的衣服太贵。她的衣服，多是在西街的批发市场买。桦哥说转转怕啥，凤鸣一想也是。在楼梯口的那家店里，凤鸣一眼就被这件毛衣吸引了，那雪白的颜色、毛茸茸的质地，就像是用雪花织成的。导购小姐怂恿凤鸣试试，凤鸣还真大着胆子试了。

穿衣镜里的女人是自己吗？凤鸣一时有些恍惚。原来自己也可以这么好看。但是，凤鸣最终没有买下那件白毛衣。太贵了，打折下来都要三百多。为此，桦哥面红耳赤地几乎要和凤鸣吵起来。可他也没办法，家里的钱都是凤鸣掌管。

一个星期前，桦哥打电话说，凤鸣的生日快到了，问她要什么礼物。凤鸣说她什么都不要，她啥都有；再说，多大的人了，还过个什么生日呀。的确，从小到大，凤鸣几乎没有过过生日。桦哥说，要不在某多多上给你买件衣服？凤鸣连忙摆手，不要不要！桦哥以为凤鸣又舍不得，只说了一句你别管了，就挂断了视频。

凤鸣没敢告诉桦哥，她怕他难为情。某多多上的衣服已经不适合她现在的体形了，穿起来拘谨又别扭。去年生日、上次三八节，桦哥给凤鸣买的，都没怎么穿过。

这一个星期，凤鸣几次想说，但都张不了口。下午的时候，她转念一想，这样也好，如果买别的礼物，又得花费一笔；刚才进门，她没有看到礼物，心里稍稍有些失落，但转念一想，这样也好，又省下了一笔。她是什么都想到了，就是没有想到这件白毛衣。

"这么贵，你哪来的钱？"

"这你就不用管了，你只管穿衣服。"

桦哥嬉皮笑脸的样子，让凤鸣心里的罪恶感稍稍缓解了一些。这么贵的衣服，她真的敢穿吗？

"赶快试试！"桦哥催着。

凤鸣脱掉那件起满球的毛呢外套，小心翼翼地换上了白毛衣。客厅窗玻璃外是被白雪覆盖的世界，大地仿佛穿上了一件洁白的毛衣；窗玻璃上倒映着凤鸣的身影，倒像是穿上了一件晶莹剔透的雪衣。凤鸣滚烫的热泪，顺着脸颊流下来，滴落在毛衣的丝线上，仿佛盛开着的两朵凌霄花。

儿子大喊着，妈妈，你像冰雪女王。女儿拿着一对发卡走向凤鸣，凤鸣蹲下身子，让女儿帮她戴上。那是一对红色的发卡，被女儿珍藏在收纳盒里。凤鸣知道，那是女儿原本打算送给自己妈妈的……

窗外，被白雪覆盖的世界，暂得少有的静谧与安宁；窗里，一家人吹灭生日蜡烛，默默祈愿，永远幸福快乐！

银凤凰

一

银凤的耳畔依稀传来了脚步声，是娘的，厚实而沉重。在睡梦中，宛如不远处馒头似的矮土山，奔涌而来，连绵不绝。娘每天总是天不亮就起床，今天更早。伴随着"吱嘎"一声门板碾动门墩的声音，一串轻捷而矫健的脚步声，跟在沉重的脚步声之后，是爹的。紧接着，是一阵杂沓的脚步声，昨晚留驻的姑舅至亲们也起来了。姐姐金凤已穿好衣服下炕了。银凤闭着一双瞌睡眼，摸索着穿衣，等她再次睁开眼睛时，之前弥漫的黑消失不见了，天光透过窗帘缝照进来，屋子里笼上了一层青白的光，薄薄的，浮冰一样。

今天，是李家大喜的日子。

一嫁一娶，一出一进，这样隆重的喜事，在留水村这偏远的山区村庄，不是没有过，可毕竟罕见，也不是谁家都有年龄差距不大的适婚兄妹。如果有，一般都是换亲，也是因为男方家里太穷，不得已才把自家的姐妹嫁给女方的兄弟，以赚来那笔数目庞大的彩礼钱。至于两家的女孩子嫁得好不好，那就要看其造化了，一般情况下，自然是不好的多。

因为贫穷是个坑，女孩子们纵有万般无奈，为了自家的兄弟不打光棍，也只能闭着眼睛往里跳了。

李金凤却不一样，她嫁的人是镇上开榨油坊的王格全。王格全虽是麻脸，但是有钱。有钱就有资本。在留水村人看来，能把本村最俊的姑娘娶走，这麻脸不光是有资本，更是有手段。王格全当然也付出了相当的代价，要不李家的长子李金水怎能够阔阔绰绰地迎娶上游望水村丁学良家的二女子。听说那女子长相也不赖。

太阳升起来了，一寸一寸，高过两个山头，将一缕缕金穗子似的光芒洒落下来，那金穗子上仿佛裹着一层细密的麦芒，落到人间时，空气里便带上了超乎季节的温度，热辣辣的。李家的院落里也越来越热闹，乡邻们纷纷前来庆贺，不多时，整个院子变得热闹非凡。一早晨，银凤忙得像个兵，是个人人都能使唤一把的小勤务兵。这边，娘才叫唤着她去库房里再拿几包待客的干果出来；那边，爹又让她去门外看看主持婚礼仪式的二舅爷来了没；厨房里也在喊，这个食材在哪儿，那个调料在哪儿。"——银凤——李银凤——"一声高过一声。仿佛她才是这家里的主事人。实际上，银凤心里清楚，只有她是最好使唤的。她像一只被鞭子抽打的陀螺，在这喜气洋溢的院子里转来转去。饶是这样，她还不忘忙里偷闲，到她和姐姐住的西厢房转上一圈。现在，这间屋充当了临时的化妆间，除了姐姐和化妆师，地上挤满了妇女和娃娃们，全都是来看新娘子的。

和旁人不一样，银凤更多的是把目光投注到那个染着金黄色头发、涂着猩红色指甲油的化妆师身上，她眼睛一眨不眨地盯着化妆师，一个细节都没有错过地看她一双巧手上下翻飞，在姐姐金凤头上脸上精雕细琢。化妆师的脸抹得面粉一样白，眼睫毛支棱在上下眼睑上，让银凤想到了自家的扫炕笤帚，那排整整齐齐的鬃毛也是这样直愣愣硬撅撅地栽在木头柄上的；衣服也穿得与山里的女子大不一样，上下都又紧又窄，包得严严实实，却把那山里女子最怕露出的部位露出一半来，白花花地在胸前跳跃着。

银凤一边看着化妆师给姐姐金凤化妆，一边暗暗在心里把她和姐姐做比较，她想象着姐姐要是穿上化妆师的衣服会怎样。想来想去都觉得不合适。姐姐虽说是留水村公认的第一美女，但因为长年劳作，身体曲线已经不是很分明了，比起化妆师又苗条又丰满的样子，姐姐的身材稍显平板，尤其是胯骨，宽而尖峭，穿上那样的紧身衣，一定会像斜出的山峰一样扎眼突兀，不会好看。银凤又想象自己穿上这样一身衣服的模样，脑子里的形象还没有浮现出来，心情却是又羞涩又沮丧。银凤是村人口中的丑女子，是常常拿来和姐姐金凤做比较的。比较的结果是，人人都认为，她给姐姐提鞋都不配。这样想着，银凤对化妆师的那身装束突然充满了仇恨。

金凤在化妆师的手下一点一点变了样，当最后一道工序结束后，银凤感觉这间光线暗淡的土坯小屋突然亮堂了起来，一个光艳明丽的新娘子就像仙女下凡一样，出现在了众人眼前。大家都痴痴地盯着金凤看，银凤也痴痴的。她没想到，化完妆的姐姐比平时还要好看。也是突然地，银凤不向往化妆师的装束了，她时髦归时髦，但哪里有姐姐好看。银凤也想像姐姐一样，穿上这样一身红色的衣裙，做一个美丽的新娘，最好还能嫁给刘海哥。

让银凤惶惑的是，姐姐竟然最终没有选择嫁给刘海哥，他俩纠缠在一起不是一天两天了，姐姐竟然说放手就放手了。自从姐姐和那麻子订婚后，刘海哥就再也没有在她家门前的巷道里转悠过。偶尔，在村子里碰上，银凤都会既心疼又难过，她为刘海哥惋惜，感觉刘海哥的样貌变得恓惶了，没有往日那般攒劲了，在村巷里远去的背影看上去孤单又落寞。

银凤不是没有问过金凤——"你凭啥甩了刘海哥？"这句质问的话出口的时候，银凤尽量让自己的语气显得强硬些，好让姐姐意识到她的做法有多离谱。金凤先是用诧异的眼神看了银凤一眼，紧接着便"扑哧"笑出了声，她在银凤头上挠了一把，用嗔怪的语气说道："臭丫头，你懂什么？"银凤是不懂，她发现小时候有许多事情她的确是不懂，随着年龄的增长，有许多事情她依然不懂，并且不懂的越来越多，简直让她眼花缭乱。

"银凤——李银凤——"又有人高喊她的名字，银凤立即循声而去，靠院墙的那一桌新添了一个客人，因为缺少座椅与餐具而唤她。银凤穿梭在席面间，一桌一桌的人，一声一声的扯皮高谈，夹杂着一些闲言碎语，似是私密话，但还是有一搭没一搭地传到了她的耳朵里。

"牛彩英这煭女人还真是能干，不声不响地就把事情办成了……"人堆里传出一个男低音。银凤不知道是该高兴还是该生气，还没等她完全揣摩明白这话里的意思，人堆里又传出一缕尖细的声音，语调酸溜溜的："自然是煭子心眼多，把大女儿养得跟公主一样，不就是为了换个好价钱。"这个被李银凤称做婶子的妇女，其实是压低了声音在耳语，但因为平时高喉咙大嗓门惯了，就算自己感觉是在说悄悄话，但分贝也不小。"怎么？嫉妒了？要怨就怨你们没本事，没嫁给像李生志那样的俊男人，要不然，你们也会生出像李金凤那样的俊丫头，说不定卖的价钱更高呢。"银凤听出那是大队会计杨学文的声音，软绵绵的，带着一股笑意。人群里爆发出一阵哄笑声。尖细的声音也呱呱笑着，边笑边辩解："我们是癞蛤蟆吃不了天鹅肉，没办法生出漂亮妞。她不是还有个二丫头吗，料想那个三寸钉也养不成个花枝枝。到时候，恐怕别说是卖个好价钱，不赔钱都不错了……"人们笑得更欢了。远处正一桌一桌劝客人吃喝的男女主人李生志和牛彩英，听到这边的爆笑声，也把头转过来，憨憨地笑着，那不明就里的欢喜是发自内心的。

宴席便在这样一场一场的欢笑中将气氛掀到了高潮。银凤却如芒在背，本就有着两朵红二团的两颊，此时显得更红，红得就像院子里苹果树下开得正红的鸡冠花。她知道他们口里的三寸钉指的是自己。她恨这一桌客人乱嚼舌根，更恨自己那带着一脸讨好的笑的爹娘，若是他们听清楚了这些人恶毒的言语，他们还能笑得出来？最恨的还是她的娘牛彩英，若不是自己的长相随了她，从小到大，也不会遭到这么多的明嘲暗讽。银凤不由得将目光往那个暗自不知埋怨了多少回的娘的身上扫去，今日的牛彩英脱掉了她素日里穿的那件已经分辨不出颜色的旧罩衫，换上了一件胭脂红的雪纺衫。鲜亮的色彩并未将她布满褐斑的暗沉面色衬得白净些，反而越显得那张脸污脏驳杂，长年累月被强烈的紫外线晒黑的皮肤，像是被浓烟熏过似的，轻易不可能改变颜色；而下身的黑色阔腿裤，除了将她磨盘似的大屁股稍稍包容了些外，却将她的五短身材显得更分明，腿短身子长，可不就是个三寸钉嘛！老三寸钉生下她这小三寸钉，一阵悲哀涌上心头，银凤不敢看不敢想了，她怕再过几年，她真的像别人口中说的那样，她和娘像是一个模具里刻出来的。

娶亲的队伍已经回来了，迎亲的队伍也进入李家的院落，气氛达到了顶点，简直是沸反盈天。院子里挤着里三层外三层的人，都想看看新媳妇新女婿的尊容。银凤也往前挤，她的新嫂子盖着红盖头，一时还看不到真面目；而新姐夫王格全，今天简直大变样，穿上新郎官服装的王格全，竟有了几分英俊气，那张洋溢着喜悦的面孔，更是显得容光焕发，脸上的那些麻坑仿佛也被喜气填平了，变得充盈平整。银凤跟着人流往村口的大槐树下走，她也想去送亲，那里停放着王格全雇来的迎亲的轿车。

在人群中，银凤似乎看到一个熟悉的背影，但是一眨眼的工夫，就消失不见了。银凤顾不上那么多，她抢着挤进一辆小轿车里。一早晨，她的心情起起伏伏，但她顾不了那么多了。她快十五岁了，虽说已是个半大的姑娘，但她身上着实还带着一些孩子气。现在，她只想着送亲、吃席。

二

西山脚下的这片玉米苗，已经长到银凤的小腿肚那么高了，远远望去，绿油油的一片。春分刚过，银凤便被娘催着，两人一起点了种，玉米苗长得快，刮一场春风，似乎就能将它薅长两寸。银凤跟着娘下地干活有一年了，种植、耕耘、收获，样样都少不了她。

起初，银凤也很抗拒，凭什么姐姐没出嫁前只干屋里的活，而她却屋里地里的都要干？她坐等着娘暴跳如雷地吼出那句"你能和你姐姐比？"，或者，如常挥着鸡毛掸子将她狂揍一顿，但这两样娘都没有做。娘只是无奈地摇摇头，自己背着背篓，拿着锄头向地里走去，厚实的背影佝偻着，看上去有几分凄楚和落寞。

近来，娘的心气儿的确没有以前那样旺盛了。爹照样是日日吃饱了饭出门闲逛，在镇子上一待就是一天，用二哥银宝的话说，爹对这个家的"鸡的屁"的贡献为零。银凤不是十分懂得"鸡的屁"的意思，她只念到小学毕业便死活不愿去上学，不像正在读初中的二哥学问高，但是隐隐之中，她似乎又明白这话的意思，心想不要说贡献了，爹不伸手问家里要钱都不错了。自从大哥娶亲后，爹拿出一副重担卸掉了的状态，玩兴比以前更浓了，一副轻松自在的样子，那感觉，好像他为这个家出了多大力似的。银凤很反感爹一天到晚穿得像个转亲戚的客人一样到处瞎逛，一件正事都不干。

但是，爹的问题在娘那里就不是问题。只要爹每天晚上还知道回家，回来后往灶头旁那么一站。让灶火的红焰火照着他那还保持着几分英俊的面庞，火花映着他那双有着细长眼缝的桃花眼，那一刻，那双眼就会显得碧波荡漾，若是那双眼冲娘看上一眼，娘辛苦一天的疲累似乎就会缓解一半；同时，灶火旁的石灰墙面上投映出爹的身影，颀长挺拔，皮影戏似的，那身影倘若微微躬下来，向正在案板旁侚着身子揉面的娘的身影旁靠近，并伸出一只灵巧的手，在娘肥硕的屁股上拍上一把，边拍边嬉皮笑脸地说："老婆子，今晚上吃啥？"这时候，娘的疲累简直要全部消失，娘的兴致一下子好起来，揉面的手变得轻巧，沉重的身体变得灵活，整个人的状态看起来轻松了许多。

然而最近，娘的意兴的确没有之前那么足，干活时的身手也没有以前轻快敏捷。娘是个最没有想法的人，娘唯一的想法就是下苦攒钱，给她的两个儿子盖房娶媳妇。娘最近表现得却有些沉重，从里到外都是。银凤不知道哪里出了问题，是爹回来得越来越晚的缘故，还是因为新嫂子。各种迹象都表明，新嫂子不是个善茬。

所以，没有等娘再叫第三遍，银凤便扛着锄，和娘一起下地干活了。她有些心疼娘，又有些害怕娘的沉默寡言。最主要的是，她对这个家的光景日月，天然有一种强烈的责任感。这一点，她也像极了娘。

在地里干活，最大的苦恼就是太阳光毒辣，不光把地上的植被晒得蔫头耷脑，还要把人体内的水分也抽干。银凤的办法是，身上背一个大水壶，时不时往嘴里灌水。最让她担忧的是，强烈的紫外线会把她的脸也晒成娘那样的棕褐色。银凤的皮肤底色比娘的要白些，她真怕天长日久地干农活，最后晒成一张唱京剧的大花脸。不过，自从从镇上的商店里买回来春燕介绍的那种高倍数的防晒霜后，银凤的忧虑似乎消减了一些。即使如此，她还是把自己从头到脚包得严严实实，不让紫外线直接照射到皮肤上。娘笑她像个阿拉伯人，阿拉伯人就阿拉伯人，只要不晒黑，再热再苦，她都不怕。

当然，在地里干活也不是全然没有好处。雨过天晴后的清新空气，山喜鹊在枝头的恣肆啁啾，庄稼长起来时充满视野的绿莹莹，这些都让银凤欢喜，这不比圪蹴在灶台旁灰三火四地煮饭强？干活的间歇，银凤总喜欢从田埂上的花丛中掐一串白色的蚕豆花，或是一朵粉色的打碗碗花，她喜欢闻这些花的香味，闻够了，便把它们插在草帽上做装饰；有时候，玩心上来了，她也会丢下锄头，到田垄里扑蚂蚱，那些黑背蚂蚱长着天线一样的触须，绿豆似的透明复眼，里外两层，层次分明而又浑然一体。在银凤眼里，蚂蚱的眼睛就像是一个小小的精密世界，透映着留水村的山川景物，万花筒一样瞬息万变。

中午歇晌的时候，在山脚下背阴的地方铺一块草席躺下来，简直会有一种幸福的感觉，耳畔掠过吹芦笛似的山风，劳累了一上午的筋骨顿时放松不少；傍晚，云霞聚集在眼前的西山头上，在银凤眼里滚滚翻腾，一会儿换一种颜色，换一种形状，当整个大地也被一种艳丽的玫瑰色笼罩时，银凤的心里会涌出一种说不出的感觉，她便撂了锄头，坐在地头，暮色笼上她的肩头，似披了赤金袈裟的小尼，银凤表现出少有的安静，脑子里空空的，心里也空空的。

在晚霞的尽头，一个小黑点缓缓移动，一步一步，近了近了。银凤的心跳加速，一缕金光从心里跃至眼前。那个扛着锄的人，终于立在了银凤面前，一笑，嘴巴能咧到耳根，那口炫目的白牙似乎也闪耀着金光。

　　银凤的脸顿时如怒放的山茶花，好在有炽烈的霞光掩映，她的声音却有些发干，带着一丝无法遮掩的激动："刘海哥，你回啊？"

　　坐在地头的高台上看晚霞，太阳眼看就要落入西山，只把一个如月牙似的金灿灿的边缘贴在山尖尖上。有一瞬，银凤有些恍惚，她感觉坐在刘海哥身边的不是自己，是姐姐金凤。她的脑海里浮现出多幅画面，都是过去的场景，是姐姐和刘海哥肩头挨肩头坐在一起的景象。银凤的心终于不再扑腾乱跳，她平静了些，心里涌上一种从未有过的感觉，轻飘飘甜丝丝的，这感觉使她的身体也轻盈，劳累了一天的疲乏荡然无存。她用余光观察坐在身边的人，那剪影似的人物，从侧面看，立体感更强，榫头似的直挺鼻梁，薄而线条感强的唇。当夕阳把最后的余晖慷慨地挥洒在这硬朗的西北汉子身上时，银凤觉得刘海哥身上有一种罕见的温柔与伤感。

　　银凤有些难过，歉疚感又一次涌上来。若是一年前姐姐嫁给刘海哥，今天怀抱大胖儿子的就是眼前之人；若是姐姐真嫁给了刘海哥，他们生的孩子该有多好看。可是姐姐偏偏选择了那麻脸，还和他生下了孩子，那孩子已经快满月了，银凤还一次都没有见过，她怀疑也是个小麻脸，但是娘打来电话说，孩子白白胖胖的，长相像姐姐。这一个月，娘常驻在姐姐家伺候月子，把家里地里的活都交给了银凤。姐姐越是过得滋润，银凤心底的歉疚就越浓重，这歉疚感使她心里酸酸软软的。

　　沉默的时间其实并不长，但是银凤已经习惯了刘海哥过去在姐姐面前有说有笑的样子，短暂的失语，使银凤有些不适应，她觉得刘海哥和她一样心里装着事，并且是一样的事，这就使银凤心里有一种同仇敌忾的感觉，她和刘海哥的关系因此而变得空前紧密。然而当那根被抽得没有一丝烟丝的烟蒂被捻灭时，过去的那个刘海哥又回来了。刘海哥的笑是那种一笑就笑到底的笑，牙花子全部露了出来，给人感觉无比地爽朗和开心。银凤的心又猛跳起来。但也正是刘海哥对她咧开嘴的这一笑，让银凤有些失落，她突然发现，她是误会了他，三个人中，没有放下的只有自己。果然，当刘海哥开口说话时，这种感觉更明显了。

刘海哥说："丫头，你这是要把自己往老农民的方向培养啊？"刘海哥比银凤大六岁，总是称呼她为"丫头"。潮红又泛上了银凤的脸，她嗫嚅着说："没办法，家里没有干活的人。"刘海哥又笑了，白牙在暮色中闪着光："银凤是个好姑娘，不像你姐姐那么……聪明！""聪明"这俩字，仿佛是刘海哥经过思考说出的，但一经出口，却无比笃定。银凤明白刘海哥的意思。姐姐的确是聪明，哪一方面都比她这笨丫头强。但她没想到的是，刘海哥会主动提及姐姐金凤，她悬着心极力地避讳，生怕一不小心触到对方的痛处。看来他们都真的放下了，只有自己还记挂着。银凤隐隐觉得哪里有些不对劲，但是她来不及思考。刘海哥的话题稠密起来，说得最多的是他下午窝在后山捉榛鸡的事儿。刘海哥讲得唾液横飞。有一瞬，银凤有些走神，原因是她注意到了刘海哥那双光洁的手，她又瞥了一眼自己虬枝一样黑硬的手指，脑子里突然蹿出了姐姐金凤临出嫁前对她说的话："我不是不想嫁给刘海，是不能嫁给他，嫁给他，我就会变成下一个娘。"——她似乎有些理解姐姐了。然而只是转瞬，她的整个的目光和头脑又被刘海哥的笑靥所吸引，心里充满着小小的快乐。她又有些理解娘了。她本是头脑简单的人，一会儿的工夫，脑子里却蹿出这么多的意念，一时无法消化，却也不想着去消化，她眼睛一眨不眨地盯着面前的人，沉浸在对方的演讲之中，害怕自己一闪神，快乐会迅速溜走。

春燕初中毕业了，没有考上县里的高中，待在家里无聊得慌，找银凤来玩的日子便多了起来。

春燕说："银凤，我们出去打工吧？"

银凤说："要打你去打，我不去！"

"为什么？"

"我怕！"

银凤的确害怕。外面的人坏，她学历低；再说，这村子里有多少打工的人出去又回来了，要不上工资是小事，搞不好命都没了。五保户杨柏树唯一的儿，就是因为出去打工丢了命。穷是穷了点，保命要紧。这是留水村人的一般思维，也是银凤的思维。

靠炕墙半躺着的春燕猛地跳起，像是突然被锥子攮了一下。她瞪圆眼睛质问银凤："怕什么？李银凤我知道你在想什么，那都是老脑筋，都 2005 年了，社会发生了很大的变化，不出去，你怎么知道这变化？"春燕就是这一惊一乍的性格。"变不变的，不关我的事，"银凤说，"你肚子里墨水喝得多，你应该睁开眼睛好好看看这世界。我只想种好我的一亩三分地。"春燕撇撇嘴，一副鄙夷的神情："难道你不想赚钱？不想帮着你二哥盖房娶媳妇？你甘心被他们高价卖出去？靠你和你娘两个人在地里刨，猴年马月才能攒够那么一大笔彩礼？远的不说就说近的，难道你不想要一款手机？"说到手机，春燕的眼睛里闪着光。

春燕连珠炮似的发问，句句都点到银凤心里，她尤其想要一款手机，但是她缺钱，她来钱的唯一方式就是和娘在春种秋收的季节到处帮工，割麦子，掰玉米，摘枸杞……下大苦，所得却有限，常常还要被娘盘剥去一大半。

然而银凤还是怕，长这么大，她去得最远的地方是县城。

三

春燕真去打工了，她没去上海、深圳那些大城市，她去了省城。即便如此，银凤还是从心底佩服春燕的胆气。临走前，春燕没少和她那个当大队会计的爹作斗争。杨学文算盘打得叮当响，他想在女儿身上实现利益的最大化。李金凤就是个例子。但是杨学文还是没有拗过杨春燕。春燕说走就走了。

紧接着，村子里掀起新一轮的打工潮。和前几代的打工人不同，这一代的年轻人更有底气，他们认为社会变了，再也不是过去那种无法无天、混沌不清的状态了。刘海趁着这股打工热，也要到省城谋生计，尽管他的爹娘一提起这件事便胆战心惊。十多年前，刘海的爹刘大忠出门打工，在工地上辛辛苦苦小半年，因为讨要工钱，被黑心的老板养的恶狗咬断了脚筋，直到今天刮风下雨还隐隐作痛。刘海长大后，多次想外出，都被他那吓破了胆的爹阻止了。但刘海这次发了狠，他质问他爹："你真打算让你三个儿都打光棍？"只这一句话，就使刘大忠低头不语。刘海快二十五岁了，村里和他年龄相仿的小伙子多数都娶了妻，他却还是光棍一条，况且以他家穷得叮当响的经济条件，他的前途几乎一眼就可望到头——一辈子打光棍。他下面的两个弟弟，大概率和他一样的命运。刘海的娘肚皮争气，没生下一个女孩。过去的优势变成了如今的劣势，刘海没有那么好的运气等来换亲。

银凤也有了一个手机，是姐姐金凤淘汰给她的。春燕没几天就给银凤打个电话，新闻播报员似的把她在省城的见闻给银凤说一遍。在春燕的嘴里，省城像天堂，哪儿哪儿都好。说到自己的工作，也是无比顺利。末了，总会加一句："你什么时候来？"银凤知道春燕好浮夸，五成的事儿会说成十成。但是，说的遍数多了，银凤不由动了心。

夏收结束后的一天，吃罢晚饭，银凤看娘心情不错，便说出了酝酿了好些日子的想法。那天，爹破天荒地早回来了，边蹲踞在灶房的椅子上剔牙，边和娘有一搭没一搭地聊着天。娘在和面，准备饧发好了，明天炸些油香吃。银凤原以为听了她的话，爹会从椅子上跳下来，娘会举着沾满面粉的两只手，他俩会一同用惊愕的眼神瞪着她。实际情况是，爹和娘的表情只是微微一怔，互相交换了一个眼神后，面色便恢复如常了。

爹说："你想好了？"

娘说："是吗？"

银凤点点头。

爹说："想好了就去，我们也不阻拦你，你也十八岁了，有权决定自己的事情。"爹说话一向好听，嘴巴上像抹了蜜。

娘说："但有一样，月月的工钱你得寄回来！"

银凤点点头。她没想到事情会这样顺利，她还想象着爹娘会怎样难为她一场，尤其是娘，对别人几乎没有脾气；对银凤，却是大吼小叫惯了的，整治她的手段，没有一背篓，也有一提篮。从灶房出来了，银凤都还有一种如堕五里雾中的感觉，她揣测着爹娘的心理。她那简单的头脑，能够想明白的是，可能这段时间村子里出去的人多了，爹娘的观念也随之发生了变化；让她想不明白的是，爹娘为何不同意二哥银宝出门打工，却这么痛快地答应了她的请求。二哥没有考上高中，回来后也无心侍弄庄稼，在屋里着实躺了一阵子，再也躺不下去了，便嚷嚷着也要出去打工，但是爹娘死活不同意。最终，二哥只是在县里的化肥厂找了个事干，一个月挣的那点钱还不够自己花。

想不明白，便不想了。银凤快乐的心情让她心里的这点狐疑顷刻间烟消云散。只要爹娘答应让她出门，其他的，她不多想。她兴冲冲地给春燕打电话报喜。春燕一听比她还高兴。打小她俩就在一起玩，上小学时又在一个班。春燕那臭脾气，没几个人能受得了，只有银凤不怎么跟她计较，每次两人吵完之后，银凤一转身就忘了，再一转身，又是有说有笑。春燕盼着银凤去省城，比银凤自己想要去省城还要迫切。

出门那天难得地下了一场雨，早晨起来，地皮湿湿的，满眼的土黄中点缀着这个季节才有的少许苍翠。银凤的心情却是惴惴的，这种不安搅扰得她一晚上没睡好，毕竟这是她第一次出远门。爹天刚亮就出门了，娘更早就跟上村里的婆姨们到川道上的村庄里揽活去了。家里静悄悄空荡荡的，银凤的心里又添了一层寂寥，这寂寥使她的心也显得空落落，夹杂着丝丝凄凉。她真希望有个人能送她到镇上的车站，哪怕是陪她走一段。

终于出门了，银凤站在家门口的巷道里，把家又打量了一眼。背上的挎包其实只放了几件换洗衣服，银凤却感觉有些沉。她的步子迈得也不轻松。说到底，她还是怕。

走到街巷尽头转弯的地方，迎面碰上了邻居二婶子。二婶子的目光像锥子，把银凤上下打量个遍。"哟！银凤，一大早穿得新崭崭的，这是要进城吗？"银凤慌乱地回避着二婶子的目光，又慌乱地点点头。"你也要去打工？"没等银凤回答，二婶子便开始大发议论："牛彩英这婆子，算盘打得真是精刮，眼望着大儿指不上了，就把二儿留下来替自己养老送终，却把个闺女当奴使，田里使够了，又派出去外面使，赚回来的钱好养他们老的少的。"二婶子边说边一把拽住银凤的胳膊往街巷里拉，"银凤，你听婶的，不能遂他们的意！他们也太不把你当人了！外面的活可不比家里的好干……"二婶子说话一向无遮无拦，语速又快，那些子弹头一样的字眼，一些盘旋在银凤的头顶上，一些钻进了银凤的耳朵里，扎得她的耳朵生疼。好不容易从二婶子的钳制中挣脱，银凤不敢再和她多待一秒，说了句："婶子，我忙着赶车，先走了。"便逃也似的离开了。又一波扫射跟上了银凤的脚踪："傻丫头，我是为你好，你怎么就听不进去呢？"银凤一路小跑着，她怕再碰到其他人。讪讪的笑一直僵在脸上，一口气跑到村外背人的地方，表情才恢复自然。停下来歇口气，那些钻进耳朵里的话，才钻进了她的心里，心便感觉锐锐地疼，脸也滚烫起来，大滴的泪掉下来，落在面前的黄沙地上，冒起一个个泥泡泡。蹲了一会儿，银凤抹了泪，起来接着赶路，直到在镇上的车站坐上开往市里的班车，银凤的心情才慢慢平复了。

从镇上到市里需要三个小时的车程，从市里到省里也需要三个小时。银凤连倒车带坐车用了大半天。这大半天的时间，她眼看着一路的景色越来越明丽苍翠，终于明白了川区与山区的区别，有水灌溉与无水灌溉的区别。她的家乡留水村只有一条细细窄窄的小河，羊肠子一样绕着村庄的外围一匝，也就是因为这样一条小河，留水村也比上游的望水村、响水村、喊水村等更繁茂富饶些。但是那苍黄世界中见缝插针似的绿意，怎么能和川区这泼泼洒洒的葳蕤相比？

银凤的心情渐渐好起来，她盼望着赶快到省城。

省城的楼比市里的还要高还要密集，已经有那么多的高楼大厦了，到处还在搞基建。银凤一看见这些高楼就眼晕心慌，她更怕的是大马路上到处疾驰的小轿车。那些龟壳车跑起来跟发疯一样，她怕一不小心被其中的一辆撞上。银凤缩着脖子往前走，地上她那灌木似的影子也跟着迤逦前行。出了车站门，并没有看到春燕。银凤额头上开始有细小的汗珠渗出。这车站门口原是一个城市最繁华热闹的地段，宽阔的大马路上车流人流像麦芒一样密集，高楼削尖了脑袋似的往天上钻，市声喧闹得像是山里的狂风怒吼。这些都让银凤心慌，最惶恐的是她看不见春燕的影子。一路上，她俩手机联系了五六遍，春燕说得好好地要来接她，在车站门口等她，但是哪有春燕的影儿。银凤紧盯着人群，过了好一会儿，才想起应该再打个电话。电话还没掏出来，一辆银灰色的小轿车却停在了她面前，从车上跳下一个妖冶的女子。

"李银凤，上车!"是春燕。

要是不开口，银凤还真认不出眼前的女子是春燕。春燕长高了，不，应该是她脚上驴蹄子似的厚底鞋的功劳；春燕披散着长发，火红色的颜色在银凤眼里狐狸尾巴一样跳跃；春燕的露脐装紧紧绷在身上，像是撕了一半皮的火龙果；春燕的嘴唇涂得像邻居二婶子形容那些妖精女子的话——"吃了死娃子一样地红"；春燕戴着蛤蟆镜，银凤看不清春燕的眼睛，要是看清楚，她会发现，春燕的眼睛也变了，眯眯眼变成了欧式大双层，上个月才割的双眼皮，到今天都还没消肿……总之，春燕大变样。看到春燕，不知为何，银凤心里越发紧张。

开车的年轻小伙子，据春燕介绍，是老板的兄弟。车驶过了几条主干道和七八条街巷后，在一条里巷的门脸前停下来。这条巷子不算窄，两边各是一排二层楼的建筑，各种门店云集，有菜馆、商店、奶茶店、包子铺等，最多的还是美发店和足浴店。不到一百米的距离，光是这两种门店就有五六家之多。银凤跟着走进的是一家足浴店。店堂不大，装饰得虽金碧辉煌，却给人幽暗神秘的感觉，走廊两边的木质包铜烤漆门紧闭着，廊灯照在门中央鎏金的圆形图案上，像只只半睁着的眼睛，充满了魅惑。

银凤手心潮热，一阵又一阵的局促不安从心底升到嗓子眼，她声音颤抖，略带沙哑，踮起脚好够着春燕的耳畔。够了几够，还是差那么点，她尽量压低声音问春燕："燕儿，怎么来这种地方了，你不是说在饭馆打工吗?"春燕也压低声音说："先安顿下来再说，完了我给你慢慢解释。"

四

　　银凤没有在足浴店做保洁。她一靠近那家店门口心里就发慌，更别说在里面工作。春燕很生气，骂她烂泥扶不上墙。"一个月赚那仨瓜俩枣，够谁花？"银凤低头不吭气，只是用一只脚反复搓地。这是银凤心里焦灼时的惯用动作，总是一脚站立，一脚用脚尖摩擦地面，来缓解内心的不安。在留水村时，家里家外都是黄泥沙地，搓着搓着，脚底下就是一个小土堆。但是在春燕租的出租房里，银凤怎么搓都无法在光洁的瓷砖地面上搓出一个泥球来。倒是春燕看着她手足无措的样子，只得叹口气，换成了无可奈何的语气："行吧！随便你！大街上到处都是贴小广告招服务员的，只要你不怕吃苦，工作随你找。"杨春燕没告诉银凤，她极力唤银凤来城里工作的原因是，想让银凤和她一起合租这套两居室的房子。银凤人可靠老实，好摆布，是春燕心中理想的合租伙伴。

　　银凤第二天就找到了工作。一条街还没有走完，她就应聘到了临街的一家饭馆。吃住全包，一个月还能赚到她在地里辛苦刨食、半年都赚不到的钱。饭馆是晚打烊晚开张，银凤负责扫地抹桌，要说辛苦，也就是在饭点高峰期时，她甚至觉得比在地里干活还轻松些；至于住的地方，老板在离饭馆不远的城中村租了两间民房，一间住男服务员，一间住女服务员。人多嘈杂，好在银凤是那种扔在坷垃田里都能睡着的人，凑合凑合也能住。银凤对她进城后的第一份工作基本满意。

　　银凤干活很卖力，眼又细，脚又勤，没几天，就得到了老板娘的青睐。老板娘是个富态的女人，她鼓着腮帮子甚至当众表扬了银凤："你们都学学李银凤，工作做得多细致。"老板娘的话，说得银凤心里甜丝丝的，她干活更卖力了。却惹恼了其他员工，他们表面上不动声色，暗地里却合起伙来整治银凤。银凤初时不觉得，本来她才来没多久，他们和她走得不近也正常。渐渐地，她感觉到，他们几个本来在一起有说有笑的，她靠近时，他们立即冷场并散开了。

银凤内心很惶惑，甚至有一丝苦闷，她不知道问题出在哪里。本来她以为找上工作后，只要努力干活，一切就都不是问题。让她没有想到的是，她初入职场就很不顺利，她又不知道问题出在哪里，就更加勤快、更加努力地工作。然而她发现自己越是用力，越适得其反。一次，木栅格档左边的客人吃完了饭，桌子上一片狼藉，新的顾客着急等待用餐，负责左侧餐位的贾梅却不见踪影。银凤是有活就上的那种，也不考虑是不是她的职责范围。银凤正抹擦着，贾梅过来了，一把从银凤手里夺过抹布，将银凤推到边上，嘴里也不闲："我才上个卫生间，你就把我的工作抢了？"银凤怔怔地站着，脸羞红到了耳根边。贾梅一边叨叨一边用力地抹桌子，一使劲儿，将一个白瓷盘推倒在地。这下贾梅更来劲儿了，手指着鼻子骂银凤晦气，影响了她的心情。直到老板娘过来，一场风波才停息。

银凤后悔死了，她恨不得在自己脸上狠狠扇上两个耳光。她怪自己多管闲事，更恨自己面对他人的欺辱，竟然毫无招架之力。那一天，银凤都恹恹的，提不起一点精神，她第一次产生了回家继续种地的想法。下午得空的时候，她溜出店门偷偷给春燕打了个电话，说着说着眼泪就下来了。春燕在电话里直骂她蠢。"李银凤，你怎么这么傻，你干好自己的事情就行，你管那么多干吗？属于你的你就干，不属于你的靠边站。还有以后干活不要太卖力，这就是你招恨的原因。"春燕骂得银凤脸上心里都火辣辣地烧，她像个做错事的孩子，红着脸，手里拿着电话听，脚底下不停地搓着泥。"你不要太热情，她们冷，你更冷。谁欺负你，你一定要还回去。"春燕在电话里给银凤支招，尤其是最后几句，反复叮咛。

那一夜，银凤翻来覆去怎么都睡不着，她第一次感觉到了城市的复杂，人心的可怕。之前，父母给他们兄妹灌输的那些处世的道理，在这里不光一点都用不上，甚至是错误的。这家饭店男女服务员加起来也就七八个人，可没有一个和银凤性情相投的，真的是因为自己超出了职责范围去干事吗？银凤简单的头脑实在琢磨不清。

以后的日子，银凤也冷冷的。倒不是春燕教她的，她一下就学会了，而是她的情绪实在低落，每天只把自己负责的木栅格档右边的卫生做好就行。一日客少，银凤从卡座与客桌之间的通道路过时，猴三本来坐在椅子上偷空歇息，看见银凤路过时，就又伸出一条腿，想把银凤绊倒在地。猴三大名侯军，至于为什么被大家叫做猴三，银凤也不清楚。猴三的脚伸得猝不及防，银凤自然又是"扑通"一声摔倒在地。这不是猴三第一次伸腿绊银凤，自然也不是银凤第一次摔倒。上一次，银凤只是自己爬起来，看着拍掌哈哈笑的猴三爆了句粗口，就拍拍身上那些自以为沾上泥巴的地方，继续干活去了。但是这一次，银凤心里憋着的一团火，再也压制不下去。她迅速爬起来，对着猴三正在哈哈笑的瘦脸就是一拳。银凤身体结实，手上有劲儿，一拳上去，就把猴三打得后仰下去，要不是身后的靠背椅，猴三也得结结实实地摔一跤。这下，引得大家哈哈大笑。银凤没有笑，她白了猴三一眼，就继续做自己的事情去了。

奇怪的是，从那以后，猴三不但再也没有戏弄过银凤，反而对银凤热情起来，嘴里一口一个银凤姐地叫着，虽然他还比银凤大俩月。其他人对银凤的态度也慢慢好起来，起码是正常自然了。银凤出来打工几个月，终于悟到了职场最粗浅的规则：不要干不属于自己的活，不要掏心掏肺。渐渐地，银凤适应了她打工人的身份。

月中，逢到银凤休假空闲的半天，她也会去找春燕玩，春燕若是也得闲，两人便吃吃逛逛。晚上，春燕留银凤住宿，俩人挤在一张床上，就像在村里时，常常挤在银凤家的炕头上。这种时候，春燕又变回了在家时的模样，普通话不转了，两个人用家乡话交流着，乡音灌耳，毫无阻隔。春燕最爱说她从客人口里听到的稀奇事儿，夹杂着一些她和客人之间的私密事，听得银凤脸红心跳。银凤突然来一句："燕儿，你在足浴店上班的事，传到村里怎么办？"春燕的舌头仿佛突然被咬断了，后面要讲的话被硬生生掐断在了喉咙处。咽了一口唾沫，春燕咬着牙说："李银凤，你这人不讨喜的地方就在这里，你怎么那么爱在人兴头的时候给人泼冷水？"其实，银凤之所以不在足浴店洗头房干，原因之一就是有这样的顾虑。但是她一直没敢说出口，憋在肚子里，时不时地替春燕担心。今天她实在没有忍住。

"燕儿，不是我败你的兴，难道你真没考虑过这个问题？"银凤解释道。

"你不说，我不说，谁还能知道？哎，李银凤，我发现你一天就会瞎操心。"春燕说，心情明显受了影响。

"世上没有不透风的墙，我担心——"银凤的话还没说完，便被春燕气急败坏地打断了："好了，好了，你管好自己的嘴巴就好。知道了就知道，天塌不下来，大不了以后不回那个破村。"

她们的聊天就这样不欢而散。

然而分别时，春燕还是会送一些自己不穿不用的衣服与饰品给银凤。有一次，宿舍里的女孩们都出去转夜市了，留下银凤一人。喧闹的世界出现了少有的宁静，或许是银凤的幻觉。夜的黑是最好的遮掩物。银凤心头忽然一动，翻腾起来，手上也是一阵翻腾，从衣柜里摸出一个大塑料袋，里面全是春燕不穿的送给她的衣服。银凤闭了门窗，把那些又窄又小又薄又透的衣服，一件件换上身，就着小屋中昏暗的灯光，她看到，墙上那面晦暗不明的镜子里，映出一个夸张的身影。每一件衣服都不一样，但是镜子里映出的效果却很一致：一个矮短壮实的身体，套着那些廉价俗艳的衣服，上下一般齐，腰身没有一点玲珑的地方；如果侧身照，会看到一个硕大无朋的屁股，镶嵌在坐骨的位置，罩上一层光晕后，显得无比突兀；胸部却是一马平川，隐隐约约可见蚕豆大的两点凸起。再往上看，是小半截粗藤蔓似的脖颈儿，结南瓜似的结着一个不小的头颅，面部也似南瓜一样扁平，扁平的嘴，扁平的鼻子，像是刚出生时被谁踩踏了一脚，只有那双圆溜溜的清澈明亮的眼睛，在幽幽的灯光下，射出一些惊恐的光芒，这倒与平时一味的纯善有所区别。

银凤似乎突然之间醒悟了，镜子里这个让人触目惊心的丑八怪正是自己，她发狂似的撕扯掉身上的衣服，这些丑陋的衣服使她更显丑陋，使她的缺点更加放大。她终于有了穿这样衣服的机会，但上身后，却使她比平常更加厌恶自己。强烈的自卑感袭击了银凤的心，这种感觉，从小到大，她无数遍地品尝，今晚痛苦的滋味尤其浓烈，这滋味让她逐渐变得伤感。

"丑就丑吧，各人有各人的命。"平静后的银凤这样想，"穿不上就穿不上，也算是一桩幸事。"在艳羡与庆幸之间，银凤寻得了平衡，反而越想越庆幸。她一向都是这样，一向善于妥协，否则又能怎样，路还得走下去。

某一天，春燕打电话和银凤闲聊，突然像想起了什么似的说，她好像看见刘海了，那还是前一阵子的事，一直忘了告诉银凤。"就在望海路，当时人来人往的，看侧影像，但不确定；和他一起的，还有一个染着金黄色头发的女人，但也不确定，说不定是旁边人的同伴……"银凤打了个激灵，她好久都没有想起刘海哥这个人了，心里有一些东西淌出，有热的，有凉的。春燕继续在她耳畔聒噪："还说刘海到外地混了，没想到还是没有跑出咱这地界……"

十一放假那几日，饭店里的生意特别火爆，从后厨到餐台，每个人都忙得脚不沾地。这个节骨眼上，给老板打下手的豆子因为头夜吃坏了肚子，一趟一趟地往厕所跑，气得老板哇哇叫。老板就是这家店的主厨，负责整个后厨。老板娘除了骂豆子，就是把大家召集到一起，问谁锅灶好。大家面面相觑，摇着头表示自己都是吃货，做却没本事。银凤在家里时，经常跟娘做饭。娘做吃喝的本事整个庄子上都是闻名的，谁家要办个席面不大的宴会时，不想请大厨多花钱，就会让娘去做席。银凤有娘指教，锅灶上的本事自然也学了不少。但是，吃一堑，长一智，况且银凤来"美味轩"饭店打工的这几个月，吃的何止是一堑。所以当老板娘着急找人救急时，银凤能感觉到店里的情况就像请消防员救火一样急切，但她也和大家一样，低头默不作声。老板娘一个一个地追问，问到银凤时，银凤连连摆手，连连摇头，可不知为什么，老板娘却说让她试试。"李银凤，就是你了，别再推辞了！"老板娘的口气不容辩驳。银凤只好暂停她服务员的工作，去后厨给老板做助理。那天的结果是，银凤切的土豆丝比豆子切的还要细，其他菜也切得齐整好看。因为腾不出手，老板干脆让银凤直接上手拌了几道凉菜，没想到，银凤拌菜的味道也不错，有一桌客人，甚至把相同的拌菜又多点了一道。老板心情大好，也不骂豆子了。夜晚打烊后，餐厅聚餐，老板举杯敬酒，将银凤好一顿夸。老板娘更是对银凤赞不绝口。夸得银凤脸红扑扑的，心里甜丝丝的，也怯生生的。她怕招来更多的嫉恨。没想到这次气氛却大不一样，大家也可着劲夸银凤，说她人好，朴实好相处……银凤惶惑了，她睁着一对孩童似的单纯的眼，看看这个，瞧瞧那个。

五

银凤逐渐适应了在"美味轩"饭店打工的生活。现在大家不但不针对她了，反而喜欢和她玩。就像贾梅说的，起头以为银凤心机深，但处着处着就会发现，银凤是真没什么心眼，是单纯的人好。然而，经过了这些事后，银凤感觉自己还是长了不少心眼。

转眼就翻过了年。过年期间，正是饭店里生意火爆的时候，大家自然回不了家。年后，老板的爹生病住院了，老板决定闭店一段时间。银凤抓住这个好机会，打算回家看看。

返程的路，感觉比来时的路要漫长，倒换了三趟车，在一个让人昏昏欲睡的午后，银凤才出现在了留水村。山村里的春天，似乎比城市的春天要结束得早，花也残了，柳也败了；狗恹恹的，猫也乏乏的，街巷里静悄悄的，一副衰败冷清的样子。刚到自家的巷口时，鬼使神差，银凤又碰到了二婶子。二婶子正往街门外送客，是前巷黑正义的妈。两个老女人。"哟！回来了？"二婶子拖长声调招呼着，眼睛里射出的光像锥子，黑大妈的眼睛像探照灯，她们在银凤身上放肆地扫射着，恨不得穿透银凤的长衣长裤。银凤顿感皮肉灼烧，热气过去以后，又生出一层细密的小疙瘩。寒暄了几句，银凤便往自家走去。身后是一阵窃窃私语。尽管银凤没有和春燕在足浴店打工，依然是清白的女儿身，但是在她们嘴里，她感觉自己已经身败名裂。

家里冷冷清清，没有一点生气。院落里一片狼藉，鸡屎狗粪柴草随处可见。家里衰败的景象比起村里，更让银凤触目惊心。

娘躺在炕上，一脸的病容。娘的身体一向康健，怎么说病倒就病倒了？娘看银凤回来了，也吃了一惊。"你回来也不提前打个招呼？"娘说，挣扎着坐起身，又使唤银凤给她口水喝。娘已经好几天滴水未进了。娘喝了水，眼泪便下来了，仿佛那水是喝到眼睛里去了。

娘说："银凤，你再迟回来两天，可能就见不到娘了。"

银凤说："娘不要胡说，有病了就治病，你到底哪里不舒服？"

娘捂着胸口说："我没病，我是被你爹气的。银凤，咱这个家要败了！"

紧接着，娘便开始一把鼻涕一把泪地对银凤讲述，娘气若游丝，说出的话也像抽丝一样拉拉扯扯，剪不断，理还乱，长吁短叹，中间有几次哽咽得几乎说不出话来。娘讲得吃力，银凤听得也吃力，不过她还是完全听懂了。家里的情况，银凤不是不清楚，走的时候就已经鸡飞狗跳，何况每次通电话的时候，娘还絮絮叨叨地给她说一些。

姐姐金凤的光阴现在可以说是一败涂地。自从姐夫王格全瘫痪后，金凤便从一个成功的嫁人案例，变成失败的典型。村里不知有多少人在看李家的笑话。银凤没走的时候，就曾听到过这样的流言："人算不如天算……"银凤搞不懂，出事不由人，怎么能扯到算计上呢？再说，谁又能预料到王格全会被几块豆饼压断腰？那天，王格全把榨完油后压缩成圆坨状的豆饼，一块一块往四轮车上装。这批黄豆的成色好，压出的豆饼格外香，早就有几家养牛户订货了。四轮车的车厢已被堆得满满当当，王格全还不满意，干脆一趟多运点，节省点油费；已经堆得小山头一样高了，王格全还不死心，他硬是要把地下还剩的几块豆饼加上去，也正是在放那几块豆饼的时候，把其他的豆饼弄垮塌了。那些铁坨似的豆饼，金灿灿的，食堂的锅盖似的大，顷刻之间便像天上的无数个太阳陨落似的纷纷砸向他……王格全瘫了。金凤的好日子结束了。她原本是奔着享福去的，却成了这地方最苦命的女人。一个人拉扯着娃娃，还要照顾瘫痪的丈夫，日子过得要多恓惶有多恓惶。银凤还在家的时候，就时不时地过去给姐姐帮忙。

　　再说李金水娶的那个母夜叉。银凤长这么大，没见过那么泼辣不讲理的女人；莫说银凤，就连庄子上最泼的葛三的老婆，提起金水的媳妇恐怕都要甘拜下风。过门没几天，便寻衅找碴，爆出的粗口使听到的人都要怀疑丁小梅的性别和年龄。被金水狠狠地揍过几顿后，人家非但不改，反而将战火蔓延到全家，和婆婆吵——牛彩英干活是把能手，但论起口才来，却是最无能的一个，与人吵架，更是张嘴结舌开不了口，几个回合下来，便被丁小梅伤得体无完肤；又和小姑子吵，和小叔子吵。要是能碰到公公的面，说不定和公公也会发生正面冲突。几个回合下来，全家人纷纷败下阵来——谁都不是人家的对手。丁小梅最擅长的一招就是站在街巷里跳着脚高声大骂，骂的对象从李家活着的人到亡了的人，无一幸免；骂的内容千奇百怪，有的没的一大堆。最后，牛彩英发了狠，她抱着把大儿子舍掉的心态，给小两口分了家，让他们狼吃虎、虎吃狼去，眼不见为净。庆幸的是，当初给金水盖房选对了地址——在与老宅隔着两条街的后巷。

　　这可苦了金水。他常常躲回到爹娘家里，有时候就流着涕泪对娘诉说："娘啊！我怕啊！再这么下去会出人命的！"娘心疼金水，但是她不敢说出离婚的话，那可是一大笔彩礼啊！岂能白白打了水漂？那可是拿金凤换来的啊！更何况，岂能遂了丁家的意？看丁小梅闹腾的那个样儿，傻子都能看出用心。

　　挨了一段时间，金水终于受不了了，便撂下新媳妇到邻省打工去了。没过几天，丁小梅也回了娘家。因为这笔彩礼，这个婚是不能离的，但是日子也是没法过了。

　　娘讲的这些，只不过是把银凤了解的散碎消息又整合了一遍。然而，银凤不知道的是，她的爹李生志玩来玩去，终于玩出了火。娘一直瞒着人，谁都瞒。娘有娘的自尊。现在，娘是瞒不住了。

一提到爹，娘咬着牙，眼里能喷出火星子，但是有什么办法呢？娘是一点办法都没有。她唤不回爹。爹已经公然住到那个新晋的寡妇家里去了，娘已有好几天没见着爹的面了。娘又不能到那寡妇门上去闹——不能再让全村人看李家的笑话了。这几年，李家人的脸面已经被全村人踩在脚底下，翻来覆去地揉搓踮压；娘也不能默默地把婚离掉——娘咽不下这口气，也舍不了爹这个人。

银凤总算明白了，娘得的是心病。娘是个最没有心眼的人，却因为嫁给了爹，被全村的女人骂做心机婊。娘嫁给爹后，恨不得把爹捧到头上，捧过了头，结果落了个伤心。像娘这种很少伤心的人，一旦伤起心来，感觉就是世界末日。锅也锈了，灶也冷了，家不像个家。

银凤心里乱纷纷的，娘哭诉完了，情绪稳定了些，肚子也饿了。银凤回来了，娘暂时不想死了。银凤好一阵忙活，给娘做了臊子面，又里里外外把家收拾了一遍。吃饭的时候，娘才像突然想起了什么似的问银凤，怎么突然回来了？银凤想说的很多，但最终只说了一句，想家了嘛。娘吞下一口面，缓了缓神说："回来也好，正好我一个人，孤心得很。"娘的这句话，让银凤心里受用不少。娘需要她。从小到大，她都认为，她在这个家里是可有可无的。

在家待了几天，银凤天天给爹打电话。起初，爹还接，接上后满口答应着要回来。娘儿俩坐在屋里从白等到黑，哪里能看到爹的影子。后来，爹干脆连银凤的电话也不接了，一打过去就是那个操着标准的普通话的甜美声音："您拨打的电话正在通话中。"

银凤想到白寡妇门上去找爹。当她把这个想法告诉娘时，本是随口一说，娘吃了一惊，她自己也吃了一惊。在娘的眼里，银凤是个胆小怕事的人，遇事不躲着走，就算是了不得了，根本没指望这丫头能为自己出头。看起来，人还是要出去见世面，见了世面的人，胆气都跟以前不一样。娘的心理活动没有告诉银凤。其实，银凤跟娘有着几乎一样的心理，她没想到自己会说出那句话："娘，要不我去姓白的那里去找爹吧？"说出后，她自己也吓了一跳。她随即问自己，你敢吗？曾几何时，她也认为自己是最无能的人。但是娘吃惊的目光里带着从未有过的钦佩，却大大鼓励了她，这鼓励立刻化为一种怂恿的力量，推着银凤往前走。一个尚未考虑清楚的想法，终于变成了决定。

根据娘提供的信息，银凤来到大柳树村。这大柳树村是留水村下游的一个村庄，因为村里遍植柳树，尤以村口有一棵上百年的大叶柳而得名。众所周知，凡在留水村上游的村庄，几乎都因断流而缺水；而下游则不同，因水域较为宽阔而植被丰茂。银凤的电摩在村巷里七拐八拐，问了几个在街门口晒太阳的老汉后，才打听到寡妇白三苗的住处。停了车，银凤进了白寡妇的院门。院里静悄悄的。犹豫了几秒，银凤终于喊道："有人吗？"连喊了两声，只听"哐啦"一声响，正屋的铝合金门被打开了，从里面出来一个妇人，太阳光下，脸面白亮亮的，像颗白兰瓜；背过光，质地却是丝瓜的质地。年龄感是藏不住的，那些深的浅的皱纹就是明证。

"你找谁？"妇人问道。

"我找我爹！"银凤答，又不忘加一句，"李生志！"

妇人木木的表情立刻变得活泛："你是……你怕不是银凤吧？"

"我爹在屋里吗？"银凤继续问道，声音明显降低了。对于突然而来的热情，银凤不知如何应对。伸手不打笑脸人，这不算常识的常识已经渗透到银凤的头脑深处。

妇人脸上的笑意更浓了，一张口说话，鼻子眼睛都在动弹，在那眉飞色舞的表情中，荡漾着一丝魅惑人的东西。妇人笑着说："银凤，你怕是误会了。你爹怎么会在我这里？你可不能听那些小人瞎传闲话。是的，寡妇门前是非多，可我白三苗行得正坐得端。你爹不过和我小的时候念过几天书，算是同学。后来各自嫁娶后，就再也没有见过面。前几年，我老头生病，你爹看我可怜，是帮过我一些忙，但绝不是像外面传的那样。银凤，你别瞎猜疑。你爹兴许是到哪儿转转去了，真不在我这里。不信，你自己进屋去看……"白寡妇的话说得入情入理，银凤一时之间竟然找不出漏洞，关键是白寡妇说话时眼睛虽然在动弹，眼神却稳定，没有一丝慌乱，这就使银凤不得不怀疑起来，莫非爹真的不在这里？

从白寡妇院里出来后，银凤就后悔了，她骂自己猪脑子，辨不清情况，让老狐狸一番话就把自己绕糊涂了；她又怨自己面情软，人家说让她自己进屋找，她反而不好意思进去了。爹一定是在那紧闭着门的屋里，自己却被白寡妇三言两语给打发了。

然而，银凤登门找爹并不是全无用处。下午爹就回来了。爹敞着衣领挥着汗，做出一副风尘仆仆的样子。爹告诉银凤和娘，这些日子，他跟姑舅哥到兰州转转，电话欠费了，跟家里联系不上。"我也着急啊！"末了，又加一句，"凤儿，你抽空给爹去交点话费。"银凤和娘看着爹表演，明知道爹在撒谎，却不敢揭穿，而且她们面上心里都欣喜，回来了就好。爹回来了，娘就有精气神操持这个家；爹回来了，这个家依旧是个完整的家。

这两年，银凤发现自己有一个明显的变化，就是凡事不太那么较真了，以前她的脑子里只有一根筋，现在虽然仍是不多的几根，但是她终于不再像小女孩的时候，凡事一定要辨出个是非真假来。不过，爹总算还有点爹的样子，他总算知道，在儿女面前，还应留有一点当爹的脸面。银凤没有看破的是，爹并不想彻底离开这个家。这个年龄的男人，心是深的，爹给自己留着余地和后路。外面的再好，终归是外面的。当然，银凤和娘都不清楚情况，其实爹和那白寡妇已经过了最热烈的时期。

六

在家待了半个月，老板娘的电话打来了，通知银凤速速复工。临出门时，娘眨巴着那对水泡眼看着银凤，一副话到嘴边又忍住不说的表情。

"咋了？有啥你就说嘛！"银凤说。

"银凤，不是娘阻拦你，你的年龄也不小了，该到了嫁人的时候了。"停了停，娘又说，"我已经托媒人了。"

银凤不知道，自从她回村以后，娘就拜托了几个媒人。但是媒人们对给银凤说媒表现出一致的不感兴趣。主要是难度太大，彩礼给得高的，怎么会看上银凤？彩礼低的，李家也不会出手。牛彩英本是没心机的人，只因嫁给美男子李生志，又因出嫁长女获得高额彩礼，再加上平时就是泥里面都想刨出金子的主，这三桩罪加起来，使她在乡邻们眼中显得无比精能——"谁有牛矬子的算盘打得精？"——媒人们不登门，可能是害怕在牛彩英这里赚不到多少利润。

"嫁人的事以后再说吧，有了合适的再说，"银凤生平第一次对娘表现出不耐烦，娘似乎也并没有生气，"我总不能在这里等着嫁人吧，有这工夫，不知能挣多少钱。"

提到挣钱，娘的劲儿泄了，最后只是弱弱地补了一句算作让步，"你记住，你已经二十岁了，你姐嫁人的时候才十八。"

"我能和姐姐比吗？"银凤的声音高了。她最受不了的就是把她和姐姐金凤做比较，一提起来就委屈，爹娘从孕育金凤到养她长大，自始至终，都偏着心。

银凤再次出门了，在 2007 的暮春。爹提出要送银凤到镇上的车站去，银凤有点不相信自己的耳朵，直到坐到电摩的后座上，手扶爹的腰胯，才终于明白爹是真的要送她。爹一路叨叨着他的那套处世经，无非是要勤快，眼里要有活。银凤心想，爹终究是乡下人。快上车的时候，爹又叮嘱银凤，挣上钱不要忘了爹。"不要总打到你娘的卡上，完了爹也办个卡，你月月也给爹打点。"爹说，脸上带着谄媚的笑。"知道了！"银凤突然懒得跟爹说再见，随便挥了挥手，便上车了。

银凤的工作逐渐从餐台转移到了后厨。在做饭这件事上，银凤似乎有着天然的禀赋，况且她的热情也不低。老板有时候还开玩笑："银凤，再学一段时间，也可以当大厨了。"其他伙计也开玩笑："到时候银凤也开一家饭馆，我们去给银凤打工。"说得银凤怪不好意思的。不知为什么，开一家自己的饭店，在银凤的心里就像一颗种子一样埋下了。她知道对于她来说，实现起来比登天都难，想想心里还是挺受用的。自此，她更加用心地留意大厨做菜的细节。

转眼，又到了冬天。银凤出外打工已经一年多了。隆冬，室外的风呼呼地刮着，拉面馆里却是热火朝天。银凤从早到晚忙活个不停，一天下来也是腰酸背痛，她还是喜欢这份工作。翻过年，连着下了几天的大雪，那雪下得纷纷扬扬，整个世界像是裹在一个绵羊毛的围巾里。食客们便讨论起这雪来，有人说瑞雪兆丰年，有人说怕不是好兆头。有一天中午饭点，银凤正忙得热火朝天的时候，她的电话铃响了，是爹打来的。银凤接了电话，刚想说，这月工资还没发呢。爹高昂的声音就从电话那头传来了，听上去像是激动又像是恐惧：

"银凤，你回来一趟！"

"啥事？"

"你回来就知道了，电话里说不清。"

"是不是我娘又生病了？"

"你回来就知道了！"说完，爹就把电话挂了。银凤满腹狐疑，回也不是，不回也不是。突然，她的脑子里蹿出一个不好的意念，是不是娘喝农药了？上次娘就告诉过她，爹要是再不回家，她就死给他看。不祥的预感越来越强烈地笼罩着银凤，她向老板请了一个礼拜的假。

等银凤倒了三趟车到达留水村时，天已经黑透了。

七

让银凤没有想到的是，她的娘不但没有出事，而且状态还出奇地好。一个冬天没有出门干农活，娘的皮肤阴白了些，不光是皮肤白了，银凤总觉得娘的神色之间有着和过去不一样的东西。银凤披着夜色推门进屋的时候，爹和娘正围着火炉边嗑瓜子边看电视，屋里热乎乎的，洋溢着温馨的气氛。看到娘安然无恙，银凤先是松了一口气，继而怒火便生起来。

"到底什么事，把人急急地召回来？"银凤的怒火已经烧到了脸上。

爹娘许是没想到银凤会这么快就回来，先是吃了一惊，过后便是兴奋了。银凤看到，爹给娘递了个眼色，那眼色中包含着一种自得，感觉像是爹打赌赢了一样。

"凤儿，先放下行李烤烤火去去寒气，等吃了饭再说。"爹说。

"是是，娘给你下你最爱吃的宽面条。"娘说。

银凤有点摸不着头脑，爹娘忽然对她这么客气？仿佛她是个远道而来的客。她本应该高兴，这可是破天荒地，但是这两年，她学精了，会察言观色了，总觉得哪里不对劲。然而顷刻间，她便被爹娘的热情暖化了，心里竟生出一种还是家里好的感觉。怪怪的感觉随即也释然了——兴许是自己能挣钱了。钱真是个好东西啊！银凤不由得在心里感叹。

爹和娘一个擀面，一个扯面，画面好生和谐。这种场景，银凤仔细想想，好像还是在自己很小的时候才有过。银凤看稀罕似的默默观察着，心里既好奇又欢喜——莫非爹和那白寡妇断了？

趁着爹出门倒炉灰拾炭的工夫，银凤偷问娘怎么回事。果然，娘扑哧一声笑出了声，压低声音说："断了！"娘只知道爹和那白寡妇断了，却不知道里面另有隐情。

原来那白三苗身边不止李生志一个男人，白三苗相中李生志，只是看上他的样貌，可惜样貌这东西，就和绣花枕头一样，看得时间长了也就腻歪了。白三苗的老头死后，她在她的几个情人之间比较权衡了一番，很费了一番踌躇，最后选择了其中一个财力相对雄厚的。李生志还一直蒙在鼓里，直到白三苗在一个风和日丽的日子，大张旗鼓地把自己嫁了出去，李生志才如梦初醒。爱情败给了金钱，李生志就这样惨遭淘汰，他无处可去，只能回归家庭。牛彩英眼看着李生志悻悻了很多日，也不戳破，只是一味地对他好。李生志被白三苗伤了心，似乎一下子将男女之事看透了，且又在心境灰暗的时候，老话终于在他这里显示出智慧的光芒，家有丑妻的确是宝啊。折腾了一回，李生志总算是消停了，对老妻的态度也大为改观。牛彩英也算是因祸得福。李生志当然不会把这些事情以及心里的弯弯绕绕讲给牛彩英听。牛彩英也不会刨根问底地一探究竟，她还没有傻到那种地步，委屈隐忍了一辈子，这把年纪，这个男人只要还是她的，即便是再大的屈辱，她也能忍受。

银凤当然也不会追根问底，爹回来了就好。不是有那句话嘛，浪子回头金不换。但是，他们突然把她叫回来，到底是为什么？

银凤眼看着爹两三遍地捅炉火，娘磨磨叽叽洗着锅，显然他们要对她说的事难以开口，银凤心里做各种猜测，最后终于没耐心了，又一遍问道："啊？到底啥事吗？"爹看看娘，娘看看爹。

"凤儿，你也老大不小了，该嫁人了！"爹说。

"可不是嘛！"娘说。

"这个我知道，"银凤说，"问题是我嫁给谁？"

"杨学文……给你介绍了一个……比你大三岁……"爹终于打开天窗了，"把你叫回来，就是因为这个事。"

"我以为咋了。"银凤舒了一口气，"可以啊，有合适的我肯定嫁嘛。"

"只是……"爹的语气变得更加吞吞吐吐。

"只是什么？"银凤放下的心又悬起来。

"只是……那家人是……甜水村的……"爹终于说了出来。

"什么？"银凤简直不相信自己的耳朵。原来是这样，银凤的心一下子沉进了深潭里。

"你们真的要把我嫁到甜水村？"银凤的泪溢出了眼眶。

"银凤，你别急，你听娘说，女人终归要嫁人，附近又没有合适的……"娘解释道。

"没合适的我就不嫁了，我自己能养活自己，谁想嫁自己嫁去。"银凤颤抖着说，心中充满了悲愤。

屋里虽然燃着熊熊的炉火，但是气氛却降到了冰点。银凤没想到，爹娘会这么狠心，要把她嫁到甜水村去，嫁到那个鬼都不去的穷地方？那甜水村是个什么样的地方，银凤虽没有去过，但从小到大听大人们说道，也知道得差不多。甜水村的荒僻苦寒是众所周知的，村子的名字虽叫个甜水村，但水早都不甜了，不但不甜了，甜水村作为芍药沟的源头，早几十年就断流了。那里的人纯粹靠天吃饭，一窖水能吃好多日子……留水村的姑娘们从小就有个梦魇——嫁到甜水村——"再不听话，长大了把你嫁到甜水村去！"这句娘吓唬女儿们的话，已经渗透到了留水村每个女孩的头脑中。

"这丫头，怎么说话呢？"娘一副生气的样子，"怎么能不嫁人呢？不嫁人当一辈子老姑娘还不让人把脊梁骨戳烂了。"

"银凤，你娘说得对，非得嫁人，"爹附和着娘的语气说，"不嫁人，老了可难活！"

"反正我不嫁到甜水村去！"银凤喊道，态度很坚决。

"死丫头，你翅膀长硬了，你怎么跟爹娘说话呢？"娘似乎终于忍不住爆发了。娘的怒吼，让娘恢复了往日的威风，也瞬间将银凤打回原形。银凤这才意识到，自己是在跟父母顶嘴，这在过去，是想也不敢想的。银凤不知道自己从哪里来的勇气，但她的确是不愿嫁到甜水村去，那个鸟都不去拉屎的地方，嫁到那里，一辈子就完了。

银凤不吭气了，她斜倚着五斗柜站着，右脚不停地在地下搓来搓去，那红砖地面上不多的几块泥垢被她搓成猫耳朵一样的形状，她仔细端详着，一时有些恍惚。爹的声音又在耳畔响起，弹棉花似的"铮铮铮"。爹说："银凤，既然这样，也就不瞒你了。你二哥在外面处了个对象，人家女方提出条件，必须得在县城买套房。你也知道咱家的情况，该是你给家里做贡献的时候了。"银凤一听，心里似乎又生出了一丝希望，她说："爹，我知道。我一直都把二哥的事放在心上呢，我会好好挣钱的。我保证，以后月月的工钱一分都不少地交给你们。"

"那得多少年？"爹娘异口同声。

"等你打工挣钱给你哥交房子的首付和彩礼，恐怕你哥得四十岁才能结婚，到时候，煮熟的鸭子都飞了。"爹说。

银凤还有什么可说的呢？她突然感觉很无力，眼前就像是被罩了一块黑布一样，命运似乎就被包裹在那黑布里，黑沉沉的，一眼望到头。

银凤没在爹娘的屋里睡，尽管爹娘一再说她那屋长时无人住了，没生炉子没烧炕，冷。但是银凤就是不想在爹娘的大炕上凑合一晚。银凤心里憋着一团气，也存着一股恨，眼窝里更是蓄着一汪泪，她头也不回地往自己住的那屋走去。

身上虽盖着两条棉被，银凤还是感到冷，空屋里的寒气像无数条水蛭一样，只往人的皮肉里钻，没过多久，骨缝也麻沉沉地僵硬。屋子像个冰窟，银凤的心更冷。她没想到事情会是这个样。虽然她一早就知道她在父母心中的分量，可她还是难受，她就这样要被父母卖到那个穷恶的山沟里去了？父母就真的只为儿子考虑？银凤的泪水沟壑一样流淌着，冻结在脸上。她不知道杨学文给她介绍的是个啥样的人，估计也好不到哪里去，有好的也不会介绍给她，可是父母为了钱就真的同意了？她有选择的权利吗？如果有，她应该和谁结婚。这个问题，在今夜之前，从未如此明确地在她的头脑中回荡过。她总觉得，不会有人给她介绍对象，谁家的小伙子会看上她？除非她甘心情愿一分钱彩礼都不要。然而如果她不要彩礼，父母会答应吗？在这之前，她偶有对婚姻命运的思考，也顶多到这里为止，既然嫁不出去，想那么多干什么。然而今天，父母以及杨学文把她逼到了犄角旮旯，逼得她不得不好好去想这个问题。她脑子细筛子过滤谷物似的，把她认识的男人细细过了一遍，这其实没有难度，因为她认识的男性本就屈指可数，根本用不着细筛子，连粗筛子都用不着，甚至连筐箩都用不着，那个人就突然出现了，带着一缕绚丽的金光，出现在了银凤眼前：一口闪闪发光的白牙，一笑咧到耳根的嘴巴，盯着人看时能让人燃烧起来的眼神……伴随着这个人的出现，一股蜜一样流淌的感觉涌到了银凤心里，她的身体似乎也起了变化，不再是那种木木的僵冷的感觉，逐渐地温热起来。银凤突然特别想念刘海哥，她已经好久没有见到他了，她以为他对她来说是个无关紧要的人，但是在这冬夜将尽的时候，他就这样无声无息地出现在了自己眼前，使她的内心受到了巨大的震撼。她从没有意识到她把刘海哥藏得这样深，在心的一角，春泥埋种子一样。这巨大的震撼终于使她搞明白了一件事，她想嫁的人只有刘海哥。她喜欢他啊！这几年，她拼死拼活地挣钱，其实隐隐中包含了一个连她自己都没有觉察的意愿，那就是给二哥挣够结婚的钱，自己就可以想嫁谁就嫁谁了。

银凤的思路终于清晰了，她要嫁给刘海哥，明天一早她就要告诉爹娘，她心里已经有人了，她会好好挣钱，再多给她一点时间。银凤从来没有如此深入地思考过一个问题，为此脑子里波涛滚滚。她本是那种扔到土坷垃田里都能睡着的人，今夜却失眠了，内心又痛苦又甜蜜，直到天快亮的时候，她的意识才滑进了沉沉的境界。

八

银凤是被屋外爹的一声嗓门很高的招呼声惊醒的："杨会计，您来了！请请！屋里请！"

已经日上三竿了。那声招呼之后，院子里又是一片岑寂。

银凤竖着耳朵也听不出个所以然，她打算溜到爹娘的门口听。她轻轻地拉门，尽量不发出一点声音，门板却纹丝不动，再拉，手上的力道也加了几成，可门还是打不开，几次三番后，银凤终于明白了，门是从外面被锁住了。这个发现让银凤又惊又骇，爹娘是铁了心要把她嫁到甜水村去，不管她愿意不愿意。爹娘以为她会偷偷跑掉，可她心里压根就没有这个想法，她总是要征得他们的同意的。她不敢反抗他们，虽然他们认为她敢，毕竟她是出去见过世面的。

银凤心里难过极了，从来没有这么难受过，屈辱加愤懑促使她使出全身的力气拍门板，"开门！开门！"银凤边哭边喊，她打定了主意，只要他们把门打开，她就会毫不犹豫地冲出这间牢房。

　　爹娘应声而出，跟在后面的还有那山羊胡子杨学文。杨学文留着一把山羊胡子，四白眼上架着一副石头镜子，打扮得像个过去的乡绅。杨学文最近干起了副业，主要原因是他眼红那些外出打工挣钱的，眼看着人家都挣了钱回来翻盖了老屋，他心里难受啊！他有个村会计的干头，又吃不了打工的苦，所以就琢磨着自己就地不挪窝还能不能开辟出一条生财之道，琢磨来琢磨去，还真让他找到了——加入媒婆的行列。杨学文鬼点子多，人脉广，又有比普通媒婆更厉害的三寸不烂之舌，所以经他撮合的，很少有不成功的。杨学文抱定宗旨，在他这里只有成功没有失败，必须双赢。这双赢的另一赢，当然是指男女双方的家长心甘情愿地奉送给他的各两千的谢媒钱。"我这是行善积德！"这是杨学文时常挂在嘴边的一句话。这些事情上次回村，银凤就知道了。

　　银凤没有冲出去，她的屋门被打开时，那三个人已经像一堵墙一样堵在了门口，而且院子的大铁门的门销从里面被插上了。"凤儿，冻坏了吧，到大屋去，你杨爹有话跟你说。"爹说，脸上堆着讨好的笑。娘说："是是，娘给你做了羊肉酸菜包。"也是一脸讨好。银凤用仇恨的目光盯着站在她身旁的杨学文，但是那老家伙却一脸淡定，脸上的笑容一点都没有打折，目光也并不回避，反而耐人寻味地盯着银凤，盯得银凤有些不知所措。

　　银凤只好沉着脸跟着他们去了大屋，她倒要看看他们能给她说个啥。

　　杨学文吃完两个羊肉包，啃完一根羊肋骨，又喝过娘递上的一盅八宝茶后，终于摆开架势说道起来。杨学文并没有东拉西扯绕五子（回避问题），而是开门见山直截了当："银凤，听你爹娘说，你不愿意嫁给郭宝鼎。"银凤这才知道，她要嫁的人叫郭宝鼎。"郭宝鼎，好特别的名字。"银凤心想，脑子里似乎出现了一支笔，想要把那个怪字写出来，但是以她的文化水平，也只能把"鼎"写成"顶"。不过，就在头脑里反应这个名字的同时，银凤突然醒悟到，她嫁的是个人，而不是甜水村。从昨晚到现在，她一直深陷于要嫁到甜水村的痛苦中，根本不关心她嫁的是怎样的一个人。

"银凤，郭宝鼎是个好小伙，嫁给他你绝对不后悔！"杨学文说得像赌咒发誓一样，说得银凤的爹娘连连点头称是。"再说，你和春燕是啥关系，杨爹还能把不好的介绍给你？"杨学文反问的语气，感觉要让银凤无地自容，果然银凤绷着的脸松动了些。

"杨爹给你好好说道说道，要不然你不明白杨爹对你的这份心。其一，郭宝鼎这娃不秃不瞎壮壮实实，长相上配你银凤只多不少，你别嫌杨爹说话扎实，你见了小伙子的面就知道了；小伙子又踏实可靠，嫁人不嫁这样的你嫁哪样的？实话说，这娃若不是我的一个远房侄儿，我知根知底的，杨爹还真不敢介绍给你。其二，银凤，杨爹猜，你不是不想嫁给郭宝鼎，是不想嫁到那个地方去。你的心情谁都可以理解，但是杨爹向你保证，不出一年，甜水村整个村庄都得吊庄移民，不光是甜水村，还有响水村、望水村、喊水村……包括我们留水村，都要吊庄移民。到时候，我们就会离开这干旱缺水的穷地方，搬到川区有水的地方去。你想你这是嫁到甜水村吗？根本不是，甜水村只是个短暂的过渡，你是要嫁到川区去啊！"吊庄移民这个事，早几年村里就有人谣杠，只是一直不见政府行动，也有人说先是从西海固南部山区开始，馍馍要一块一块地吃，迟早会轮到芍药沟乡的。杨学文说的倒不是完全没有依据。"还有，银凤，你在杨爹心目中一直是这个。"杨学文边说边向银凤伸出一个大拇指，以示夸赞，"这些年，你对这个家的贡献，长眼睛的都看见了。但是现在，更是你向家庭做贡献的时候，这时候你可不能自私，否则你之前行的好，就会一笔被勾销。你姐姐金凤，那可是全村最俊的姑娘，什么样的人不能嫁？但是金凤为了金水，不也嫁给一个麻脸女婿，现在还是个瘫子；咱村钱五福的老闺女，那个爬爬，你知道的，生下来就不能走路，人家照样为了兄弟嫁给了一个瞎子，彩礼虽不多，大小是个贡献。这样的女儿，才没有枉费父母养育一场的心血。银凤你说，是不是？"杨学文说话的语气那样真挚诚恳，眼神那样温暖和煦，给银凤的感觉是，杨爹要把心扒给她看了，而且杨爹说的每一句都在情在理，找不出一点可以辩驳的地方。如果她再坚持不嫁，那就是不识好歹，就是混账王八蛋了。银凤几乎都要点头同意了，突然间，她的脑子里闪出了一个人，这一闪让她心头一颤，脑门上渗出了一层汗。差一点啊！银凤的心跳到了嗓子眼，随即喊出一句："杨爹，我不能嫁给那个人！"

炕上坐着的三个人顿时傻眼了，面面相觑。银凤的爹娘和杨爹原以为经过这样一番说教，就是铁石心肠都被融化了，而且在杨学文演讲的过程中，他们一直都在暗中观察银凤的表情，感觉这丫头已经被说服了，为此交换了好几次眼神，没想到的是，这丫头张嘴竟来了这样一句。"这丫头变了，不再是过去那个傻银凤了，这都是出门打工的错。人一开眼就不好控制了。"这是杨学文再一次跟李生志对眼时传递的内容。

"你不嫁郭宝鼎，你要嫁给谁？"杨学文尽量保持镇定。

"死丫头，你倒是说啊？你能嫁给谁？你也不照照镜子！"李生志气急败坏地吼道。

"是啊！银凤，你可不能负了你杨爹的一片心。"因为有外人在，牛彩英忍住了心头火。

"我……我……"银凤嗫嚅道，那句话在嗓子眼滚来滚去，终于被怦怦跳动的心拱出了口，"我要嫁给刘海哥！"

"什么？"三个人脸上同时呈现出一种不敢相信自己耳朵的表情，接着，便是一阵哈哈大笑，尤其是杨学文，笑得山羊胡子乱颤，仿佛听到了本世纪最可笑的笑话。

银凤被他们的笑弄蒙了，张口结舌地看着他们。

笑声终于停了下来。

杨学文清清嗓子含笑说："银凤，你不能嫁给刘海。"

牛彩英抢着说："刘海已经有女人了。上次回来领着个黄毛丫头，两人好得贴成一个人。"

李生志脸上露出轻蔑的表情："你嫁给那个懒汉，你脑子是让门挤了吗？"

银凤吃惊不小，她的眼睛瞪得比杨学文喝茶的盅子还要大。刘海哥有女人了？！她是把什么都想到了，就是这一点没想到。她分明听到了一声清脆的响声，一根线被剪断了，在她的心底。那线纤细硬挺，像一根细长的银丝，一头连着她刚刚升腾起来的理想，闪着亮光，就这样硬生生被剪断了。折翼的风筝似的理想，迅速疾飞，须臾便杳然不知所终。银凤终于意识到，她不可能得到刘海哥，从小到大，她想要的，即使再怎么努力，都几乎不能得到。她突然感觉很累，身体突然之间就乏得没有一丝力气，终于瘫坐在身后的椅子上，心死了一样一声不吭。

银凤出嫁的那天，留水村一带又落了一层雪。那雪薄薄的、柔柔的，白纱网一样覆盖在黄土地上。银凤木木的，任由化妆师在她的头脸上各种操作。院子里待客的帐篷一早就搭起来了，她的婚礼比姐姐的还要热闹。爹娘该请的都请了，狠了心要在小女儿身上再狠捞一把，哪管乡邻们如何毁谤——"牛矬子卖女卖出水平了，连三寸钉都能卖出好价钱……"乡邻们也主动往李家门上涌——"倒要看看三寸钉嫁了个啥样的好女婿……"这些银凤都知道，但她还是木木的，仿佛这一切都与她无关。

迎亲的车队沿着芍药沟畔的公路一路蜿蜒向前。说是车队，其实也

就三辆半新不旧的车，两辆杂牌子轿车，一辆面包车。芍药沟断流十分
严重，干枯的河床像一个哭干了泪的母亲，将她憔悴枯黄的面容呈现在
苍黄的大地上。银凤透过车窗往外看，到处都是一片焦黄。银凤的意识
终于醒转了，她感到冷，沁骨地冷，比那夜睡在没生火的空屋还要冷。
脑子里的概念变成了切肤的感受，她嫁的是一个雪都不落的地方；而
这个穿着化纤西装、胸戴一朵大红花的男人，木头疙瘩一样矗立在车座
上，就是她要嫁的人，他看也不看她一眼，这让银凤感觉更冷。

九

许多日子过去了，银凤都无法从极度后悔的心情中摆脱出来。她
懊悔听了杨学文那个老狐狸的话，把自己的命运随随便便交付了；她甚
至后悔父母把她召回的那夜，她为什么就没想到逃呢？她怎么就那么傻
呢？如今，她就是把肠子悔青，也无人诉说。偶尔，她也站在家门口的
土岗子上往远处看，一条被踩硬实的黄土路与周围大片的沙黄，融为一
色，伸向渺茫不辨方向的远方。偶尔，银凤会产生这样的念头，如果她
沿着这条路跑出去，会到达哪里？然而，这样的念头才冒出，就被她立
即掐断了。她不敢。电视里演的事情会在这个村原模原样地演一遍。真
是世上有啥戏上有啥，想想都觉得可怕。村里那个拄拐的女人，冯牛犊
子的媳妇，就是因为逃跑被抓回后打折了双腿。别看甜水村不大，常住
人口不过三四十户，还分散地居住在塬上崖下，平时一副鸡脚牛蹄子争
纷不断的状态，但是一旦哪家的新媳妇要出逃，就会成为全村的大事，
那种同仇敌忾集体出动的架势，即便是一只飞走的雀儿也会被抓回来；
就算没有被抓回来，一个人走在这戈壁荒滩似的黄土地上，也会像一粒
黄沙一样被吞噬吧。

伫立了一会儿，身后的矮土房里赫然传出一声磨菜刀似的尖锐喊叫："羊羔子，你媳妇呢?"是她的婆婆。那个黄脊游蛇一样的老女人，高高的黑红的颧骨上的那对三角眼，常常趁银凤不注意的时候，在她身上游走，那目光黏湿湿的，仿佛带着毒液，盯得银凤浑身像被腐蚀般难受。银凤只要有一刻钟的时间不在老蛮婆的视线范围内，都会引得她哇哇叫唤。"总得生个一男半女，羊羔子媳妇心安稳了，我才能放心。"——老蛮婆对来家里串门的邻居女人悄悄说，被银凤听到了。银凤偷偷笑了，心想生个一男半女，做梦去吧，自从嫁到这个鬼地方，她的月经就不怎么来了，还谈什么生孩子。以前银凤的月经很准，到了日子就像水闸被放开了，汩汩流淌。银凤的身体结实，经血就旺盛。如今，她也像甜水村的渠沟一样断流干涸了。原因银凤也说不上来，大概是饿的吧，加之终日战战兢兢。银凤虽然整日饿得胃里直冒酸水，但因为生不了孩子，又暗自庆幸，心里生出一种快意，报复了婆家人似的。吃不饱就吃不饱，只要不让他们遂意，自己受点罪也值得。结婚大半年，银凤变了一个人，她的心里常常充满仇恨，她恨这个地方，恨每一个人。

只听"吱嘎"一声响，随着婆婆的话音落地，干裂发脆的木板门被打开了，从里面冲出一个泥土墩子一样的人，是银凤的丈夫郭宝鼎，小名羊羔子。羊羔子走路像打夯，跑起来更是震得地上的浮土飞扬。跑了二十米，跑出院门，看见银凤一根头发不少地站在不远处的土岗上，便瓮声瓮气地吼道："回屋去!"晚霞似乎是在羊羔子的吼叫声中飞上云天的，顷刻间把西边的半拉天空染得红彤彤，黄土地的颜色和赤红的霞光交织在一起，大地像披上了一件软缎赤金披风，飘飘荡荡，艳丽得奇异。太阳似乎又矮下去了几分，银凤也矮下去了几分，她踩着自己的影子往回走，那影子看上去单薄凄凉，虚虚晃晃，像一株沙棘草在移动。出嫁大半年，不光影子不是银凤的了，连镜子里的面容五官也都不是她的了。银凤瘦了一大圈，眼窝深陷，山根凸起，嘴巴越来越扁。

晚饭照例是二米（大米和小米）粥，一人一碗，配菜是一碟咸菜，几个硬得石头似的馒头堆在一个豁口碗里。看到这样的吃食，银凤心里总是怀疑，她被罚穿越到几十年前吗？她怎么都没想到，如今这时代，还有人过这样的日子。端着自己那碗稀得能照见人影的米汤，银凤心里奔出无数个"草泥马"，她天天骂，都是在心里，嘴上从不敢脱口。她骂老蛮婆心坏到了极点，给羊羔子盛得稠，稠得跟糨糊一样。自从老蛮婆剥夺了银凤做饭的权利后，银凤就只能看他们吃稠的，自己喝稀的了。

刚嫁过来的时候，银凤心乏得没有一丝力气，她懒懒怠怠地躺了一些日子。直到有一天，婆婆站在院子里边叫骂边追赶一只鸡："挨千刀的，一天除了吃就是睡，说你是个猪都不过分，早晚宰了你！"银凤惊出一身汗。当天晚上就做了一个梦，公公在磨刀子，婆婆趴在羊羔子耳朵边说着什么，银凤的丈夫羊羔子，手里攥着一根麻绳……在梦里，他们的头脸无比巨大，一个个瞪着血红的眼睛狞笑着……银凤被吓醒了。第二天一早她就起来了，扫了院落喂了鸡，又自觉去做饭。银凤刚开始还按照婆婆的规定舀米盛面，老蛮婆在旁边盯着，恨不得让银凤一粒米一粒米地数。这里过去靠天吃饭，如今靠政府救济，粮食按人头算，都是有定量的。银凤顿顿吃不饱，她特别怀念在自己家时想吃什么就吃什么的日子。留水村虽然也穷，但是粮食是充足的，不像甜水村的人，等靠要惯了，即使到了耕种的时节，也只把农具扔在一边，挤在南墙根晒日头——"种个鸡巴呢，年年种年年旱死。"——这倒也是实情。现在这气候，越来越怪异。银凤后悔自己之前糟蹋了太多好吃头，她挑食，顿不顿饿着肚子减肥，现在想想真是造孽啊！

有一日做饭的时候，老蛮婆不在家，说是要到羊羔子姨家去，下午饭也不吃了。公公正好也从滩上回来了，羊们托付给了另一个羊倌。银凤听了暗自窃喜，心想今天可以放开手脚做一顿了，她舀了几大碗面，和成一大疙瘩，准备美美做一顿拉条子吃。饭端上桌，公公和羊羔子吃惊地瞅了她一眼，但也仅仅是瞅了一眼，便张开大嘴好一顿吸溜。银凤也坐下来准备开吃，没想到老蛮婆会在这个时候回来。她竖着三角眼像是看奇观一样盯着银凤面前那碗像小山头一样拌了红辣面子和香油的宽面条。盯了足足有半分钟，老蛮婆突然发出一声凄厉的惨叫，仿佛她的祖传宝贝在大庭广众之下被人抢走了。听到这声惨叫，公公和羊羔子先是怔了一下，既而便以更快的速度扒着嘴里的饭；银凤头皮发紧，她预感到有什么事情要发生。果然，老蛮婆一手揪住银凤的衣领，另一只手在银凤枯黄的脸上好一顿猛扇，速度之快，像是个隐藏在民间的武林高手。银凤被打蒙了，眼前冒出无数个星星，脸上留下了一些瘦硬的道道。这还没完，老蛮婆大喊一声羊羔子，那平时看起来呆愣的丈夫此刻却立即会意，扑上去对银凤就是一顿拳打脚踢。

银凤被打得遍体鳞伤，在炕上躺了好些日子，她想去死，但是又觉得死太可怕。饭是铁定不让她做了。因为开了张，下手顺利，银凤又没有一点反抗能力，所以从此打她便是家常便饭。银凤身上常常挂彩，只要老蛮婆不如意，就会向她撒气。婆婆每次无故寻衅的时候，都会配上她的台词："你是我花银子钱买来的，大把大把的票子，竟买了这么个货！可惜我那如花似玉的羊花子，嫁了一个老头才给她哥换回的彩礼；我羊羔子命真苦，竟娶了你这么个好吃懒做的东西。都是杨学文那老东西日弄的，下次见了，我美美啐他一脸……"对老蛮婆的谩骂，银凤只能毕恭毕敬地站着听着，神情都不能带出不满，否则等待她的又是一顿暴揍。银凤明白婆婆把小姑子嫁给老男人的罪过算到她头上了，婆婆恨她，并不比她恨婆婆少。至于老蛮婆嘴里那个如花似玉的羊花子，银凤虽从未谋面，但是堂屋墙上挂着的全家福里，那个长脸三角眼的年轻女孩，应该就是小姑子，她长得酷肖婆婆，连神情都像，眼神像电钻，透过玻璃框射到银凤身上，使银凤禁不住发抖。有时候，银凤也想，跟他们拼个鱼死网破算了，但她终究是怕。在这山高皇帝远的地方，打死也就白白被打死了，就算是丁小梅那泼妇嫁到这家，也是一条命的事，凭自己胆小怕事的性格，又怎敢反抗如此恶毒的婆婆？

嫁到甜水村，最让银凤痛苦的还不是挨饿挨打，这光秃秃的地方，什么都是光秃秃的，光秃秃的日子里，过一年与过一天几乎没有什么区别。甜水村仿佛真的与世隔绝了，从时间到空间，仿佛被抛掷在一个荒野似的巨大空洞里。银凤无聊得要死。她想找些家务做，但除了做饭，几乎没什么可做的。屋子里空空荡荡的，没几件家具，刚扫完擦完，又是一层灰，索性不擦。猫狗养不起，几只乏鸡，只是任由它们在院里啄食石子和草籽，偶尔给喂点米糠。家里还养着十几只羊，由公公在几十里地外的一个戈壁荒滩里放养着，那荒滩也比甜水村水土好，至少还生长一些沙棘、骆驼草等野草。银凤也想去放羊，放羊也比圈在这屋里强，可她漫说是去放羊，就是走出这村庄都不能够。她的丈夫羊羔子，正事是一点都没有，每天吃完饭嘴都不抹就跑到村头找人下方、打牌、胡聊去了。他和银凤无话可说，眼光也并不在她身上停驻一下，但却不妨碍他夜夜折腾她。银凤始终搞不清楚一件事，她的丈夫是否是个傻子。若说羊羔子是个傻子，可他在好些事上却精明，心眼子不少，脑子转得也快；若不是傻子，为何看起来一副蠢相？呆呆愣愣的，只知道吃喝。银凤是嫁了人，但是这个人却几乎和她没有任何关系。

银凤无聊得要死，没有人和她说话，她觉得自己仿佛被流放到了一个荒岛上。电视家里倒也有一台，放在老蛮婆屋里，看上一眼比吃肉都难，老蛮婆怕费电；况且这鬼地方，常常没有信号，也就是个摆设。能陪伴银凤的只有她随身带来的手机了，银凤并不知道，2010 年了，外面的人都已经用上了智能手机，短短一两年的时间，世界发生了翻天覆地的变化。这地方因为没网，多数人都不用手机，个别有的，也都是老款，打电话要跑到几十里外有信号的地方。银凤日日就靠着她的旧手机里下载的几百首歌度日，但是还不能让老蛮婆看见（充电也要费电），否则少不了一顿鸡飞狗跳。

如果不发生那件事，银凤估计自己一定会被困在这个地方，直到死的那一天，当然她不会好死，不是慢慢儿被饿死，就是被老蛮婆凌虐而死。有一段时间，银凤恨老蛮婆恨到了极点，她真想搞一包老鼠药把这恶婆子毒死算了，但是她哪里能搞得到，即便是搞到，她就真能下得去手？

十

银凤总是趁老蛮婆出门的时候，到家门外转转，透口气，虽然时间有限，但总比待在矮土屋里强。外面也没有什么景致，除了土崖上长出些梭梭外，很难看到绿意。银凤屋前屋后转一圈。甜水村的人居住得分散，户与户之间隔着好几十米，甚至上百米，有些人家的房屋因为久不住人已经坍塌了。甜水村也像留水村一样，搬走的比留下的多。在婆婆家屋后的土崖下，就有两三户坍圮的房屋。银凤偶尔会越过倒塌的墙头，钻到那些神秘的黑洞似的空屋里去，那些到处堆砌的杂物多数已经被黄沙覆盖，很难看出先前主人留下的踪迹。不知为何，银凤特别喜欢留意看一些坑啊洞啊之类的东西。攀上土崖，倒是有一个特别大的坑，深谷一样嵌在甜水村的腹地，经过岁月风霜雪雨的侵蚀，呈现出匠人打磨玉石般的光滑弧度。对着这深谷，银凤有些头晕，她不喜欢这里，那种无可遁形的裸露感让她心慌，她还是喜欢到那些迷宫似的老屋里转。

银凤毕竟不敢久留，老蛮婆虽然出门了，但她没出村，临出门前，给羊羔子安顿了又安顿。那呆子也只是表面呆，装出一副漫不经心的样子，躺在屋里睡大觉，只要银凤敢往村口移动，呆子的脚步就会鬼魂一样跟上来。

银凤恨婆婆，这种恨咬啮着她的心，让她日夜难安。"就算是个牲畜，也不应该得到如此对待。"银凤心想，她又怕她，怕得入骨，她不敢公然反抗她。"即便是个牲畜，也应该有一点点反抗吧。"银凤总是在想，若是丁小梅，或是杨春燕，嫁到这家，她们会怎么办？她不是她们，她一向都是最无能的一个人。这种自我否定的感觉使她更痛苦。在痛苦的折磨中，银凤逐渐学会了用脑，可她曾经是一个毫无心机的人。

她必须给婆婆一点颜色看看，明的不行就来暗的。起初银凤只是趁老蛮婆不在的时候，朝她那个污迹斑驳的被当作茶缸的罐头瓶里吐唾沫，但老蛮婆浑然不觉，依然喝得津津有味，搞得银凤一点报复的快感都没有；她又把从崖畔上捡来的几个晒得干枯的苍耳子悄悄放进了老蛮婆的被窝，期待着听到一声凄厉的惨叫声，奈何老蛮婆皮肉过于粗糙，苍耳子的尖刺戳不痛她。银凤干脆换成一根针，竖着插进老蛮婆的荞麦皮枕头里，当晚就听到了一声粗粝而又痛苦的尖叫。据村里的赤脚医生说，那针要是再偏一点，扎进耳后的大穴，会出人命的。那几日，每看到老蛮婆捂着被扎穿的腮帮，听到她的自言自语："我怎么就会把针插进枕头里呢？"银凤就无比快意。银凤又对老蛮婆的裤子做了手脚，把缝裆的线抽出一截，让不可一世的老蛮婆在人前丢丢丑；那裤子搭在院子里晾晒衣服的铁丝上，皱得像个晒干的丝瓜瓤子。果然，老蛮婆穿着这条裤子出了一趟门回来，那表情似乎比她挨针扎还要痛苦。

银凤前前后后得手了不下十次。那一天，当老蛮婆前脚刚一出门，银凤后脚便又溜进了老蛮婆的卧房，她准备把从羊羔子脱下的衣裤上和自己的衣服上捉到的一些活虱子放到老蛮婆的衣服和被窝里，让家里的虱子全部都喝老蛮婆的血；这些虱子她辛苦抓了几日，养在一个破瓶子里，死掉了好些，剩下的也足以对付老蛮婆，让她痒上加痒。然而她刚刚把老蛮婆的被子抖开，那张干瘦的刀条脸便呈现在了眼前，跟在后面的还有之前就早已出门的团子脸。母子俩钟馗下凡一样伫立在银凤面前。所有的谜团瞬间有了答案，银凤清楚地看到婆婆脸上浮现出的得意之色。凝固的空气随着老蛮婆的一声喝令涌动起来。老蛮婆使用的是她最熟练的扇耳光，羊羔子则是惯常的拳打脚踢。一顿疾风骤雨似的暴打后，银凤眼看就要倒地了，一只大脚却猛地踹向她的腹部，又将她踢飞起来。银凤感觉自己飞上了天，却"扑通"一声重重地落在了地上，眼前有无数的星星在飘飞，腹部巨大的疼痛牵拽着她飞不起来，鲜血放闸似的从下体汩汩流淌出来，黄泥地顷刻之间被浸湿了一大片。

银凤流产了，是个男胎，她竟然一点都没有察觉。婆婆在医院里放声号哭，又大骂银凤蛇蝎心肠，害死了她的宝贝孙子。银凤差一点丢了命，要不是村长和村里的赤脚医生立逼着把她送到镇上的医院，她可能早就没命了。

血被止住后，银凤就被婆家从医院拉回来了，即使她想逃跑也虚弱无力，更何况还有日夜严密的监控。两年来，银凤第一次离开甜水村，却是以这种方式。银凤无比懊悔，在医院，多好的机会啊！这种后悔的心情终于唤醒了银凤，她下定决心要离开这里，死也要离开这里。

躺在炕上养病的一个月，银凤终日筹谋着，她心潮澎湃，脑子里翻江倒海，想得都快要疯癫了，终于觉得已经把每一个细节都考虑清楚了。主要是食物和水，还要有一个防止荒滩上野兽进攻的器械。银凤的身体虚弱到了极致，稍微一动弹，便是一身大汗。老蛮婆倒是给她炖过几只鸡吃,"吃上,赶紧恢复,抓紧时间给我再怀个孙子!"——银凤的流产,倒是让他们确定了一点,她不是不下蛋的母鸡,她有生育能力。

银凤耐心地等待着,等待着自己的体力恢复,等待着老蛮婆出门的机会。养病期间,婆婆倒是对她放松了警惕,她那黑黄的死人一般的脸色,奄奄待毙的状态,漫说是跑了,恐怕走两步就要一头扎倒在地上。银凤终于等着了机会。那一日,公公捎信来让羊羔子到滩里一趟,家里的羊要剪毛,有几只母羊要下羔了,公公一个人忙不过来。下午饭吃过后,银凤终于听到了老蛮婆锁院门的声音。吴大奎的女人中午过来了,请婆婆到她家帮忙,明天要嫁女,锅灶上的事情多,村里的女人几乎都去了。真是千载难逢的机会,银凤激动得要打摆子,她又有些踌躇,恐惧折磨着她,下不了最后的决心。

银凤趴在炕上,听着自己的心"咚咚"狂跳,事到临头,她却又缩手缩脚。她在心里骂着自己,李银凤你就是个最无能的人。时间一分一秒地过去,黄昏将至,银凤终于下定了决心。

抓紧时间在灶房里一顿搜腾,除了几个发硬的馒头外,竟然还有半只煮熟的鸡,生土豆也装了几个,生米生面也各装了一小袋;没有现成的热水,银凤直接把窖水装进一个大号的饮料瓶里。那饮料还是银凤住院时,羊羔子因口渴,嘟囔着老蛮婆给买的一瓶。吃喝都有了,银凤又去放杂物的棚屋里拿了一把锄头,是一把小锄,锄刃还算锋利,杆细,拄着走路也方便。

所有的都准备好了,银凤便爬上梯子从院墙翻了出去。老蛮婆有时还真是蠢。银凤没有直接出村,天色尚明,她跑不出去。她绕到了屋后,那几户坍塌的屋舍,那些坑坑洞洞,废弃的破瓮和柜子,银凤知道哪里能够藏身,她要等到整个村庄熟睡的时候再出去。然而银凤却没有藏在她脑子里构想了无数遍的藏身之处。那些深暗的地方,或许也是容易暴露的地方。她躲在了离婆婆家最近的那户一截半塌的院墙下面，那堵墙赫然就在人的目光之中，谁都不会想到墙体下的凹陷里会藏着一个人。银凤又用一些土坷垃、干枯的秸秆和垃圾把周遭漏光的地方堵了起来，堵成一个严严实实的洞穴，从外面什么都看不出来，从里面的秸秆缝里却能把外面看得清清楚楚。银凤终于意识到，她为什么那么喜欢观察那些沟沟坎坎、坑坑洞洞，原来潜意识中她早已为今天的出逃做着准备。

夜晚降临了，月亮还没有升起来，周遭越来越暗。银凤趴伏在她的洞穴中，竖起耳朵听动静。初秋夜晚的山乡，寒气骤至，银凤庆幸自己把过冬的羽绒服套在了身上，手机电也充到了满格，她偷偷摸出来看了一眼，七点半，时间还早。银凤的心智和头脑，就是在谋划这次逃跑的过程中锻炼出来的，以前的她，多么单纯，是一个最不愿意动脑的人。

又过了一会儿，月亮还是没有露头，大概是今晚的云层太厚。有开锁推门的声音传来，老蛮婆的脚步轻盈，像狸猫散步。然而只是须臾，便擂鼓点一样急促起来，大概发现银凤不在自己屋，也不在其他屋，整个家都找了一遍，那声凄厉的喊叫才绕过屋顶传递过来："不好了——跑了——羊羔子的媳妇跑了——"老蛮婆一声声地呼叫着，上气不接下气，顷刻之间，整个村庄便炸锅了。各家各户几乎倾巢出动，骑着电摩或者自行车水流一样往村道上涌去，乡村一时间安静了。银凤耐心地等待着，九点，十点，十一点，快十二点的时候，外面又重新喧腾起来。银凤果然预料得没错，那些人找不到她，一定会返回来在村里搜寻。村里的旮旯拐角、废弃的房屋，凡是能想到的藏人的地方都搜了个遍，尤其是距离老蛮婆家最近的几处房屋，打着手电筒搜了一遍又一遍，哪里有银凤的影子？谁也想不到银凤就在他们的眼皮子底下，就在他们站脚的地方，一堵半倒的矮土墙下面，有一个坑洞似的凹陷，里面竟藏着一个大活人。

有人开始抱怨了："这个鸡巴村，也没人养条狗？有狗找人就方便了。"

另一人回答："人都吃不饱，还养狗？狗不吃干屎，你怎么养？"

都是苍老的声音，熏了一辈子的烟囱管似的。年轻人几乎全都离开了村庄，除了像羊羔子这样被娘紧紧捆在身边的。

又有人抱怨："折腾了一晚上，实在是累困，人又找尿不着，干脆天亮了再说！"

更多的人开始抱怨，人老了经不起折腾，明天再寻。

羊羔子的娘千恳万求，也挡不住人们的纷纷离散。

夜终于重新恢复了宁静。四周黑得看不见自己的手指。今夜，月亮注定是不会露头了，星星也没有一颗。银凤静静地趴伏着，直等到老蛮婆在无望中关了自己屋的门。又忍耐了一会儿，银凤看看时间，凌晨两点，她准备出发了。

村巷像一截冻硬的肠子，走在上面，竟有一种滑腻的感觉，银凤踮着脚，摸摸探探地走着。手机灯的光亮像一截长着胡须的玉米棒子，照在哪里哪里就黄澄澄一片。这点光亮非但没有给银凤多少勇气，反而让她陷进了更大的恐惧之中，她害怕灯光会吸引这暗夜中沉睡的生物。然而没有这灯光，这塬上崖下，弯弯绕绕，想要出村，何其困难！

银凤硬着头皮向村口移动，眼前的路，在手机灯劈开的光柱中，显得浮沉滚滚。也不知走了多少时候，终于到了村口的界碑处，那里竟停着几辆电摩和自行车，因为崖上塬下骑起来不方便，索性扔在这里，明早寻人时方便骑。银凤喜得快要流出眼泪。这是她小半生来最幸运的一次。她本想骑一辆电摩，又怕半路没电，就推了一辆自行车，轻手轻脚地尽量不发出一点声音，直到离村半里了，才系好包裹，捆好锄头，骑上了车。

银凤的腿已经变得机械麻木了,脑子里也只有蹬车这个意识。黑暗中,手机灯萤火一样照着面前黄尘翻滚的土路。她累到了极点,但是一刻都不敢停下来,她害怕天亮了,那些人追过来。

银凤蹬啊蹬啊,坡上坎下,在这无比黑暗的荒原上,就着一点微光,她内心的恐惧慢慢消散,心里只有一个意念:离开这里。

十一

传送带缓缓延伸,像一截铁轨似的从一个机位传向另一个机位。传送带两边的工人们两人一组互相配合,把上面一次性的杯盘碗盏包装后装箱运载。银凤负责装箱,和她一组的林芳是个新手,包装的速度有点慢,银凤也不催她,在等待的间歇里,她的思绪老是滑进一个沉沉的带着九月特有的甘露味的清晨。

在一个不知名的三岔路口,银凤扔掉了自行车和包裹、锄头,拦住了一辆去县里的四轮车,到了县里她急奔车站,已经坐上了去省城的大巴,她紧张的心情仍然不能平复。其实,银凤根本不必如此紧张,那帮人压根没有再追过来,他们急着去吃席,任老蛮婆磨破嘴皮子,只一句,吃完席再说;吴大奎的老婆也发了怒,她说:"羊羔子他娘,你还让俺家办喜事不?"银凤贴身的口袋里藏着八十九元钱,那还是没结婚前的积蓄,两年来,一直被她贴肉藏在内衣上缝制的口袋里。靠着这点钱,她顺利逃到了省城,在城郊乡的农贸市场里找到了现在这份活计。

有时候,银凤觉得过去的一切像一场梦,那些场景不断以割裂的方式出现在她的梦境里:荒僻的崖坡、低矮的黄泥小屋、老蛮婆狰狞的面孔、那段长长的像是漂浮在无涯的时间的荒野里的逃亡之路……从梦中惊醒的银凤，总是一身大汗。窗外或皎洁或朦胧的月色，耳朵里簌簌落落的夜声，都让银凤确定，过去的一切是真的，现在的一切也是真的。

银凤变了一个人。她和谁都不热络，脸上常常挂着一副冷淡的表情，那目光也是冷的，是警惕的。间或射出一点懵懂或者热切的光，也是本性在不经意间的流露。这期间，杨春燕不止一次地联系过银凤，起先还问银凤在哪里，因为收不到银凤的消息也就不问了。银凤一进城就换了手机卡，后来又换了智能手机，偶尔在深夜被噩梦惊醒时，银凤才打开旧手机看看。杨春燕的消息隔一段时间来一次，根据这些消息，银凤知道了一些事情：婆家人到留水村大闹了一场，因为找不到人，便把李家连砸带抢洗劫了一番，杨学文的脸也被银凤的婆婆抓挠出几条血印子；因为赔付不了彩礼钱，银凤的爹娘也只能任由婆家人胡逛。杨春燕嫁人了，是一个小包工头，不久前死了老婆，"老是老了点，但知道疼人。"这是杨春燕短信里的原话。银凤能想象得出，杨春燕是如何使出浑身解数，去勾引诱惑那个只是上了年龄但是并没有多少城府的老男人。杨春燕吃的是青春饭，随着年龄见长，嫁人或许是她最好的归宿；她又吃不了苦，所以不能嫁穷小子，现在梦想实现了，只不过这个男人老得可以给她当爹。银凤因为恨杨学文，连带着对杨春燕也憎恶起来。每当夜深人静的时候，银凤看这些短信时，手机微弱的光投映在她的脸上，那青黄的脸上便笼上一层幽蓝色，银凤不知道，微微烛火似的光亮中，她的那张脸，看起来冷静得可怕。

下工了，银凤最喜欢缩在宿舍里玩手机，"某音""某手"上的短视频一个接一个地刷。有一天，她刷到了一个视频，里面的光头男说芍药沟乡整个都要搬迁了，迁往川区有水的地方；紧接着，官方的消息也一条一条宣布，新村有着整齐的砖瓦房，家家户户都通了自来水和天然气。在银凤离开半年之后，那个鬼地方的人终于要搬迁了，要享福去了?！这半年的时光，银凤努力地改正暴饮暴食的毛病，刚开始她吃得很多，但是吃多少吐多少，喝惯了米汤的肠胃对高热量的食物已经不适应了，她也渐渐地改掉了往被窝里藏吃头的习惯；至于一下工就往澡堂子跑，一泡就是一两个小时，银凤也一点点改掉了。在甜水村的那两年，她几乎没有洗过澡，身上的垢痂像铁甲一样厚，而银凤骨子里是一个爱干净的人。

随着生活一日日地恢复正常，银凤紧张的神经终于放松了下来。那日发了工资，林芳执意要请银凤吃一顿，"银凤姐，我要谢谢你和我搭手，要不是你帮我，我这个月连最低工资都拿不到。"银凤没有拒绝，林芳是应该感谢她。要不是银凤现在抱着混日子的心态，对赚钱已经失去了兴趣，她也不会和林芳一组，一个月少挣两三百呢。银凤现在是吃穿有了就不愁，没了给李银宝攒钱的念头，银凤也是怎么轻松怎么来。吃完串串香后，林芳又喊着银凤陪她去修鞋，她刚买的新鞋，在雨天里走了一趟，就开胶了。

那是一家小小的门脸，就在农贸市场外。店主看起来年龄不大，长得眉清目秀的。店里围坐着几个人，有来修鞋的，有来看修鞋的，还有来找鞋匠聊天的。因为店面小，围了几个人后，就被挤得满满当当。银凤和林芳在店门口的小板凳上坐下来等待，两人各自掏出手机，不一会儿就进入到手机里的世界了。其间，银凤探头往店里看了一次，因为在嘈杂的聊天声中，突然传出一个高音，吸引了银凤的注意力，"背罗锅，今天能配钥匙吗？"原来，鞋匠是个罗锅。这个地方的方言，那"罗"字要读"捞"，读音是标准的阴平。背罗锅回答："还不能，机子还没修好呢。"银凤有意望去，果然看到一个大肉球，高高隆起，耸立在鞋匠的后背上，使得他的胸紧紧含着，个头就显得矮了很多。因为看得仔细，鞋匠的年龄感就暴露了，并不像第一眼看上去那么年轻，大概三十出头，但因为长得细眉细眼的，乍一看年轻罢了。

银凤后来又去了几次，都是为了修鞋配钥匙。背罗锅的业务挺广，不光修鞋、配钥匙，还擦鞋、卖鞋垫，小店里永远围坐着一圈人，生意很好的样子。银凤也喜欢看背罗锅修鞋，他的手很灵巧，穿针引线，技巧熟练，拉线时虎口紧绷，非常有力；鞋跟在铁墩子上，被敲得砰砰响，一双鞋没几时就修好了。渐渐地，银凤和背罗锅熟识了，从农贸市场进进出出，有时候她和林芳即使不修鞋，也会到鞋匠铺里坐坐。一般都是吃了晚饭后，待在宿舍里无事可做，她俩便结伴到农贸市场外的夜市上转转，回来时，天色已经暗淡了，街灯点亮了，鞋匠铺要打烊了。一转头，看见她俩，鞋匠脸上露出一贯的和善笑容。林芳很热情，高举着手里的塑料袋问鞋匠吃不吃，里面装着刚从夜市上淘来的关东煮啊鸭脖啊等小吃。鞋匠羞赧地一笑，挠着头说他这里有饮料和啤酒。

一张小桌摆在鞋匠铺门口的老槐树下，三个人围着桌子边吃边聊。林芳话多，讲起来连说带笑，很有趣。鞋匠话不多，脸上一直带着笑意，小口抿着杯中酒。银凤一贯都是闷嘴葫芦，听得多，说得少，有时候听着听着还会走神。聚了几次，三个人也算是朋友了，互相加了微信好友，在朋友圈里也经常互相关注点赞。银凤和林芳当面背着都不再像旁人那样叫鞋匠为背罗锅了，她们唤他的大号：白秀。白秀和林芳对银凤很好，但不知为何，银凤却总也热络不起来，她总是不远不近的，似乎刻意要保持一段距离。银凤知道，她这是心病，归根结底是因为怕，强烈的戒备心使她不敢再相信任何人。她再也不是当初那个对谁都掏心掏肺的李银凤了。

然而，白秀的鞋匠铺真是个好去处，当傍晚来临，鞋匠铺里的人走散后，三个人围坐在一起打打扑克，聊聊天，喝喝小酒，仿佛一天的疲累都消散了。白秀是个爱干净的人，鞋匠铺东西虽多，却被他摆放得一丝不乱。几盆花将那斗室点缀得温馨雅致，一朵扶桑怒吐着新蕊，摇摇曳曳地从花枝中探出头来。白秀也在一点一点试探着他和银凤的关系，但是银凤却浑然不觉。起初，三个人围坐时，白秀只是更多地把目光投射到银凤身上，银凤并没有察觉，或许白秀自己也没有察觉，林芳倒是看出来点什么。直到白秀开始频繁地给银凤发一些情歌，甚至只邀请银凤去鞋匠铺相聚时，银凤才感觉到了异样。但是银凤并不往这方面想，她从来没有想象过有男人会喜欢她。所以当她提着白秀送她的小礼物——一个边缘镶花的圆镜和一把牛角梳，回到宿舍时，她反而要问林芳有什么事没去赴约。林芳神情诧异："没什么事啊！我一直在宿舍，赴谁的约？"银凤才知道，白秀只约了她一人。礼物应该也只有她一份。银凤便偷偷地藏起了那装礼物的塑料袋。

后来，这种事情越来越多，且越来越明显，即使是傻子都应该明白了，即使是再假装不知，也装不下去了。然而银凤不明白的是，白秀为什么看上她。平心而论，白秀除了是个罗锅，条件一点都不差。他就是这城郊乡的人，算是半个城里人，父母早逝后，给他留下的平房早已拆迁，换了一套楼房和这间小门面。按理说，白秀找个漂亮点的姑娘，一点问题都没有，可他却偏偏相中了她？银凤怎么都想不明白，所以她宁愿相信白秀的这些举动都是自己的错觉，除非他亲口说出来。

白秀还真的说出来了，在他们相识大半年后的某个夜晚，银凤在临睡前收到了一条微信，在这条微信之前还撤掉了两条，显然白秀颇费踌躇，鼓足了勇气。微信的内容只有一句话：银凤，我想让你做我的妻子！银凤被这条简短的信息震惊了，她浑身战栗，心里涌出一股一股的热流；尤其是"妻子"这个字眼，在她脑海里一遍一遍回荡，反复回味，百感交集，她仿佛第一次见到这个词眼。她嫁过人，但却似乎从未成为一个"妻子"。她还能成为别人的妻子吗？银凤一遍一遍问自己，能以妻子的身份被丈夫尊敬呵护吗？

银凤心潮澎湃，辗转难眠，到了五更天时，她终于拿起手机回复了一条：为什么？你看上我哪点了？没想到，刚发过去不到一秒，那边就回复过来了："我也不知道为什么，只是每天都想看见你。"

是的！白秀自己也不清楚是怎么回事，他竟然会喜欢上李银凤。第一次见面，银凤除了给白秀留下个五短身材、长得不美气的印象外，再无其他。后来接触得多了，白秀发现，银凤话很少，一副娴静的样子，又略带一丝忧郁，尤其在夜晚的灯下，银凤黄黄的脸上雾气一样蒙着一层忧戚，使她看起来有几分神秘，感觉她是个有故事的人，但是又说不上来。她的眼眸中偶尔射出一种纯净的亮光，孩子一般；听到特别好笑的事，也会像孩子一样没心没肺地笑。这一切，都构成了银凤与农贸市场姑娘们的迥异气质，她带着那么点疏离感，但是却让人愿意靠近。这是白秀的感性认识。理智上，他也权衡再三，他一直很自卑，因为身体的残疾，在女人面前，他一直抬不起头，他怕她们，越漂亮的他越感到害怕，而在银凤面前，他非常放松，含着的胸打开了，她是身高少有的没有超过他的女人。还有，她看上去很朴实，衣服并不常换，但洗得干干净净，应该是个会过日子的人……

银凤却很犹疑，她从未想过再嫁，况且目前她还不算单身。但是让她拒绝白秀，她又做不到，她知道他是唯一真正对自己好的人。银凤为难死了，她不知道该怎么办，她把心事告诉了林芳。林芳的语气非常笃定："嫁！为什么不嫁？你要不嫁，我就嫁了，傻子才不嫁白秀这样的人！"听林芳这么一说，银凤突然觉得自己真是个傻子。以前人人都叫她傻银凤，经历了那么多，难道自己还是没有长进？

银凤考虑了很久，她决定嫁给白秀，过去的事情就让它翻篇吧，甜水村她永远都不会回去了，即使是记忆中留下的那点微末，她也要尽力

删除。她李银凤不傻，过去她吃亏就吃亏在总是为别人考虑，现在她也
要为自己筹谋一次，即使这会让她成为一个骗子——结过婚的事，她打
算瞒着白秀，不告诉任何人，过去的一切就让它过去，她要开始新的生
活。杨春燕的短信里不是有这样一句话嘛，"银凤，还是要靠男人，找
个可靠的男人嫁了，比什么都强。"这是杨春燕为自己嫁老男人找的借
口。许多日子之后，银凤突然想起，却也多多少少促成了她再婚的决
心。银凤累了，一天到晚在流水线上作业，她也快撑不下去了；躺着总
比站着强，银凤想。银凤变了，再也不是六七年前那个刚进城打工，不
怕苦、不怕累、生机勃勃的李银凤了。

银凤嫁给了白秀，彩礼一分都没要，家属一个都没有。她对白秀
说，她是逃出来的。她的爹娘要把她嫁到深山去，为她二哥换彩礼。要
是爹娘知道她在这里，一准会拆散他们。这看似实话的假话，不光使白
秀相信了，也让银凤相信了，她心里多多少少好受了些。事情其实就是
这样，她安慰自己，其实她也没有骗白秀，只是时间先后罢了；因为这
一点，白秀却更加爱银凤，这爱里多的那部分是疼惜。

他们没有领证，原因是银凤回不了老家，自然就取不上户口本。
"这都不是问题，等有了娃儿，木已成舟了，不怕岳父岳母不承认。"白
秀笑着安慰银凤，他怕银凤因为领证的问题而反悔。婚礼也很简单，只
是聚了两桌人吃了个饭而已。

十二

婚后一段时间了，银凤都不敢相信，现在的生活是真的。每天她收
拾屋子的时候，都会一遍一遍地擦拭那些亮光面的家具，反复抚摸那些
雕着花纹的线条，柜脚的褶皱都让她喜欢不已……她怎么都想不到，今

生今世还能住上这么好的房子。她从客厅转到卧室，又转到厨房卫生间，心里的那种满足感，无法言说，又有些恍惚，一切都像是在做梦。然而，身边这个总是对她笑意盈盈的男人却是真的，是真真切切的存在。这个真真切切的存在，提醒着她，这一切都是真的。

白秀对她的好，她羞于启齿，若是说给旁人听，对方会起鸡皮疙瘩，她自己也会脸红。林芳有时和他俩待一会儿，总是会调侃白秀："嗨！背罗锅，你是几辈子没见过女人吗？你俩要齁死我吗？李银凤自己没长手吗，用得着你给她搛菜？"林芳是假装愠怒，银凤的脸却红了，白秀的脸也红了，他俩对视一眼，眼神里能调出蜜来。银凤终于相信了，有"时来运转"这样的事，并且发生在了自己身上。

白秀对银凤的好，不光甜齁了外人，也甜齁了银凤。银凤彻底放松了，她心里的那些悲伤忧戚，往事刻在记忆里的阴影和暗迹都一点一点被抚平，消散了，过去的生活彻底翻篇了，偶尔忆起，会有一种恍若隔世的感觉。然而，这也只是两三年间的事情。对于普通人来说，痛苦的日子一日胜过一年，幸福的日子恰恰相反，似乎在指缝间随随便便就溜走了。可惜白秀和银凤都不懂人性，他们以为好日子会细水长流一样直到尽头，却不曾料到，肆意泼洒的爱与毫无底线的包容会使生活悄然发生许多微妙的变化。这种变化正发生在银凤身上。

头一年，银凤在白秀眼里还是个天真娇憨的小女孩，到了第二年，这小女孩就变得有些任性顽劣了，有时候发起火来，简直可用面目可憎来形容。白秀不明白，银凤的变化正是因他而起，他太娇纵她了，她在他面前毫无压力，想怎样就怎样；银凤也感觉出了自己的变化，她不是当初的那个她了，当初她是以报恩的心情对待白秀的，谦卑里藏着小心翼翼，那是他们的好时光，如今她却大变样。她知道是白秀的纵容让她变得越来越胆大，反正不管她怎样作，他都会一如既往地待她。面对被惯坏了的银凤，白秀也只得用一句"结了婚的女人都这样"来自我安慰，依然对她包容呵护着，没有一点点反抗。偶尔，银凤也会后悔，在无故寻衅后，看着白秀那双明亮的无辜的眼睛，银凤的心里也会柔软一下，但仅仅是那么一下，便又故态复萌。银凤不是哲学家，也不是修行的君子，偶尔萌发的一点自省精神，完全没有办法阻遏住她性格中涌起的越来越多的恶——那些被压抑了近三十年的本性。她在他面前完全没有了起初的自卑感，并且以一个完整的躯体常常恶意端量他残缺的身体：那个一动弹就在后背上滚来滚去的大肉球，使银凤越来越厌烦；他常常含着笑意的细眉细眼，再也不是当初让人感觉温暖舒服的理由，现在看来，只是没有阳刚气的证明；他人太窝囊，任由顾客随意砍价，赊账不还，他也毫无办法……银凤对白秀越来越不满意，她有时候甚至后悔当初瞎了眼，却全然忘记了当初她是一个什么样的处境。

白秀越来越不爱回家，家里时常弥漫着战争的硝烟，当然是一个人的战争，即使他躲在鞋匠铺都无法避及；白秀变得越来越沉默，面对这沉默，银凤似乎也没有多少发挥的余地，他们的婚姻生活从刚开始的河流似的汩汩流淌的活泛终于变得波澜不惊。结婚五年后，他们也变成了老夫老妻。因为没有孩子的牵绊，那感觉，比一般的老夫老妻还要平淡。白秀倒是到医院偷偷查过一次，在他们的婚姻进入到第三个年头时，他的精子没有活力，这使得他在银凤面前愈发自卑；他根本不知道银凤的身体也有问题，那个曾经被一脚踹坏了的子宫，几乎没有任何孕育胎儿的可能。而他的自卑却无限扩张了银凤在他面前的优越感——她早已将前尘往事忘得一干二净。

鞋匠铺，银凤也不愿意去了。有过一段时间，她天天去，盯着白秀不要少钱赊账。白秀很苦恼，但他一言不发。因为银凤的存在，老顾客都不登门了。银凤也是烦了，看见白秀那蔫头耷脑的样子就烦，骂骂咧唰了几次后，就不去鞋匠铺了。她结交了几个小姐妹，都是小区里靠老公养着的闲散妇女，她们一起逛街购物，戳是非捣闲话，支起一张桌子打牌，不是这家就是那家。当初白秀看好的娴静气质，在银凤身上荡然无存，她沦为一个彻底的市侩。

有一回，一个小姐妹给孩子摆满月酒，地点选在市区的一家餐馆里，银凤乘了环线的公交车前往。下了车，穿过永安巷往左拐，才能到达目的地。银凤缓行在巷子中，街巷里很安静，没有多少行人。微风吹拂着街边的梧桐树，发出"唰啦唰啦"的响声，阳光透过树叶的缝隙洒落下来，地上便是一片一片晃动的斑驳的树影，银凤的影子叠加在那些树影上，也摇曳晃动着……蓦地，银凤心里涌上了一种不一样的感觉，涟漪似的逐渐扩大，给她的心里带来了一些浅浅淡淡的忧伤，就像风吹过一片沙丘，留下了丝丝缕缕的痕迹；记忆中的大片空白一瞬间有了一些模糊的影像浮出，那是十几年前，银凤初次进城打工，故人也早已在银凤的记忆中杳然而去，重新走进这熟悉又陌生的街巷，一种熟悉又陌生的感觉悄然在银凤心里升起。银凤的心一点一点沉静下来，原来十几年的光阴，可以这样长，也可以这样短。

银凤慢慢踱着步。一辆摩托车"呜儿"的一声停在了银凤身边，把银凤吓了一跳，她刚想骂骑摩托的人不长眼睛，那个人却摘下头盔对她咧着嘴笑。银凤的眼前顿时亮光闪闪，心顷刻之间要跳出嗓子眼，热血从心脏涌出，流向四肢百骸——是刘海！

银凤激动地喊叫道："刘海哥，是你吗？""怎么不是我？银凤你不认识哥了？"刘海哥笑得更欢了。"认识，怎么不认识？"银凤心想，只不过刘海哥的出现太出乎意料了。这些年，刘海哥的影子偶尔会在银凤的梦里出现，她也仅仅把这当个梦。

刘海哥也老得多了，这是十几年后银凤再见刘海时的第一印象，主要是沧桑了，那口白牙也变黄了，上面斑斑点点地沾着一些不明物。刘海哥的穿着也粗粗拉拉，一看就是从复兴市场里的摊铺上淘来的。但是，银凤仍然开心，刘海哥跟她说话的时候，她的心仍然怦怦狂跳着。那天，银凤就和刘海站在街巷里的梧桐树下聊了近半个小时，他们知道了彼此的近况。当银凤得知刘海哥还没有结婚时，她简直不相信自己的耳朵，她清楚地听到自己的心"咚"地跳了一下。

那一天，银凤都过得恍恍惚惚，脑子里全是遇到刘海哥的事儿。晚上睡觉前，她想给刘海哥发个微信，但是又忍住了。刘海哥说，过几天来拜访她和白秀，不知道是随便说说还是真的？银凤思来想去，辗转反侧，最后她打定主意不想了，刘海哥要是来，她就好好招待；要是不来，她就发微信请他来。

没想到第二天傍晚刘海哥就登门拜访了，手里提着一箱酸奶和一把香蕉。一进门，先是啧啧了一阵："银凤，这房子真不是你租的？"银凤露出娇羞的一笑。"厉害啊，银凤，你现在是城里人了！"刘海哥继续感叹与恭维。白秀听说是银凤老家的哥，那个热络劲儿比银凤还夸张。银凤在厨房里忙碌着，两个男人在客厅里喝着，直到月上中天，两人都面红耳赤、双眼迷离为止。分别的时候，刘海哥紧紧攥着白秀的手使劲儿摇着，他的脑袋也来回摇动着，直着那双渗了酒水的发红的大眼睛对白秀说："兄弟，你比哥强，你踏踏实实靠手艺吃饭；哥快四十了，在这城市，房无一间，车无一辆，混惨了……"这话今晚不知被刘海哥说了多少遍。每次说的时候，银凤心里都一阵酸楚，白秀憨憨地笑着，不知道是点头好还是摇头好。

刘海后来又来了几回，很快便和白秀处成了亲兄弟样，在银凤家像是在自己家一样随便。有一回在饭桌上边吃边聊的时候，刘海看似无意地提了一个想法，他想拍短视频，问银凤有没有兴趣。银凤和白秀都很吃惊，他俩都是老实本分人，从来都没有过当网红的想法，尽管如今这年头，是个人好像都会在网上露把脸，有的人拍着拍着就火了，挣的钱不是辛苦打工能比的。银凤不知道的是，那天在永安巷，让刘海一眼就认出银凤的是她的那两瓣硕大无朋的屁股。银凤最近几年发了福，身材是比当初还要蓬勃丰满，做姑娘时的平胸经过岁月的滋养已变成了两座山峰；五短身形上前后挂着四个大铜铃一样的肉球，那种由不协调构成的突兀感，漫说是在这了无人迹的街道上，就是放在熙熙攘攘的人海中，也是极其博眼球。太奇特迥异了，银凤独特的体形当时就刺激了刘海的灵感，当他确定眼前的大屁股女人正是银凤时，一颗心激动得都要跳出嗓子眼。

这两年，刘海也折腾地拍过一些短视频，不是在工地上搬砖背水泥，就是大口吃一些油腻的食物，但是效果都不太理想；他又学着一些卖惨卖丑的主播，拍过一些爹死娘嫁、吃蛆虫鼻屎的视频，粉丝倒是略微上涨了些，但是收益还不如他在工地上吊儿郎当地搬砖强。直到有一天，他从某手上刷到一个视频，里面有一个秃头男人正在给一个老娘们往嘴里塞鸡肉。那娘们面如锅底，老得可以给那秃子当娘，丑得让人看了想吐，但是秃子却一口一个小宝贝地叫着，搞得刘海差点把正吃着的半碗面吐出来。让刘海意外的是，秃头男的粉丝几乎有十万人，整整是刘海的十倍多，这就使他极为不平衡了。他花了一上午的时间，把那个叫做"光哥的小宝贝"的视频号整个看了一遍，发现每个视频其实都是大同小异，无非是那母猪似的老女人躺在一张肮脏的床上，面前摆着一大堆吃的，那老女人边玩着手机边消灭那堆吃头，旁边的秃子只需配上一句："小宝贝，今天吃得香不香，开心不开心？"视频就算结束了。刘海思来想去，总算明白了一点，他们除了卖丑这种引起人生理不适的看点外，还引起了许多人心理上的排斥感——这老光棍真是饥不择食啊！

难道还真有人像猪一样生活？这种排斥感反而吸引着人们去看，边看边骂娘。人的心理就是这么微妙，美的爱看，丑的也爱看。刘海从中受到了启发，他也想这么拍，他没什么文化，拍不出高深的，但是这种不需要多少台词的，他自信自己也能拍好，可是到哪里去找这么个肥猪似的女人呢？和他姘居的那个女人又干又瘦，他都不想多看一眼，上了镜头能吸引看客的眼球？这些年，刘海凭着俊朗的外表和花言巧语，倒是骗了几个女人，可不是婊子就是暗娼，没一个良家妇女，就是这样的女人，都嫌他穷，不肯死心塌地跟着他，当然刘海也没有真心想娶她们。他心里一直还藏着一个发财梦，他想等他有钱了，也找个漂亮的女大学生，风风光光地把婚礼办了。所以，那天刘海见到银凤后，激动得都快要飞起来了，直觉告诉他，发财的机会到了。

银凤和白秀以为刘海在开玩笑，也就微笑着听一听，并没有接茬。没想到接下来的时间，刘海一直在说拍短视频的事，郑重的语气使他俩终于明白了，刘海哥要动真格的。白秀讪笑着说："我只会修鞋，别的都不会啊！"他越听越毛，心里怯怯的，不要说拍短视频给那么多人看，平时就是拍个照片，他都倍感难为情，背上的大肉球让他自卑到了骨子里。刘海咧嘴笑了："当然不能拍你修鞋，现在别说拍修鞋没人爱看，就是拍修驴蹄子的，看的人都少了。""那拍什么？"银凤问道，她稍稍有些动心了，拍短视频的话，就可以天天和刘海哥见面了。"现在人都爱看夫妻日常生活的那种，吃吃喝喝，再搞点笑话，看着放松。"刘海答。"不行，我不行！"白秀慌了。白秀的紧张倒是启发了刘海，他原本是想自己扮演男主角的，如果把这两口子拍下来，那独特的造型一定会震惊网络。

没想到白秀那么个怂人，平时唯唯诺诺，别人说啥听啥的人，这次却油盐不进，任刘海劝得口干舌燥就是不答应。"你们想拍啥我不管，但是不要拉上我，我只会修鞋。"白秀嗫嚅道。银凤也不敢劝白秀，她也怕，如今的她虽然没有当初那么自卑了，但是要让她拍视频成为网红，她心里也发怯，怕被别人笑掉大牙。还有一条是最关键的，银凤是突然之间意识到这个问题的，这几年，她过得太好了，往事在她的脑海里真的如烟般消散了，她和刘海的再度相逢都没有唤起那段可怕的记忆。现在想到拍短视频，她突然之间意识到，她娘家婆家的人若是知道了她的去向后，一定会找上门来。银凤越想越怕，如芒在背。不能，绝不能干这个事！银凤下定决心。

然而她的决心须臾之间便倾塌了，因为她看明白了，刘海哥之所以这么热情地联络她，就是想让她拍视频。如果她不答应他，恐怕以后想见他的面都困难。最近一段日子，因为刘海哥的出现，她的生活总算活色生香起来，她可不想轻易失去和他见面的机会。横也不是，竖也不是，到底该怎么办？一会儿的时间，银凤的心里波涛滚滚，从未像现在这样纠结过。

最终的结果是，银凤答应了刘海拍短视频的要求，在连续多日的微信或者当面掰扯后。银凤的心病，在刘海这里，根本就不是问题，他说："银凤，你的婆家人早在你逃跑后就把你家洗劫了，现在这么多年了，他们还想怎样？难道想光天化日之下抢人，难道没有王法了？还有，银凤你不知道吗？你那汉子已经又再娶了，村里人都知道。你根本不用怕！"关于后者，是刘海为了骗银凤随口胡诌的，但是银凤惊诧之后便相信了。

白秀其实不想让银凤去拍短视频，但是他做不了她的主；银凤和刘海只要能放过他，其他的，他都不敢再多嘴。

十三

银凤和刘海真的要拍短视频了。刘海告诉银凤，他俩干的是事业，干好了会出名挣大钱，说得银凤热血沸腾。然而为了正常运营，前期要投入一些资金。"这样吧，银凤，咱俩各掏五万块钱，让我们的公司成立起来。"刘海说。银凤傻眼了，她没想到拍个短视频还要掏这么多钱。她想打退堂鼓。她和白秀不富裕，这些年的积蓄加起来也就三万出头。刘海看穿了银凤的心思，立马给她解释："银凤，你是不是觉得哥在骗你的钱？这么跟你说吧，哥骗谁都不能骗你。在这操蛋的世上，你是对哥最好最真的人，哥怎么能骗你呢？只是咱俩拍视频，不得租间办公室？不得购置一套好的拍摄设备？干事业就要有个干事业的样子，你说呢？"银凤被戳穿了似的羞愧，又为刘海哥的话感动着。刘海看在眼里，他打算以退为进："要不这样吧，银凤，你不用出了，让哥自己想办法，我自己去银行贷。"银凤着了慌，这怎么行？怎么能让刘海哥一个人承担？那样的话，她岂不成了骗子？这些年，她李银凤长进得虽然已经很精明了，但也绝非骗子。最终，银凤掏了三万元，是背着白秀偷偷从折子上取出来给刘海的。刘海自然一分也没掏，他装模作样地给银凤拉了个账单，每样花销都成几倍地报价。银凤对刘海哥深信不疑，况且这段时间，只要和刘海哥在一起，就晕晕乎乎的，脑子不够用。

他们在市区租了一套两居室，既是"工作室"，又是刘海的驻扎地。按照刘海的设计，银凤要穿上一些窄小紧致的衣服，把她的"好身段"展示出来。边说刘海边在她那肥硕的屁股上捏上一把，银凤羞红了脸，但是她的心里又满溢着快乐。刘海呢，则把自己用心捯饬了一番，尽可能地回到年轻时的俊朗模样。他们的视频号叫"棍哥的小心肝"——"主打一个爱情，我们是因为爱情在一起的。"刘海哥说。剧情是一对从小青梅竹马的恋人，被专制的家长硬生生拆散，多年之后，他们重逢，发现男未娶，女未嫁，有情人终于在一起，光棍脱了单，剩女有了主……银凤很喜欢刘海哥设计的这个剧情，她觉得情况基本属实，有时她甚至想，这一切如果是真的该有多好。

银凤终于穿上了少女时期向往的衣服。这一次，她并没有羞得立即脱下来，因为她从镜子里看到了刘海火辣辣的眼神，这给了她很大的自信。而且，银凤早已不是当初的银凤了。

他们的第一条视频，终于在几个平台同时发布。镜头前，银凤穿着紧、透、露的衣服，不是扭动着身体跳操，就是和刘海边吃东西边秀恩爱，那身白花花的肥肉颤抖跳动着，重点部位呼之欲出，那种视觉冲击波无异于地震海啸，视频的点击量狂飙一样噌噌上涨。刘海兴奋得要发狂，他抱住银凤狠狠地在她的银盆大脸上啃了几口，银凤幸福得要晕过去，她顺势偎在了刘海怀里……银凤尝到了从未尝到过的滋味，她终于真正懂得了男女之事。而刘海，起初也明确告诫过自己，只和银凤拍视频，其他的想也不要想，缠得越紧越难抽身；但是那一刻，他的身体背叛了他。

晚上回去后，因为心虚，银凤给白秀煮了水饺，是她从街边店买的。白秀沉默地吞下一个，就再也不肯动筷子。银凤知道白秀心里难受。眼看着自己的媳妇跟别的男人扮夫妻，还让那么多人观看他们秀恩爱，白秀痛苦得心都要裂开了，而熟人的风言风语、指指戳戳，又仿佛使这颗滴血的心浸泡在了盐水里。今天一下午，他紧闭店门，龟缩在自己常坐的椅子里，抱着手机，一遍又一遍地看那视频，越是不想看越忍不住要看；下面的评论，每一句都像刀子一样扎着他的心——"这老光棍捡到宝了，好女一身膘，这女的真带劲儿。""看那胖女人的得意样儿，嫁给棍哥，感觉像是当了皇后。""看那小眼神，这女的爱惨了这男的！""恶心，粗鄙！"……白秀从来没有这么痛苦过。

沉默了片刻，白秀终于开口了："银凤，要不咱不拍短视频了？你没看网上都怎么议论你。"银凤当然每条都看了，说实话，她的心情也很不好，但是刘海哥说了，黑粉也是粉，想要挣大钱就得豁出去。

"你不要听那些人乱放屁，网上说啥的都有，要是听他们的话，就不要想挣钱了！"银凤说。

"凤儿，你不要操心挣钱的事了。钱，让我来挣，你就像以前一样待在家里，想吃啥吃啥，想买啥买啥，我以后全听你的，再也不少价赊账了，好不好？"白秀哀求道，眼里闪着泪花。

银凤的心一下子软了，她把白秀揽进怀里，眼泪也忍不住掉下来。她心里很清楚，只有这个人真心对她，但是她管不住自己。现在，她一刻不见刘海哥，就像丢了魂。

漫漫长夜，辗转难眠，银凤终于意识到，她所面对的事情有多复杂，并不单纯只是拍短视频这么简单。她的眼前仿佛出现了两条路，经过了一个暗夜的艰辛跋涉，晨光熹微，突然扑入眼帘，荒凉的黄土路上似乎也是突然之间分出了两条岔道。银凤踌躇不前，她不知道该走哪一条，她抱着赌一把的心情，选择了其中的一条。她选对了，所以才到了省城有了现在的生活。而今天，她又要面对一个选择，这个选择似乎更艰难：一个是真正对她好的人，一个是她从小喜欢的人。她该怎么办？

第二天，银凤没有去"工作室"，刘海打来电话催她快点。沉吟了一会儿，银凤说："刘海哥，我不拍短视频了，我要和白秀好好过日子。"挂下电话的那一刻，银凤的眼泪再也忍不住，她的心仿佛一下子被掏空了。一早晨，她在屋子里转来转去，就像一个灵魂失守的人。刘海一遍又一遍地打电话，银凤只是不接，不得已，刘海亲自上门来找。看到刘海的那一刻，银凤决定把这个选择权交给他。

"我不能和你拍短视频了！我们不是真夫妻，这样做对白秀不公平。"银凤说。

"这世道，什么是真的，什么是假的？何必当真，只要能赚钱就行！"刘海说道，一脸的焦躁。

刘海的话，多年前，银凤就耳熟能详，杨春燕不止一次说过。可是今天，她一定得要个真的。银凤一时沉默不语。刘海观察着银凤的神色，暗暗盘算着，先把这傻婆娘哄转了再说。

"好好好，都听你的，姑奶奶，你说什么就是什么。你要是看了今天的点击量，就不会这么使性子了。"刘海说。

"我让你娶我，做真正的夫妻。"银凤终于说出了口。

刘海一脸惊异，沉默了几秒后，终于说："好好好，都听你的，姑奶奶！"他现在只想着先哄转她。

银凤收拾好了自己的东西，她要离开这个家了，这个为她遮风挡雨、治愈了她内心无数隐疾暗伤的家。她就要离开了，瞬时各种情愫涌上心头。可是，她该怎么办？

……

银凤正式和刘海住在了一起，就在他们的"工作室"，刘海已经答应银凤，只要赚了钱还了债，就给银凤办一个像模像样的婚礼。银凤踏实了，便死心塌地地跟着刘海拍视频。她的人气渐长，整天沉浸在出名的成就感和虚幻的幸福感中，早已把白秀的痛苦抛诸脑后。当然也有一些堵心的事情——那些喷子的嘴犹如生化武器，每一句杀伤力都不弱；熟人的评论更是让人郁闷，包括杨春燕在内，整个留水村的人都知道银凤和刘海搅在了一起。她的父母兄弟一遍一遍地私信她，起先是骂她羞先人，后来随着粉丝的暴涨，态度又来了个一百八十度的大转弯，银凤心里明白，无非是想从她这里再捞些好处。刘海劝她心大一点，不要理睬这些人，否则他们会蹬鼻子上脸。然而，她的婆家人终于找上门来了，在他们一遍又一遍地在评论区或者后台勒令银凤赔偿彩礼钱无果后。刘海和银凤自然不会答应他们的无理要求，要彩礼没有，要命两条。婆家人眼见着白跑一趟，怎能咽得下这口气，于是揪住银凤的头发硬要把她劫掠回去，刘海当即报了警。警察一来，这家人便尿了，灰溜溜地夹着尾巴逃走了。而这一幕闹剧，早就被刘海暗中设置的摄像头拍了下来，一经发布到网上，立马变成热搜，什么"知名网红竟是高彩礼下的牺牲品"，什么"网红屁股姐竟遭长达两年的凌虐"……五花八门，热度整整维持了两天，而他们的粉丝数和视频点击量也是呈几何倍数增长，眼看就要破百万了。刘海和银凤激动得发了狂，他们高兴地跳呀笑呀，笑眼迷离中，一堆一堆粉红色的票子，仿佛徐徐从天而降……更可喜的是，在当地妇联的帮助下，银凤成功地办了离婚手续，她终于成了真正的自由人。银凤趁势提出了登记结婚的想法，她原以为刘海会满口答应，没想到他却说再往后推推，现在天天更新，忙得脚底打滑，哪有时间张罗婚礼？银凤纵使不开心，也不能发作，她对付白秀的那些招数，在刘海这里一样都不好使。

在视频里他们恩爱有加，好得蜜里调油；在视频外，银凤发现，刘海对她的态度，渐渐不似当初，日子一天天过去，感觉一天比一天冷淡。只要拍摄一结束，刘海就会换上另外一副面容，他几乎不再对银凤说那些让她脸红心跳的话了；对她的要求，也是能推就推，一副累了倦了不感兴趣的样子。银凤越是逼迫他结婚，他似乎就离银凤越远。银凤很是郁闷，心情一天坏似一天，脾气也变得越来越差，这就似乎给刘海不着家制造了理由。有时候，刘海甚至会夜不归宿，问他，他的回答总是这几句："跟几个哥儿们喝大酒去了，不信，你打电话去问；再说，我不在家，你眼不见也不生气。"银凤无言以对。他们的"工作室"变成了真正的工作室。只有在拍视频的时候，银凤才能感觉到刘海对她的"爱与呵护"，为此，她比刘海还要迷恋拍视频。她终于真正明白了那句话的含意，是的，这世上什么是真的什么是假的？此时此刻，才是真的。

然而，每当夜晚来临，独守空房的时候，内心的寂寞和凄凉，总会使银凤生出一种恍惚感，迷惘中，她竟不知自己身在何处，仿佛又回到了人生中的某个阶段。有一天夜晚，恍恍惚惚中，银凤不知不觉地走出家门，沿着灯光暗淡的街道一路下去，拐过几个街口后，她停在了鞋匠铺门口。鞋匠铺的门紧闭着，门口堆着一堆破烂，昏黄的街灯将老槐树的影子投映在店门上，树影斑驳，银凤的心里漫过一层凄凉。她继续往前走，走过一个三岔路口，往右拐，走进一个小区，走到那栋楼下，从二楼的窗户里射出一片明亮的光。银凤舒了一口气，在那亮光里站立了一会儿才离去。

事情的变化并不是毫无端倪。起初，他们的视频号不光是几个月没有涨粉，甚至出现了掉粉现象，有那么几天，掉粉现象还很严重。这些都不算什么，毕竟他们的粉丝数庞大，掉几个粉也算正常——"吃多了大餐，粉丝们换换口味也正常。"刘海说。但是，让刘海深感恐惧的是，仿佛一夜之间，类似的营销号突然冒出了许多。为了博流量，那些UP主更是手法新鲜、花样百出，相比较，他们的视频就显得粗糙和老土了。为了扭转这种局面，刘海想用更生猛的办法来刺激粉丝的眼球，他让银凤穿上三点式在镜头前扭摆。银凤起初不同意，但架不住刘海几顿甜言蜜语的哄骗，也就缴械投降了。但是那期的视频刚一上架，就被举报涉黄，为此他们的视频号被封禁了半个月。刘海气得在工作室摔盘子砸碗，大骂那些没有底线的竞争者，不要说封禁半个月，就是封禁一天，也是不小的损失啊。然而让他俩没想到的是，对于互联网产业来说，半个月的时间就是沧海桑田。好不容易等到解封，他俩立即上传新视频，却几乎没有多少点击量了。刘海整日哭爹骂娘，不知道哪个环节出了问题；以他有限的学识，根本不理解大浪淘沙的道理。然而，还没等到他俩改变新的营销方式，净化互联网环境的呼声却越来越强烈，等到《网络信息内容生态治理规定》等办法一出台，几万个内容恶俗低俗的营销号一天之内被永远封号并要求下架视频，“棍哥的小心肝”首当其冲。

事情的变化速度太快了，令刘海与银凤应接不暇，他俩的视频号从爆火到被封禁，也才一年多的时间。这一年多改写了他俩的人生，把他俩推向了无限风光的高峰，然而还没等他俩看够风景，便又被一把推向了谷底。最可怕的是，他俩到“死”都没有搞清楚这其中的缘由。

刘海情绪低迷到了极点，没有视频可拍了，就整日抱着酒瓶子，喝得烂醉如泥；偶有清醒的时候，又暴跳如雷，把那些拍摄装备统统掼在地上摔个稀碎；对银凤更是颐指气使，怎么做都看不惯。银凤的心情也差到了极点，她没想到自己会走到这一步，终于体会到了“自己酿的苦酒自己喝”的滋味。银凤越来越喜欢夜晚到外面走走，工作室从冰窟变成了一个充满火药味的地方，她想出去避避。白天她不敢出门，那些熟识的人总是对她指指戳戳。夜阑人静的时候，她伴着自己的影子在街道上踽踽而行，走着走着，就到了鞋匠铺，到了二楼亮着灯的窗户下。可是那一天，二楼却是黑洞洞的，没有一丝光亮投射出来。银凤有些心慌，她疾步登上台阶，到了家门口，却又把伸出去敲门的手缩了回来。她的心咚咚狂跳着，颤抖着手掏出钥匙来。屋里空荡荡的，哪个房间都没有白秀的影子。家具上蒙了尘，灯光下，细细的尘埃像飞蛾一样在空气中游来荡去；墙上挂着的合影里，白秀的笑容依旧生动，细眉细眼的样子，看上去让人暖心。可是，他人到哪里去了？

对门的吴月桂奶奶循声进来了，“是白秀吗？你回来了吗？”吴奶奶问。发现是银凤，吴奶奶本就瘪着的嘴瘪得更厉害了，她老人家摇摇头，转过身准备离去，边走边像是自言自语："造孽啊！放着好日子不过，可惜了那么好的男人。"

银凤泪如雨下，她问吴奶奶白秀去哪儿了，回答是："不知道，有一个月没见着人影了。"

刘海也几乎消失了。刚开始打电话他还接，说在外面散散心，过几天就回去，但是好几个几天都过去了，仍不见他的踪影。银凤现在对刘海已经彻底死了心，再也不提结婚的事了，她只想把这一年的辛苦费要回来，最不济也要把那三万块钱的启动资金拿回来。但是无论是打电话还是发微信，他就是不接不回，他存心要携款逃跑，银凤算是看明白了。天黑了，银凤发了狠，给刘海发了一条微信，限他两小时内必须出现在工作室，否则她就报警，或者全网人肉他。

微信发出去没多久，刘海就回来了，他穿戴一新，头上打着发蜡，眼睛上戴着蛤蟆镜，打扮得像是电影里的黑帮老大。银凤果然心生畏惧，不过她还是壮着胆子把她的要求说了。

"银凤，你想要分钱是吧？实话告诉你，这一年，我们是挣了不少，可全部被我拿去还了赌债。等我有了钱，一定还你。"刘海说。边说边打着哈欠，一副死皮赖脸的样子。

银凤没想到刘海会用这么拙劣的借口搪塞她。原来，在他心目中，她一直就是个傻子，想怎么愚弄就怎么愚弄。银凤愤怒至极，她浑身颤抖个不停，一声尖厉凄切的号叫声从她气管里蹦出，像突然爆炸的高压锅："下三滥！"她猛地扑向刘海，一阵乱踢乱打。刘海站着一动不动，等银凤哭喊够了，他才整了整衣服，吹着口哨准备离开。银凤突然明白了，一切就这样结束了，她的生活就这样被他毁了。"这个大骗子！"她有多么不甘心，突然，她的眼睛被茶几上放着的烟灰缸吸引了，那个厚

玻璃制成的物件，铸铁一样沉重。银凤猛地抡起它，向着刘海的后脑勺
就是一下。时间顿时凝固了，四周寂静得没有一丝声息。似乎过了邈远
的好几个世纪，直到一声重物倒地的声音传到了银凤的耳朵里。刘海
直挺挺地趴伏在地下，一缕鲜血从他的后脑勺中渗出，沿着脖颈一路而
下，像蚯蚓一样在地上爬行；又是"咚"的一声，那个烟灰缸落地了，
银凤也彻底被惊醒了。她看着眼前的一切，极度惊恐，喉咙里接二连三
发出可怕的怪叫声。

突然，她像是想起了什么，撒腿就往外跑。她沿着长长的街道一路
跑下去。今晚的路灯尤其暗淡，银凤一路狂奔，她的耳畔传来呼呼的风
声，这使她突然产生了一种错觉，仿佛又回到了当年的那条荒原路上，
她骑着一辆破车，使劲蹬啊蹬；月亮隐没在乌云里，四周漆黑一片，只
有手机灯发出一点萤火一样的光。

银凤蹬啊蹬。银凤跑啊跑。拐过几个街道，她进了那熟悉的小区，
她渴盼着，二楼的那个窗户是亮着灯的。

十四

刘海被银凤一烟灰缸砸晕了过去。他的头皮裂开了一个口子，流
了些血。醒来后，头脑沉甸甸的，发晕发疼。屋里静悄悄的，没有银凤
的影子。但是这一砸，也把刘海砸怕了，他倒地的那一刻，以为自己会
死。醒来发现自己没有死时，心里又欣喜又害怕。

刘海捂着脑袋到街边的小诊所包扎了一下，就拿出手机给银凤转
账。三万块，说实话他还是舍不得。但是比起自己这条命来，也不算是
个大数目，何况这一年，他们的确赚了不少。他怕自己没死，银凤会来
第二招。女人有时候发起狠来是会要人命的。

　　银凤双手抱着肩膀蹲在小区院子里的花池边，她的心里波涛滚滚，翻腾过一波一波的浪花。她把自己这十几年的生活好好梳理了一遍，越梳理越觉得自己失败越劲。恐惧与懊悔占据了银凤整个的心。她一烟灰缸砸死了刘海，她该怎么办呢？银凤越想越怕，她成了一个杀人犯。二楼的那扇窗户黑洞洞的，没有人能够给她一点亮光。银凤也想逃，在公安抓住之前。然而这次，她却腿软得没有一丝力气。

　　银凤思来想去，要么去死，要么就去自首。但就是不能再逃了，上一次在逃离甜水村的夜路上，她已用光了毕生的勇气与力气。这样一想，银凤反而平静了些。她干脆坐下来，缓缓腿脚，等天亮了，就去派出所。小区的灯一盏一盏灭了。二楼那扇黑洞洞的窗户，隐没在一片黑中，反而抹杀了它跟世界的差距。银凤已经不再不错眼珠地盯着那窗口看了。她抱着膀子缩在花池的一角，静静地等待天亮。

　　一声微信提示音将银凤的思绪拉回了现实。周围静悄悄的，这不大的声音显得很是响亮。银凤真是又惊又喜，她甚至有点不相信自己的眼睛了。她还想着等天亮自首后，让公安去给刘海收尸。她是一眼都不敢看那血淋淋的场面。她本来就没有打算杀刘海，只是他的行为太过分了，激起了她骨子里的恶之本能。这下好了，刘海没死，那么她自己也有活路了。银凤舒了一口气，仿佛一下子又活过来了，刚才她的心还在深潭里，一副奄奄待毙的状态。

　　银凤爬起来就往工作室跑。在这黑魆魆的夜空里，她一刻都待不住了。地上的那缕血丝已经干了，结成一条扎眼的红丝带。银凤拿拖把反复地拖，仿佛要把她的霉运连同刘海一起拖走。她以后再也不会和刘海有半点干系，银凤心想，不，是和所有的男人都不再有半点干系。包括白秀，她是对不起他。活了半辈子，她唯一对不住的人就是白秀。但是她不会再去找他了。以后如果他需要她，她会像个亲人一样去照顾他，但绝不再心心念念地想着等白秀回来后，她要求得他的原谅——哪怕是跪着，都要求得白秀原谅她，她还要做他的妻。白秀原谅不原谅，她都得活下去。她的路，她得自己走，这次绝不再靠男人了，也不希求男人来爱自己了。其实从甜水村逃出来后，她就应该振作起来靠自己，但是她刚从一个囚笼出来，又走向了另一个囚笼。白秀是很爱她，但是和他在一起的那些无所事事的日子，她的精神也很苦闷。现在想来，她这三十多年，最幸福自在的时光，还是嫁到甜水村前在饭馆打工的那段日子。想起饭馆，银凤突然就想到了她曾经埋在心底的那个种子——有朝一日，她也要开一家饭馆。

一会儿的时间，银凤似乎把她一生的问题都想通了。其实，也不算什么想通。每天刷抖音快手，没少刷到女性博主们咬牙切齿地告诫姐妹们要独立自强。每每刷到这些视频，银凤心里是不以为然的，她自幼从妈妈姐姐那里听来的观念就是，女人干得好不如嫁得好。嫁得好又怎样呢？到头来还不是要失去自我。那些情感博主们说的话，一阵工夫全蹿进了银凤的脑子里，搅得她热血沸腾。是应该好好逼自己一把了，银凤心想。一晚上她翻来覆去睡不着。这种睡不着跟以往刘海夜不归宿她胡思乱想的睡不着感觉完全不一样。这一夜，她心潮澎湃，筹划着自己的未来。银凤也觉得自己好笑，一阵变一个样，前半夜还要死要活地难过，后半夜想到未来，她甚至有点激动了。刘海这段时间没少骂她，脑子有病。或许，她的脑子真的有病吧。

思谋了一些日子，银凤终于决定自己创业了。她手头的资金还不够开一家饭馆，那就先开一家烤饼店。这个投入不大，即便失败了，也没有多大损失。而且以银凤锅灶上的本事来说，完全可以胜任。饭馆的话，她还得再好好学学手艺。一个月后，"银凤"烤饼店开业了。店主和店员都是她一个人。银凤每天天不亮就起床，把头晚饧发好的面团成大小相等的几百个剂子，再把这些剂子搭配上不同的食材，做成口味不同的饼子。等清晨的第一缕阳光照射进店里的时候，银凤的第一箱烤饼也就出炉了，正好赶上第一拨上班的人群。银凤对自己烤的饼很满意，无论是葱油、香草、糖饼，还是南瓜、紫薯，每一样饼银凤都做得很用心。除了刚开始那几天，因为火候和时间掌握得不好，品相不太好外，味道真没的说。

　　然而头两周，店里基本上没有什么生意。银凤只好少做一些饼。到了第三周，才基本达到了收支平衡。有一天中午，银凤刚把最后一锅饼端出炉，就听到店门口有人高声叫她的名字。是林芳。林芳连说带笑地指着店门口的招牌："真的是你开的饼子店啊，李银凤？"这几年，银凤和林芳走着走着就散了，没有任何原因。许多人都是这样，起先消失在我们的生活中，后来连微信朋友圈都不见了踪影。这也没有什么好奇怪的。更何况，银凤这几年还是这一带臭名昭著的大网红。"我路过这里，不经意间看到了这个招牌，还有点不相信。你也不发个朋友圈，让我给你点个赞。"林芳继续说道着。那个午后，银凤和林芳坐在烤饼店的小圆桌旁，静静地聊了很久。几年的时间，大家都仿佛做了一场梦。林芳离婚了，现在靠送快递维持生计，四岁的女儿就是她的希望。林芳说起这些时，脸上并无颓丧之色。银凤也很平静，一副无忧无喜的样子。

　　店里的生意并没有多少起色，或许是店址太偏了。林芳经常路过这里，她总会到银凤店里坐坐，没单的时候，也帮银凤搭把手；林芳忙得错不开时间的时候，银凤也会到幼儿园帮林芳接孩子。有时候，她们都有一种感觉，过去的时光又回来了。只是差个白秀。这两年，不知道白秀到哪里去了。银凤有时间就会回到白秀的家里，给窗户通通风，把屋里的卫生搞搞，就像过去她在家时一样，窗明几净的。

　　林芳给银凤说过几次了："银凤，你要想让饼子店生意好，必须搞直播。现在就是直播的时代。"银凤不是没有考虑过，但是经历了那一遭后，对直播这件事，她从心底有些排斥。现在走在街上，还有人戳她的脊梁骨。"你这是美食直播，不要考虑那么多。再说，你烤的饼子是真好吃。"林芳继续给银凤做思想工作。银凤终于决定直播了，她穿着合体的长衣长裤，把自己包得严严实实，外罩一条雪白的围裙，头上也是雪白的卫生帽。银凤从烤饼的第一道工序，发面开始，一道一道播给网友们看。当眼尖的网友发现这个烤饼的朴实大姐竟然是当日那个网红屁股姐时，在网上着实又掀起了不小的沸腾。来银凤直播间的人越来越多，多数都带着一种猎奇的心理。但更多的人吃过"银凤"烤饼店的饼子后，猎奇就变成了赞美。银凤成功地转型了。她家的饼子大卖。网上经常可以搜到"银凤家的紫薯饼"这样的词条。店里的人手明显不够，即使林芳辞掉送外卖的活，专门跑来给银凤打工。银凤又招聘了几个店员，她的烤饼店也成了小城著名的网红打卡地。

一日黄昏，银凤路过白秀的鞋匠铺时，发现店门是虚掩着的。她推门进去，发现白秀正弓着腰给修鞋的机子上油。白秀看见银凤，先是怔了怔，继而便对银凤笑了。银凤看着变得黑瘦的白秀，也笑了。笑着笑着，眼眶就红了。

（完）

图书在版编目（CIP）数据

倒带 / 郭乔著 . -- 北京：作家出版社，2024.11. （中国
少数民族文学之星丛书）. -- ISBN 978 - 7 - 5212 - 3025 - 3

Ⅰ . I247.7

中国国家版本馆 CIP 数据核字第 2024ZV5242 号

倒　带

作　　者：郭　乔
责任编辑：李亚梓
特约编辑：赵兴红
装帧设计：琥珀视觉
出版发行：作家出版社有限公司
社　　址：北京农展馆南里 10 号　　　邮　　编：100125
电话传真：86 - 10 - 65067186（发行中心）
　　　　　86 - 10 - 65004079（总编室）
E - mail: zuojia@zuojia. net. cn
http: // www. zuojiachubanshe. com
印　　刷：唐山玺诚印务有限公司
成品尺寸：152 × 230
字　　数：200 千
印　　张：16.75
版　　次：2024 年 11 月第 1 版
印　　次：2024 年 11 月第 1 次印刷
ISBN 978 - 7 - 5212 - 3025 - 3
定　　价：52.00 元